死んだら永遠に休めます

遠坂八重
Yae Tosaka

朝日新聞出版

死んだら永遠に休めます

Death is a Perfect Holiday
by Yae Tosaka

First published 2025 in Japan by
Asahi Shimbun Publications Inc.
This book is published in Japan by
direct arrangement with
Boiled Eggs Ltd.

目次

プロローグ

差出人：前川《まえかわ》　誠《まこと》
送信日時：7月21日0時0分
件名：私は殺されました
本文：　私の考える容疑者は以下のとおりです。

・総務経理統括本部
青瀬《あおせ》、飯野《いいの》、大盛《おおもり》、保科《ほしな》、丸尾《まるお》

彼らは日頃より私への尋常ならざる殺意をほのめかしていました。
彼らのうち誰かが、もしくは全員が結託して私を殺害したのだとしても、何ら不思議なことはありません。

前川

第一章

毎日が帰り道から始まればいいのに。

そう思ったことはない？

私はある。毎日ある。現在進行形でそう思っている。

今すぐ電車を飛び降りて、二十分前に出たばかりの家に帰りたい。

窮屈なパンプスを脱ぎ捨てて、首の詰まったブラウスもウエストのきついタイトスカートも丸ごと脱ぎ捨てて、オーバーサイズのTシャツとゆるいゴムのハーフパンツに着替える。ほどよく冷えた麦茶を一気飲みしたあと、何も考えずベッドにダイブする。冷房をがんがん効かせた部屋で、肌触りのよいタオルケットにくるまって、死んだように眠りたい。そのまま死んでもかまわない。

などと非生産的な妄想に憑《つ》かれている今、私の身体《からだ》は上半身と下半身がちぐはぐな方向にねじまがっている。

ぎゅうぎゅう詰めの車内は、乗客たちの肉の壁に四方を囲まれて、少しも身動きがとれない。汗が絶え間なく流れ出る。頭のいろんなところがかゆい。胸が圧迫されて、うまく呼吸ができない。むき出しの二の腕や首筋に、見知らぬ誰かの汗や皮膚や吐息がひっついて、じわりじわりと浸食されていく感覚がする。気持ち悪くて仕方がない。もちろんお互いさまだから、すました顔で我慢するほかない。

「川崎《かわさき》——。川崎——」

清明なアナウンスに促されて、肉の壁が蠢《うごめ》き出す。

扉が開いて、乗客たちが一斉に吐き出される。

人の波に揉《も》まれ、足を踏まれたり肩を小突かれたりしながら、よろよろとコンコースを抜ける。手すりにすがりながら、北口西の階段を降りていく。

会社までは徒歩八分かかる。

仰げば憎らしいほど快晴の空。灼熱《しゃくねつ》を背に受けてビル街の路地を進んでいく。

寂れた路地裏にひっそりと佇《たたず》む、築四十年越えの雑居ビル。

『株式会社大溝《おおみぞ》ベアリング　川崎事業所』

どんなに嫌だ嫌だと嘆いても、歩を進めれば確実に会社に着いてしまう。

現在の時刻は八時二十分。

始業は九時だが朝清掃があるため、八時半には会社に着いている必要がある。

エントランスに入り、社員証をかざして従業員入口のドアを開く。

年季の入ったエレベーターに乗って、職場のある四階フロアに降り立つ。廊下の時点ですでに空気が淀《よど》んでいるのは、たぶん気のせいではない。

薄暗い室内、その最奥の一角だけ、ぽつんと明かりがついている。

総務経理統括本部——略して総経本部、私の所属する部署だ。

ここ四階フロアには、ワンフロアに営業部、サービス部、品質保証部、総務経理統括本部の四部署、計五十名弱が勤務している。うち総経本部のメンバーは休職者をのぞいて七人いる。

デスクに向かうと、すでに三人のすがたがあった。

「はよーございまーす」

掠《かす》れた私の声が、静寂の室内にむなしく響く。

「はよー」

「はよまーす」

返事もみんな覇気がない。誰も「おはようございます」がきちんと言えない。疲れている人間は、母音《ぼいん》がうまく発音できない傾向にある。

通勤リュックを肩から下ろしてすぐ、自分のデスク横に立てかけてある『マイほうき』を握る。腰をかがめて床を掃きはじめる。

毎週水曜日は、『4S（整理、整頓、清掃、清潔）の日』である。始業前の三十分間、マイほうきやマイぞうきんを使って職場を綺麗《きれい》にする。これは総経本部のみに課された義務である。『自己啓発活動』という名目のもと行われ、給料は発生しない。

中腰ってきついんだよな。

どうせ経費で買うのなら、もっと柄の長いほうきにしてほしかった。

「青瀬さんさ」

後ろからぼやけた声。

振り向くと、むくんだ顔の丸尾さんが、亡霊のように立っていた。丸尾さんは部の最年長。

勤続三十年越えだが、役職にはついていない。

実はすでに死んでいると言われても驚かないくらい、恐ろしく生命力が感じられない。将来の自分を見ているようでたまに苦しくなる。

「そこ一帯は、ぼくもう掃除してあるからさ」

「あ、はい」

言われなくてもわかってしまう。濃灰色の絨毯《じゅうたん》に、白いふけが点々と落ちているから。丸尾さんが床の埃《ほこり》を掃《はら》うたび、その白髪交じりの頭から、白い粉がはらはら舞い落ちていく。

「丸尾さん、昨日泊まりですか」

「そうだよぉ。ちなみに二連泊」

「そうですか……」

かける言葉も見つからない。

「おはようございま〜す」

どんよりとした室内に、明るい声が響いた。きちんと生命力のある声だ。

三井仁菜《みついにな》、二十二歳。部の最年少かつ唯一の派遣社員。

仁菜ちゃんは、私を見るなりほっとした顔になる。

「よかった〜。青瀬さん、昨日はちゃんと帰れたんですね」

「昨日ってか、今日の朝三時だけどね」

シャワーを浴びるために帰宅したのに、あろうことか玄関で力尽きて寝落ちしてしまった。目覚めたときはもう、家を出なくちゃいけない時間の五分前だった。

シャワーは諦めて、とりあえず服だけ着替えて家を飛び出た。

予備の着替えなら更衣室に三日分用意してあるから、ただ無駄にエネルギーを消費しただけで終わってしまった。

「こんなことなら会社に泊まればよかったよ。満員電車エグすぎ」

「あれ、電車で来たんですか？」

「めまいひどくてさ。車だと事故りそうで怖かったから」

「事故ったら会社休めますよ～」

「たしかに。でも下手したら死んじゃうし」

「死んだら永遠に休めますよ～」

「たしかに」

「ふふ、冗談ですよ～」

仁菜ちゃんは屈託なく笑うと、バッグをデスク下に置き、後ろの小林《こばやし》さんの席に立てかけてあるほうきを手にとった。

小林さんは鬱でずっと休んでいる。前回は三か月で復帰したが、その後またすぐ来なくなって、今回はもう一年近く休職している。きっと彼はもうだめだろう。

仁菜ちゃんは、下ろしていた栗《くり》色の長い髪を一つにくくって、熱心に掃き掃除をはじめた。

床を掃いているというか、地面を叩《たた》いている。そのせいで、丸尾さんのふけがせわしく舞い踊っている。

「仁菜ちゃん、派遣さんはこんなのやらなくていいんだよ」

「えー、私だけ掃除しないのってなんか肩幅が狭いですよ」

「肩身ね」

「肩身！　覚えました〜」

「偉い偉い」

このやり取り、初めてじゃない気がする。人のこと言えたもんじゃないけど、仁菜ちゃんはあまり常識を知らない。

「ちょっと、燃えるごみにジャムのビン捨てたの誰よ」

扉付近のごみ箱エリアから、保科さんの呆《あき》れたような声が聞こえてくる。

みんな一斉に仁菜ちゃんを見る。私も条件反射的に仁菜ちゃんを見る。

「あっ、私です〜」

予想どおり、悪びれもせず仁菜ちゃんが手を挙げる。「なんかまずかったですか」

保科さんは目をつぶり眉間に皺《しわ》をよせ、無言で手招きしてみせた。まだ四十半ばのはずが、激務の雪崩《なだれ》でどっと老け込み、下手したら還暦間近の丸尾さんと同年代にも見える。

「あれ〜？」

仁菜ちゃんはきょとんとした顔のまま、保科さんの元にいつもどおりのろのろと歩いていく。

〈やつ〉の姿はまだ見えないので、私も保護者気分でついていく。

保科さんは目に見えていらついていた。寝不足で黒ずんだ下まぶたがぴくぴくしている。

「ビンは不燃ごみなのわかる？」

「わかります」

「じゃあなんで燃えるごみに捨てたの？」

「中身が燃えるごみだからです」

保科さんがつまんでいる苺《いちご》ジャムのビン。三分の一くらい残っている。

「そういうときは中身だけ燃えるごみに捨てるんだよ。ちゃんと分別しないと廃棄業者の人が困るでしょ」

私の言葉に、彼女は視線を落として唸《うな》った。

「……そうなんですよね。ちゃんとわかってるんです、私。頭ではわかってるんですけど、つい『いいや、ぽーい』って。なんででですかね？」

「こっちが聞きたいわよ。責任持って自分で処理しなさいよ」

保科さんはひといきに言って、仁菜ちゃんの胸にビンを押し付けた。

ごみ箱から掘り返したビン。それをまっさらなブラウスに……。

「はあい。すみませんでした〜」

仁菜ちゃんは気にするそぶりもなく受け取って、ぺこりと頭を下げた。

「管理してよね、教育係なんだから」

去りぎわ、保科さんが私の肩をばしっと叩いて言い捨てた。

「すみません」

分別のおさらいもＯＪＴに含まれるのだろうか。というか、当初は入社から二か月と聞かされていた教育係の肩書が、二年経《た》った今も外れないのはどういうことだろう。

「あー、賞味期限これ来年の八月でした。今年だと思って捨てちゃったんですよ私。ミスった

〜」

「今年でも切れてないよ。今七月だよ」

「あー、そうでした。二重でミスった〜」

仁菜ちゃんは指先でビン底をはじきながら私を見上げた。

「青瀬さんだったらどうしますか〜？　一度ごみ箱に入りましたが、しっかり蓋《ふた》は閉じています」

「ウエットティッシュかなんかで拭けば大丈夫じゃない？」

まともに思考を働かせるのが億劫《おっくう》で、適当に返した。仁菜ちゃんは疑義を唱える様子もなく同意した。

「ですよね〜。持って帰っちゃお……おっ！」

仁菜ちゃんの視線を追う。

あ。

〈やつ〉が来た。

総務経理統括本部部長、前川誠、四十六歳。

威圧感が服を着て歩いているような、ふてぶてしく厳めしい容貌。三白眼の鋭い吊《つ》り目が私を見下ろす。入社六年目ともなるとさすがに慣れたが、新人の頃は怖くて仕方がなかった。目が合うだけで縮みあがっていた。

「おはようざいま――」

「こんなとこで何してんだ。掃除しろ掃除」

私は右手に持っていたマイほうきをとっさに掲げた。

「してますしてます。ごみを捨てにきたところで」

「は？　掃除なんかしてる暇ねえだろ。とっとと旅費精算終わらせろよ。月またぐなって何回言わせんだよお前のせいで喉《のど》が筋肉痛だよ」

「すみません……」

前川に反論は不毛だ。頭を下げて自席に向かう。さすがの仁菜ちゃんも、空気を呼んでジャムを袖口に隠している。

何人かはすでに、掃除を終えて業務を開始していた。前川はそのパターンも許さない。

「お前ら何勝手に仕事はじめてんだ。毎週水曜きっかり三十分、４Ｓの時間だコラ！」

若手の飯野創介《そうすけ》が、パソコンの画面からのそっと顔をあげる。目元一帯が黒ずみ、頬《ほお》は遠目でもわかるほどこけている。

「……わかってるんすけど、予算会議のパワポが……」

「昨日のうちに済ませとけよ」

「俺の昨日は今日なんですけど……帰れてないから……」

「はあ？　喋《しゃべ》ってないで手動かせよ、手。そういうとこだぞ、お前」

「………」

誰も何も言い返さない。

総経本部は前川誠の帝国だ。彼が主権を持つ絶対王政が敷かれており、反論したところで気力と体力を浪費するだけ。

時刻は八時五十六分。始業まであと四分。他部署の人たちが続々とやってくる。

席に着いてから五分以上経過しているのに、私はまだパソコンを開けずにいた。

画面を開けば地獄がはじまる。

電源に指先だけ触れたまま、身体がどうにも動かない。

右隣の仁菜ちゃんを見る。ぼうっとスマホを眺めているけど、パソコンはもう開いている。

左隣の丸尾さんを見る。白い画面に照らされた顔は死相が出ているのに、キーボードを叩く手は止まらない。脳を破壊されても心臓を撃ち抜かれても叩き続けるであろう、そんな凄《すご》みさえ感じさせる。

私も覚悟を決めなくてはならない。

パソコンを開く。社員コード、パスワード入力、エンター。

すべらかな動作、その先の底なし沼。

新着メール二十八通。チャット未読三十六件。

まだ始業前なのに、昨日の深夜からさらに増えている。

「おかしい……絶対おかしい……」

私のぼやきは始業のチャイムとともにかき消された。

株式会社大溝ベアリングは、全国に七つのベアリング製造工場と、十五の事業所を持つ上場企業だ。

九時始業の事業所と違って、工場は八時始業である。そして、総経本部の仕事は工場とのやり取りが大半である。だから、始業前にこうしてたくさんのメールやチャットが届いていたっておかしくはないのだ。おかしくは……。

始業十秒足らずで、社用スマホが鳴った。

「はい、総経本部の青瀬です」

「青瀬？」

キレ気味のしゃがれ声。名乗らなくてもわかる、名古屋工場製造四課の橋本《はしもと》チーム長だ。

「安全靴のサイズ、間違ってるけど？」

「えっ、おととい発注したやつですよね」

「そう派遣の分。届いたの二十五センチなんだけど？　俺二十七と二十八っつったよね？　わざわざチャットにも書いたんだけど」

「すっすみません……ちょっと待ってください。確認します」

各工場の備品、消耗品の発注手配は、総経本部が一括で担っている。頼まれたサイズ、数量の安全靴を通販サイトで購入する。たったそれだけ。

それだけなんだけど、それが他のいろんな業務に交じって日に何十回もあると……。

ちらと仁菜ちゃんを見る。彼女はすでに察したような顔をしている。

「私なんかやっちゃいました〜？」

「名古屋四課の安全靴、サイズ間違ってるって」

「え〜」

「念のため発注履歴見てくれる？」

「わかりました〜」

通販サイトのようにマニュアルに沿って購入できるものは、ほとんど仁菜ちゃんに任せている。この件も、橋本チーム長のチャットをスクショして依頼済みだ。

「あ～、ほんとだ！　デフォが二十五だったから、二つとも二十五で発注しちゃってます。ごめんなさ～い」

「……了解」

起きてしまったことに対して、これ以外の返答が見つからない。

「私から謝ったほうがいいですよね～？」

「大丈夫」

というか特急品の誤発注なんて、謝ってどうにかなる問題ではない。

保留し忘れていたようで、電話越しに橋本チーム長のため息が聞こえてくる。

「ぜんぜん大丈夫じゃないよ困るんだけど。今日の午後から現場入ってもらうのに」

「そうですよね、本当に申し訳ないです」

謝るしかない。

だが、彼は思い出したように声のトーンを少し和らげて言った。

「あー、でも届けてもらったの昨日だっけかー」

「はい。あの……本当にこちら側のミスで申し訳ないんですけど、たらればなんですけど、もし昨日の時点で中身確認してもらってたら、今日AM着で正しいサイズ入れられたんですけど……」

「あっそう。まあいいや、とりあえず三課に余ってんのないか確認してみるわ」

ほっと胸を撫《な》で下ろす。正直、現場内でやりくりしてもらうのが一番助かる。

「こちらのミスでお手間とらせて申し訳ありません、助かります。ありがとうご――」

肩を叩かれた。その強度と角度と感触で、誰だか瞬時にわかってしまう。

――前川。

「貸せ」

拒否権はない。

「すみません、ちょっと部長に代わります……」

前川は私からスマホをぶんどると、途端に声をワンオクターブあげて喋りはじめた。

「橋本さん、ゴメンねー。うちの馬鹿がまたやらかしたんだって？　……なになに、詳しく教えてー」

しゃしゃり出てくるな。解決した問題を蒸し返すんじゃない。

その間にもチャットの通知が立て続けに入る。

営業部営業事務　小里晴美《こさとはるみ》：空調工事の設備申請フローとまってます。AM中に必ず承認願います。

広島工場製造一課　剱持一郎《けんもちいちろう》：川畑板金の監査資料いつ更新できますか？

再三催促してますが。

「やば」

自然と口をついて出る。

どちらも先週から依頼されていた件だ。完全に頭から抜け落ちていた。冷や汗をかくその後ろから、前川の薄ら笑いが聞こえてくる。

「そ、そ。あいつのミスだからさ、きっちりあいつにケツ拭かせるから。うん、はーい」

上機嫌で勝手に通話を終わらせた前川は、私のデスクにスマホを放り投げるなり、急に真顔になった。

「お前のミスだろ、相手に尻ぬぐいさせんなよ」

「すみません……。でも、現場で探してもらったほうが効率が……」

「そういう問題じゃねえよ。己のクソの始末を人になすりつけようとするその姿勢が気にくわねえっつってんだよ」

「すみません……」

「つつーか野郎しかいねえ現場なんだから、二十五センチはありえねえってわかんだろ。なんで気づかねえんだよ馬鹿じゃねえの」

いやいや……発注承認出したのは、私じゃなくて部長のあんただろうが。あんたが気づけよ。

「申し訳ありません」

「あの～」

横から仁菜ちゃんの緊張感のない声。「間違えたの私です。ごめんなさい」

前川は右手で軽く払うようなぞんざいな仕草をしながら言った。

「あー、三井さんは派遣だからいいの。教育係のこいつが全面的に悪だから」

「えっと」

さすがの仁菜ちゃんの顔も引きつる。

険悪な空気に息が詰まりそうになったが、運よくスマホが鳴ってくれた。救いを求めるように、すばやく出る。

「お疲れさまです。青瀬です。はい――」

前川が渋々といった感じで自席に戻っていく。あいつのせいで仕事が増えた。

他部署の人には気持ち悪いほど愛想がいいから、余計に腹が立つ。

通話を終えると、仁菜ちゃんが両手を合わせて私を覗《のぞ》きこんでいた。

「すみませんでした～」

「さすがにケアレスミス多すぎ。これからは本当に気をつけようね」

「了解で～す。絶対めっちゃ気をつけま～す」

このやり取り、数えきれないくらいしている。

「予備の靴が現場に転がってないか、めんどうだけどサービスの……あの、めがねの女性なんだっけ」

「大門《だいもん》さんですか？」

「ああ、そうそう。確認してね」

「了解で～す。ちなみにめがねかけてないですよ」

「そうだっけ」

人の名前も顔もすんなり出てこないほど記憶力が低下し、思考の輪郭は常にぼやけている。

ずっとこの状態で、思考が正常に研ぎ澄まされていた頃の感覚は忘れてしまった。

「青瀬さーん、二課四名ドイツ出張の旅費申請まだですか？」

振り向くと営業事務の矢野《やの》さんがいた。声のトーンは明るいが、苛立《いらだ》ちを隠しきれていない。

「すみません、今日中に」

「昨日も同じこと言ってましたけど？」

「すみません」

「絶対今日中にお願いしますね。本社経理からも督促きてるんで」

「すみません」

すみませんしか言えない。

「青瀬さん青瀬さん」

名前を思い出せない誰かが私を呼んでいる。

「何回もチャットしてるんですけど、丸型12号で再注文できてます？」

「えっと、あ。すみません、まだです……たぶん」

「明日着でほしいんで忘れずにお願いします。終わったらチャット入れてください」

「はい、すみません」

誰だっけ。

誰の何の依頼かもわからないまま、彼女の背中を見送った。呼び止めて聞けば済む話なのに、頭も口も麻痺《まひ》したように動かない。

またスマホが鳴る。新規のチャットが雪崩を起こす。メールがどんどん膨れあがる。五分後にはビデオ会議が始まる。前川の理不尽な怒号が響く。タスクが無限に積もっていく。

何から手をつければいいのかわからなくなってくる。

もう何も見たくないし何も聞きたくない。

消えてほしいこの世界全部。

*

労働時間が八時間を超える場合は、少なくとも一時間の休憩を与えなければならない。

（労働基準法第34条）


休憩はない。

十二時。昼休みのチャイムが鳴ると、他部署の人たちは続々と職場をあとにする。あるいは弁当箱とスマホを取り出して休憩に入る。

総経本部は違う。部長の前川と唯一の派遣社員である仁菜ちゃん以外の面々は、パソコンにとり憑いた妖怪のように画面から目を離さない。そのまま画面に吸い込まれて電子の海の藻屑《もくず》にでもなったほうが幸福なんじゃないかとさえ思う。

私は身体が痛い。

目も腰も頭も額も首すじも尻もかかともぜんぶ痛い。

まだ二十代なのに、最後に健康体だった日がいつかもう思い出せない。

でも日に二百件近いメールと五十件越えのチャットと、加えて会議と電話対応と……一つでも多くこなそうと思ったら、休憩時間なんて確保できるわけがないのだ。

総務経理統括本部とは、立派なのは名ばかりで、端的に言うと全社の雑用係だ。東京本社に『総務部』も『経理部』も独立して存在している。ここは彼らの下請け業者みたいなものだ。総務経理だけでなく、『製造部』『企画管理部』『品証部』『調達部』など——すべての部署の雑務を一挙に引き受ける混沌《こんとん》の魔境。それが総経本部。

任されるのは、おおかた専門性のない、単純で付加価値の低い事務処理全般。だからできて当たり前だと思われるし、感謝されることもないし、スキルが身につくこともない。

ワークライフバランスが整った環境ならば、別にそれでもかまわない。

最悪なのは、全社の全部門から、鬼のように雑務が舞い込んでくることだ。やってもやっても永遠に終わらない。休めないから頭が回らずミスが増える。ミスの回収でいっそう苦しむという、負のループ。

明らかにキャパオーバーなのに、みんな死線をさまよってるのに、ここ十年で十三人が退職し、一人が自死し、一人が休職中なのに、トップの前川は何もしない。しないどころか余計に仕事を増やすばかり。

「ああ、クッソ！　やっぱり来たな」

斜め向かいの飯野が、突然声をあげた。

「蛍でしょ？」

保科さんの応答に、私は思わず「げ」と声を漏らした。隣の丸尾さんも「ひっ」と呻《うめ》く。

「いつのメールですか？」

二児の父・大盛さんが慌てたように問いかける。

「今日の十一時二十三分っす」

私もまだ目を通せていなかった。昨日のメールの対応だけで、午前中は終わってしまった。延々と連なる未読分をスクロールしていくと、その忌々しきメールは、圧倒的な存在感を放ちながら、私の目に飛び込んできた。

差出人：前川　誠
件名：【要回答】『蛍を見る会』の誘い
本文：各位
　お疲れさまです。
来たる七月十七日は海の日。
よって今年も毎年恒例『蛍を見る会』を開催します。
今日中に必ず出欠席の回答願います。
回答なしは出席とみなします。
なお詳細は以下のとおり。

集合日時：7月17日AM7時

集合場所：おおひろ公園前
宿泊先はいつもと同じ『旅館ゆきね』です。
一泊二日二食付き、費用は私のほうで持ちます。
夜間に山を歩くので、動きやすい服装で。
なお、翌日は通常の出勤日ですから、旅館からそのまま会社へ向かいます。
そのつもりで準備してください。
以上。

前川

去年と寸分たがわぬメールの文面。

あたかも我々に選択権があるように書かれているが、実質強制参加のイベントだ。休んだらその分、他の出席メンバーに負担がのしかかる。

『蛍を見る会』なんて風流な名前を冠しているが、実際は夜間に山を無言で練り歩くだけの地獄みたいなイベントだ。そして蛍はいない。探せばいるにはいるらしいが、私は一度も見たことがない。メンバーは年々高齢化しているし、そろそろ死人が出るんじゃないかと本気で心配している。

「これっていつからやってるんでしたっけ」

私の問いかけに、丸尾さんは虚《うつ》ろな目でしみだらけの天井を仰いだ。

「えー、彼がうちに転属してからずっとだから……もう十二、三回目じゃないかなぁ」

「最初からずっと『ゆきね』ですか？」

「そそ」

「春代《はるよ》さん？」

「まちがいないねぇ」

旅館ゆきねは、小田原《おだわら》市西部の山間に位置する、老舗の大型旅館だ。総経本部から発注を出して、うちの小田原工場にほぼ毎日仕出し弁当を提供してもらっている。

ゆきねの女将《おかみ》、春代さん。色白でこまやかな顔立ちの美しい未亡人。

前川の目当ては彼女である。

春代さんに『部下に旅行をプレゼントする気立てのいい俺』を見せつけたいがために、開催されるイベント。これは決してひねくれた見方ではない。春代さんと対面する前川のだらしない顔を見れば、火を見るより明らかだ。

「黒瀬《くろせ》さんいないけど、どうするのかしらね」

保科さんが疑問を呈する。

言われてみれば。現地までは車移動で、去年までは前川のベンツと黒瀬さんのハイエースで移動していた。だが彼は、去年の蛍を見る会直後に突然会社に来なくなり、そのまま逃げるように退職してしまった。

飯野が投げやりな口調で声をあげた。

「あー、俺っす。『今年からお前が出せ』ってチャット入ってました」

「ご愁傷様です……」

丸尾さんの消え入りそうな声。

「飯野ちゃんペーパーでしょ。大丈夫なの。僕代わろうか」

大盛さんがプロテインバーをかじりながら、問いかける。

もう何本目かのレッドブルのプルタブをひき上げながら、飯野が薄ら笑いを浮かべる。青い空き缶の群れが、城壁のようにデスクトップ横に聳《そび》え立っている。

「大盛さんBMW《ビーエム》じゃないすか。なんであいつが俺を指名したかって、俺が一番安物の車乗ってるからっすよ。ベンツ乗ってる自分の引き立て役にしたいんすよ」

「本当しょうもない男ね」

保科さんがぼやく。そういう意味じゃ、中古のムーヴが愛車の私も可能性があったわけだ。休日に社員を乗せて地獄へドライブなんて、考えただけで身の毛がよだつ。魔が差してアクセル全開で前川の車に突っ込むかもしれない。冗談ではなく、本気で。

「セーフ……」

「あのね、青瀬さんはどうしたって大丈夫だよ。春代さんの手前、女の子に運転させてたら恰《かっ》好《こう》がつかないもの」

たしかに。

前川は本当に外面《そとづら》がいい。良く思われたい相手には徹底的に媚《こ》びる。早くメッキが剝がれないかと祈り続けて、もう五年以上が経ってしまった。

「春代さんを殺せば、このクソイベントなくなるかな」

冗談とも本音ともつかぬ飯野の問いに、私は即座に頷《うなず》いた。

「だろうね。でもどうせ殺すなら前川がいい」

「だな」

続々と他部署の社員が戻ってきたので、物騒な会話はそこで打ち切られた。

昼休憩残り十分。予算会議の議事録をチェックしつつ、そろそろ昼食を摂《と》らないと。食事を楽しむ余裕はない。ガソリンを補給するような、機械的行為。

ラップにくるんだ白米をリュックから取り出す。ここ数か月は握る気力もなくて、休日に小分けで冷凍した白米を、ただレンチンしただけだ。きまって塩味。梅干しはパックの蓋を開けるのがめんどう。昆布はビンの蓋を開けるのがめんどう。ふりかけは味を選ぶのがめんどう。ツナマヨやシャケなんてもってのほか。ふりかけるだけの塩がいちばんいい。外食に出る時間はないし、コンビニは選択肢が多すぎて途方に暮れる。

ラップをほどきかけたとき、スマホが鳴った。

前川だ。条件反射で出てしまう自分にも嫌気がさす。

「青瀬です」

「パソコン持って来い」

「はい？」

「会議室B」

「……はい」

ほどきかけたラップで白米を包み直してやけくそ気味にリュックに戻す。どうせ食欲はなかった。

パソコンを持って会議室のある三階に降りると、踊り場で日干しの深海魚づらをした前川が待ちかまえていた。

前川は私と目が合うなりぽーんと言葉を投げた。

「十三時から十五時半、開発会議、会議室B」

「はい?」

「俺の代理で参加して。順番きたら発表して。緊急で別の会議呼ばれたから」

開発会議なんて出たことない。名前しか知らない。

「は? えっ? 急すぎません? 四分前ですけど」

「どーうどーう」

「いや、なんもわかんないですけど」

「どーうどーう! わかんなくていいの。さっきパワポ送っといただろ。それ読みあげるだけでいいから。猿でもできるから。それとも何お前は猿以下なの?」

「……いえ。でも内容わからないですし、質問あがっても答えられないと思います」

「なんでやる前から決めつけるの?」

「えっと……」

前川は周囲に人がいないことを確認すると、平手で壁を思いきり叩いた。

「答えられねえ質問が来たらよォ、『確認して後報します』でいっさいがっさい済む話じゃねえか! 耳クソサイズの脳味噌《のうみそ》じゃそんなことすらわかんねぇか?」

「……すみません、わかりました」

ひどく侮辱されているのに、頭が麻痺して何も響かない。ただ騒音として煩わしい。こいつの声帯を捻《ひね》りつぶして黙らせたい。考えるだけで身体は動かない。

昼休憩の終わりを告げるチャイムが鳴った。

「ああクソ、お前のせいで遅刻だよ！」

前川は吐き捨てて足早に去って行った。

私は廊下の突き当たりの窓から飛び降りるか会議室Bに入るか迷ったけど、会議室のほうが近いからそっちを選んだ。

ロの字の机に管理職の面々が並んでいる。冷房ががんがん効いている。

視界に入った手前の空席に座る。

「そこ品証の席。きみ品証じゃないよね」

隣の知らないおじさんがぶっきらぼうに言う。

「あ、すみません。前川部長の代理で来たんですけど」

「ハッ。総経本部はあっちね」

気のせいか鼻で笑われたような。どうでもいいか。

指さされた席に移動する。

総経本部はオールラウンダー、全社の統括サポーター、マルチタスクのゼネラリストあるいは後方支援のスペシャリスト。そう言えば聞こえはいいけれど、かなしいかな名実ともに『ノースキルの雑用係』でしかない。地方の工場に配属が決定した同期から、口々に都会の事務所勤務で羨《うらや》ましいと言われていた入社時を思い出す。地獄行きの片道切符を握り棺桶《かんおけ》に片足突っ込みながら、そうとは知らず悦に入っていた自分がただただ虚《むな》しい。

総経本部の指定席に座る。後ろに巨大な観葉植物が鎮座していてすごく圧迫感がある。真上で古い冷房がごうごう唸って寒いしうるさい。故意に劣悪な席をあてがわれているのはまちがいない。

席が埋まると、一番偉そうなおじさんが咳払《せきばら》いをして話し始めた。

「それでは全員揃《そろ》いましたので始めます。中計２０２３ローリングプランに基づく京阪工場ユニット部生産ポートフォリオの見直しとそれに伴う――」

ちっとも理解できない。理解する気力もない。右耳から左耳へ抜けていく感覚すらなくて、難語の羅列が頭上を素通りしていくだけ。

何もわからないけど、たぶん総経本部の発表は最後だろう。というか、単なる雑用係に開発会議で報告することなんてあるのだろうか。

怨敵《おんてき》前川から送られてきたパワポを仕方なく開く。

スライドはたったの四枚。

ユニット部の貯蔵品購買リストとＱＣＤの比較表、消耗品の電子帳票アップロード作業工数リストとその改善マトリックス。

これなら私にもわかる。というか私にまとめさせた表をそのまま切り貼りしてるだけじゃないか。散々『見づらい』『使えない』『クソほどの価値もない』とけなしてきたくせに。

まあいい。自分の仕事をこなしながら適当に聞き流そう。今日期限の業務が両腕からこぼれ落ちるほどある。

全社共通の旅費精算システムを起動させたとほぼ同時に、前川からチャットが入った。

前川：必ず議事録とってください。

文面だと丁寧語なのが腹立つ。

青瀬：ご存知と思いますが企画の能勢《のせ》さんが書記です。議事録は会議終了後に彼女が配信してくれます。

前川：それはそれです。会議はただ参加するだけでは何にもなりません。自身のスキルアップのためにも、しっかりと耳を傾けて自分の中で消化して必ず議事録として残して下さい。

部下の仕事を増やすのがこの人の仕事なのだろうか。

前川：既読マークついてますが返信は？　一刻も早く返信をしてください。

青瀬：了解しましたとります議事録

前川：最初からそう言ってもらえれば何往復もむだなやり取りをせずに済みました。青瀬さんはいちいち人の仕事を増やすのがお得意のようです。要改善と思われます。

青瀬：それはこっちのせりふだくそごりら——

デリート。指が勝手に動いていた。

苛立ちが抑えられないまま、チャット画面を閉じる。不毛なやり取りで余計に疲れてしまった。考えない。考えない。もう何も考えない。私はロボット。からっぽのロボット。

二時間半、各々の発言に耳をすませ議事録をとりつつ内職をした。私のすかすかの発表は三分で終わった。誰からも質問はあがらなかった。

*

定時の十八時間近になって、午後初めてトイレに行けた。手を洗っているさなか、そう言えば出社してから飲まず食わずで働いていたことを思い出した。

さすがに絶飲はよくないよな……。自販機でなんか買っとこう。

入社して一か月は本社での全体研修だった。あの頃は毎日定時で帰れたし、毎日水筒を持って行っていた。麦茶を煮出したり水筒を洗ったりする余裕のある、ささやかだが幸福な日々だった。

給湯室の向かいにある自販機スペースにふらふらと歩いて行く。

誰もいない。窓から茜色《あかねいろ》の夕陽《ゆうひ》が射《さ》し込んで、埃がきらきら舞っている。最後に陽が沈まぬうちに帰れた日はいつだったか、もう思い出せない。

長いため息を一つ。

選ぶという行為自体がストレスなので、きまって一段目の一番右の麦茶にしている。

……出てこない。

何回ボタンを押しても出てこない。故障かと思い、隣の自販機で試してみる。やっぱり何も出てこない。こんなしょうもないことで、無性に悔しさがこみあげてくる。目頭が熱くなってくる。

「なんで出てこないんだよぉ。お前たちまで私をこけにするのかよぉ」

ボタンに額をなすりつけながら、呻き声をあげる。

「お茶くれよ、お茶〜。ううぅ」

情けなくて泣けてくる。

なんでこんなことしてるんだろう？　なんでこんなことで涙が出てくるんだろう？　早く戻って仕事しなきゃいけないのに。ほんとうに自分がわからない。

背後で空気がふっと動く気配とともに、視界の端で陽射しが途切れた。

「お金入れた？」

落ち着いた低音がすっと耳を撫でた。

振り向くとなんだか懐かしい顔があった。薄墨で一筆書きしたような儚《はかな》い面差し。だいぶ後退ぎみの前髪と青白い肌。

「……誰だっけ」

知らずにぽつりとこぼしていた。相手はぎょっとした表情になる。

「営業二課の佐伯正司《さえきしょうじ》ですけど」

「あっ」

元カレだ。

すっかり忘れていた。入社一年目か二年目の頃、何か月か交際していた。あの頃はまだ恋愛という甘ったるい娯楽にうつつを抜かす余裕があったのだ。ほんの数年前のことが、もう隔世の感がある。

「あの、お金入れてないから出てこないんじゃない？」

「え」

言われてはたと思い至る。「あ……、そうでした。入れてませんでした、お金」

ほんの数日前にも同じことをやらかしていた。そのときは隣に仁菜ちゃんがいて、「うちらボケすぎ～」なんて二人で大爆笑した。

短期間に二度目となると、さすがに笑えない。

フリーズ状態の私を一瞥《いちべつ》すると、佐伯は首に提げていたパスケースをパネルにタッチした。

「ダイドーの麦茶でいいの？」

「はい……」

佐伯の骨ばった指がボタンを押す。がこん、とボトルが落ちてくる。むだのない動作でそれを取り出して私に寄越《よこ》してみせた。

「すみません、お金、机に……」

「このくらいおごるよ」

「すみません、ありがとうございます」

手のひらに冷たい感触が心地よい。

佐伯は憐憫《れんびん》とも侮蔑とも慈愛ともとれる、形容しがたい表情で私を見下ろした。

「なんか……大丈夫?」

「はい」

「適度に在宅でもしたら?」

「できないんです、うちは」

パソコンを社外に持ち出す場合は、必ず上長の許可承認がいる。部下を常に監視下に置きたい前川は、テレワークを親の仇《かたき》のように憎んでいる。だから絶対に許可してくれない。

ということを、佐伯に説明する気力はない。

佐伯はおおむね汲《く》み取ったように、「あぁ、そうか」と小さく頷いた。

「無理しないでね」

「ありがとうございます。……佐伯さんはお元気そうで」

「元気ではないよ」

佐伯は明らかに苦い顔をして、足早に去って行った。彼には彼の苦労があるのだろうが、背筋が伸びていて、まっすぐ歩けている。それだけで十分元気に見えてしまう。

私もそろそろ戦地に戻らねばならない。窓越しに沈みゆく夕陽と降りてくる闇が、私の心の写し絵のよう。

職場の扉を開けたところで、帰りがけの仁菜ちゃんとすれ違った。

「青瀬さんおひさしぶりです」

「ほんとだね」

午後ほぼ会議で出ずっぱりだったから、午前以来の再会だ。

今は十八時すぎ。仁菜ちゃんはいつも定時ぴったりにパソコンを閉じて、颯爽《さっそう》と退勤していく。

「おつかれさまー」

「あ、はい。……えっとぉ、青瀬さんごめんなさ～い。私またやらかしちゃいました」

「ん？」

「顧客調査アンケートみたいなの、間違えてシュレッダーかけちゃいました」

「えっ」

サアッと血の気が引く。

「廃棄書類と間違えちゃって～」

「えー……」

年二回実施する、法人顧客満足度調査のアンケート。大半の会社はインターネットフォームから回答しているが、未《いま》だに紙で回答する会社もある。そして紙のフォーマットの場合は、総経本部で集約して営業部に渡すきまりとなっている。なぜかはわからない。とにかく紙ベースの雑務は総経本部に押し付けられるきらいがある。

「電子データとってない？」

「とってないです」

「全部シュレッダーかけちゃったの？」

「はい、二十社分ぜんぶ……あっ。ごめんなさい電車乗り遅れちゃうんで帰りま～す。明日また相談させてくださ〜い」

返事を待たずに小走りで去って行った。手入れの行き届いた淡い茶髪が、ふわりと揺れている。

私は呆然《ぼうぜん》とそのすがたを見送った。

「え……どうすんの。まずいじゃんそれ……」

＊

午前二時二十八分、タクシーにて帰宅。

静まり返ったアパートの廊下に、私の靴音だけが響く。

扉を開ける。むわっとした熱気とともに、生ごみの腐臭が鼻につく。玄関に45リットルごみ袋が七つある。最後にごみを出したのはいつだったか。

数か月くらい前から分別ができなくなって、燃えるごみもプラスチックも一緒くたにして燃えるごみに出した。何回か繰り返して、向かいの一軒家に住むおばさんに注意されるようになった。たぶんそのときからずっとごみを溜《た》めている。仁菜ちゃんと同じことをやらかしている。

頭ではわかっているのに、行動に移せない。

パンプスを脱いで、埃の舞う廊下を進む。手探りで電気をつける。

八畳一間の居室。

脱ぎ散らかした衣類と山積みの段ボールのせいで、ほとんど足の踏み場がない。段ボールの大半は、新潟《にいがた》の実家からの仕送りだ。あとはAmazonか楽天か。どれもいつの荷物か思い出せない。段ボールの封を切るのがめんどうくさくて開けられないのだ。積み重なった箱の表面には、うっすら埃が積もっている。

「とりあえず風呂……風呂……」

うわごとのように繰り返しながら、足を引きずるようにして洗面所へ向かう。シャツのボタンに手をかけたところで、動けなくなる。

どうしてただ服を脱いでシャワーを浴びるという行為がこんなにも億劫なのだろう。

休み休みスマホをいじりながら、二十分くらいかけて服を脱ぎ、二日ぶりに風呂に入った。すべて洗い流してさっぱりすると、ほんの少しだけ心が晴れた。

一段落すると、途端におなかが空《す》いてきた。

冷蔵庫を開ける。

納豆、豆腐、ちくわ……それだけ。ぜんぶ賞味期限がとうに過ぎていた。食べる気はしないけど、数歩先のごみ箱に捨てる気力もない。

チューハイを手に取って、またすぐに戻す。明日——というか今日は車通勤がいい。満員電車の惨状を思い出すだけで気が滅入《めい》るから。

甘いものが食べたいけど、コンビニに行く元気はない。仕送りの段ボールを適当に開けて、床の上に勢いよくぶちまける。三箱めでチョコパイの大袋が見つかった。昼の残りの白米と、チョコパイと、佐伯にもらった麦茶。床に並べてあぐらをかいて、一日半ぶりのまとまった食事をとる。

……生ごみの臭いがする。

身体を引きずるようにして立ち上がり、居間の扉を閉める。

扉一枚隔てたのに消えない……。ごみ袋からじゃなくて、もっと近くから……。

「あ」

仕送りの段ボールの山。手前の二段目。

「あぁ～」

重い腰をあげて手をかける。なんとなく予想していたとおり、開いた途端に饐《す》えた酸っぱい臭いと黴《かび》のこもった臭いが鼻腔《びこう》をついた。

敷き詰められたみかんの、半数以上が灰色の化石みたいな黴に包まれている。

「やっちゃった」

うなだれたままスマホを手に取り、母とのＬＩＮＥを見返す。

６月20日
私：長谷さんのみかんめちゃうまかったから送ってほしい
母：また腐らせちゃわない？
私：さすがに二度はない
母：わかった。箱で送るね！

６月23日
母：送ったよ！　届いた？

7月4日
母：腐らせちゃったらまた送り返していいからね。
母：つらかったらいつでも新潟戻ってきなね。

7月8日
母：既読ついてるから大丈夫だよね？　電話も出なくて……お父さんもお姉ちゃんも心配してますよ。

思い出した。情けない。去年の冬もそうだった。送ってもらって、結局放置して腐らせて、捨てる気力もなくて、化石化を待って新潟にそのまま返送したんだった。

7月13日
私：ごめん、また送り返すかも

送信。
情けないが、腐ったみかんをビニール袋に移し替えてごみに出す気力は、今の私にはない。自分で自分がクズだとわかっている。もっと大変な思いをしている人がたくさんいることもわかっている。でもこれ以上何もがんばれない。こういうふうにしか生きられない。

「人間が、終わってるな……」

食欲も失せて、床に寝転ぶ。天井の明かりがやけにまぶしい。消そうとして寝たまま周囲に手を這《は》わせたが、リモコンが見つからない。立ち上がって壁のスイッチを消す力は残されていない。

仕方ないので横向きになり、しょぼついた目でスマホを眺める。

今日――というか昨日の二十二時過ぎ、佐伯からもＬＩＮＥが入っていた。

佐伯：お疲れさま。佐伯です。
佐伯：最近本当に見ていて心配になります。大丈夫？
佐伯：俺でよかったらいつでも話聞くよ。

返信しようとして、手が止まる。ちょうどいい文言が思い浮かばない。

『大丈夫じゃないけど、あなたに相談してどうにかなる問題ではないので、話を聞いてもらう必要はない。でも気にかけてくれてありがとう』

角が立たぬよういい感じに伝える方法を、模索するガッツが私にはない。

ベッド脇に置いてある、埃をかぶったガラスの写真立てに視線をやる。

飯野創介とのツーショット。

飯野とは、佐伯と別れたあとすぐに付き合った。というか、飯野と付き合うために佐伯と別れたというのが正しいかもしれない。その飯野とも、結局数か月足らずで別れた気がする。なんで付き合ってなんで別れたのか、もう思い出せない。たぶん、同じように過重労働で苦しんで愚痴を言い合える飯野への仲間意識を、恋情にスライドさせたのだと思う。飯野との仲に、なんの未練も思い入れもない。写真を飾ったままなのは、単に片づけるのがめんどうだからだ。

ふと思う。

あのまま佐伯と付き合って、結婚して家庭でもつくっていれば、今頃は働かずに済んだのだろうか……。

っていうか別に佐伯云々じゃなくても、今から死に物狂いで婚活なり転職活動なりすれば、この地獄から抜け出せるのかもしれない。

でも、できない。

おにぎりに梅干しを入れる気力もないのに、十メートル先のごみ捨て場にごみを出す気力もないのに、生き方そのものを変える気力なんて残っているわけがない。

『このまま生きる』か『死ぬ』か。

私にはこの二者択一しか存在しない。

きっと他にもたくさんの道があるのだろうが、私の目には見えない。

ここまで追い詰められたのは、前川のせいとしか思えない。ただ忙しいだけでは、ここまで心が追い詰められるわけがない。毎日理不尽な要求をされて、罵声《ばせい》を浴びせられて、揚げ足とられて、文字どおり心身ともに壊れてしまった。

前川さえいなければ、もっとちゃんと人間でいられたはずだった。

人のせいにするなと言われても、やつを恨まずにはいられない。

その顔が脳裏に思い浮かぶだけで、無限の憎悪が沸き立ってくる。

仰向《あおむ》けに寝転んだまま、ペットボトルを剣に見立てて天高くかかげてみる。

「覚悟しとけよ暴虐悪鬼。絶対にいつか、ぶっ殺してやる……」

気づいたら涙をぼろぼろ流しながら、馬鹿みたいな台詞《せりふ》を吐いていた。

＊

「お前頭いかれたのか？」

「えっと……」

「脳味噌どこに入ってんだ？」

「頭蓋骨に……」

「じゃあなんだ、頭蓋骨ごとどっかに落としちまったのか？」

「いえ……えっと……」

「脳味噌がひとかけらでも残ってたら、こんなミス犯さねえよなあ！」

「すみません……」

終わらぬめまいで天地がまわる。

朝九時過ぎ。

ここは書庫室、もとい、説教部屋。

書庫室は一階の突き当たりにあり、集密書架に各種保管資料が収納されている。ほとんど利用者がおらず、窓もなく音が漏れにくい密室のため、説教部屋としての地位を確立している。

見上げると至近距離に前川の顔面がある。私の隣には仁菜ちゃんがいる。彼女こそ元凶のはずだが、ちっとも悪びれたようすはない。なんなら退屈そうにあくびをかみ殺している。私は頭痛と吐き気がとまらない。

前川は腕を組み大袈裟《おおげさ》にため息をつく。

「もう一度聞く。三井さんは昨日定時の時点で、アンケートの調査結果をシュレッダーにかけちまったこと、青瀬に報告したんだよな？」

「しました」

「報告受けたんだよな、青瀬？」

「受けました」

「で、なんで俺への報連相が今日の朝なの？」

胃液が喉までせりあがってくる。

「……忘れちゃって」

「はあ？」

前川の顔面が、目と鼻の先までせり出してくる。ミントガムと煙草《たばこ》の混じったにおいが、唾とともにふりかかってくる。

「はああああああ？　こんなクソでけぇミス、忘れるわけねぇだろうがよ！」

「すみません、でも本当なんです。廊下で三井さんから報告受けて、まずいと思って、机に戻ったんです。でもそのあとすぐいろんな緊急の仕事がばんばん雪崩れ込んでキャパオーバーを起こして……それでいつの間にか頭から飛んで……忘れたまま帰宅してしまいました」

嘘偽《うそ》りない本当のことだった。

なんで忘れたかなんて、私が私に聞きたいくらいだった。

「そんな適当な嘘ついて悲しくならないか？　脳味噌だけじゃなく良心も良識も失くしたか？

もう人間やめたほうがいいんじゃねえの？」

「すみません……」

「お前クズだな？　なあオイ！」

「すみません……」

「部長すみません、そもそも私のミスなんで……」

仁菜ちゃんが気まずそうに声をあげる。

前川が白けた視線を送る。

「いいんだよただの派遣なんだから。三井さんアンタ年収いくらよ？」

そんなこと聞くなよ。

「二百万くらいです」

答えるなよ。

「だろ。青瀬はどうだ？」

「いや……」

「五百超えてんだろその体たらくで！」

「はあ……」

「二百の三井が八時間労働なんだから、お前は二十時間労働だろっ！」

もうめちゃくちゃだ。

「その理論だと、部長は一日四十時間労働が必要になりますけど……」

「今そんな話してねえだろ！」

お前が先に論点ずらしたんだろ。

この人が何をしたいのかわからない。たしかに報告が遅れた私が悪かった。だから理由を述べて謝罪した。それ以上何を望むの？ 解決策一つ提示しないで、ただ責め立てるこの時間になんの意義があるの？

私の悶々《もんもん》とした気持ちが通じたのか、前川はようやく実のある問いを投げてきた。

「で、どう落とし前つけんだお前」

「裁断された回答用紙の復元は現実的に難しいので、お客様に謝罪して再提出してもらうしか——」

「あ？」

「え？」

「お前正気か？ どこの馬鹿が手前の落ち度で客に二度手間とらせんだ？ 信用がた落ちだぞ」

「あっ、はい。じゃあ、えっと、営業に謝罪してこの分のアンケートは集計対象外に——」

「おうおうそんなの許されるわけねえだろ、ままごとじゃねえんだぞ」

「じゃあどうすれば……」

「偽造だよ偽造。決まってんだろ」

「え」

「アンケートを受け取った会社のリストはあんだろ？」

「あります」

「去年のデータもあんだろ？」

「あります」

「それ適当にかけ合わせて偽造してみせろよ」

「え……、でもそんなのもしバレたら」

「バレねえよ。しょうもねえ顧客アンケートの結果なんて誰もちゃんと見ねえよ。その場しのげりゃそれでいいんだよバーカ」

「……はい」

「まあ、バレたときはそりゃ、ぜーんぶお前一人の責任だよ。いつでも絶対にお前だけが悪なんだよ。当たり前だよな？　わかるよな？」

「……はい」

とん、とん。

書庫室の扉が、力強く叩かれた。

「お取込み中みたいですが、入っていいですか？　見たい資料があって」

佐伯が、怪訝《けげん》そうに顔を出した。救世主に見えた。

「あぁ、すみません、こいつがまたやらかしちゃって。どうぞどうぞ」

前川がおぞましいほど媚びた声と溶けた笑顔で応対する。なんだか、そういう種類の妖怪みたいだ。

廊下に出て仁菜ちゃんを先に帰すと、前川はふんと鼻を鳴らして私を睨《にら》んだ。

「お前、蛍を見る会来んの?」

やばい。返事をしてなかった。

「えっと……参加させていただく予定で……」

「来ないでくんねえ?」

「へ」

「曲がりなりにも部下だから大目に見てたけど、率直に俺はお前が嫌い。大嫌い」

「はあ」

こんなに胸に刺さらない『大嫌い』は初めてだ。

「五年間、なんとかお前の良いところを探そうと頑張ったけど、今日の今日まで一つも見つからなかった。お前が根本的に愚図のろくでなしの木偶《でく》ということだけがわかった」

「はあ」

「『部下は皆平等に』がモットーの俺だから、それでも毎年お前も仲間に入れてやってた。でもいい加減限界なんだよ。休日にまでお前の顔を見るのは、はっきり言って拷問に等しい」

「はあ」

おたがいさまだ。

「今年はなあ、俺が春代さんに出会って十五年目の記念すべき年で……清く美しい思い出となるであろう一日を、お前に台無しにされたくないんだよ」

「はあ」

どうでもいい。

「だからお前には、お前だけには、もう二度と『ゆきね』の敷居をまたがないでほしいんだ」

急に要求が肥大した。

「……わかりました」

「あっ？」

前川は狐《きつね》につままれたような顔をした。私が少しでも残念がるとでも思っていたのだろうか。

「わかりましたって言いました」

「本当に理解してんのか？」

「はい。私は今年の『蛍を見る会』には出席しません。『ゆきね』にも生涯足を運びません。ここに誓います」

前川はようやくほっとした表情を浮かべた。

「よし、ならいい。万が一おおひろ公園に来ても見て見ぬふりして置いていくからな」

「わかりました」

「それ以外口きけねえのか？　本当に気色悪い女だなお前は」

「わかりました」

「チッ」

前川は大袈裟に舌打ちをすると、いかり肩を揺らしながら去って行った。

トイレに寄ってからフロアに向かうと、入口のところで前川と出くわした。小脇にノートパソコンを抱えていた。どうやらまた会議らしい。すれ違うとき思いきり舌打ちされた。どこまでも不愉快な男だ。

自席に戻るなり、何故か部内の全メンバーから、ただならぬ視線を感じた。

初めに目が合った飯野が、恨めしそうな声をあげた。

「おい青瀬……お前まじかよ……」

「えっ?」

「『蛍を見る会』、出ないんだって……?」

前川がさっそく皆に伝えたらしい。

行かずに済むのは清々するが、一人抜け駆けするかたちで、他のメンバーには申し訳ない。

「うん……前川から直々に永久追放を告げられた」

大盛さんは深くうなだれ、丸尾さんは長いため息をついた。

保科さんが額に手を押し当てながら、私をじろりと睨みあげた。

「どうしてよ。どうして青瀬さんだけなのよ」

「それは、私が愚図のろくでなしの木偶のため、休日にまで顔を見るのは拷問に等しいから、とのことです」

前川に言われたことを抜粋・引用して述べると、さすがに同情したのか、皆黙り込んでしまった。

重苦しい沈黙の中、仁菜ちゃんだけが無邪気な笑みを浮かべていた。

◆

出口のないトンネルを歩いているときは、それがどんなにちっぽけな、消え入りそうな光だとしても、縋《すが》りつきたくなってしまう。今のわたしにとっては彼女がそうだ。

彼女の魅力を端的に記すと、全体的に緊張感がない。一片の緊張感もない。わたしは毎日気を張りつめて生活しているので、あの微睡《まどろ》んでいる瞳、意志薄弱そうな口元、頭頂部からぴょこんとはねた寝ぐせ、弛緩しきった表情筋など、すべてがたまらなく羨ましい。

午前六時過ぎ。

白い息を吐いて、かじかむ指先をセーターの内側に隠して、黄色い線の内側で待っている。

まもなくやってくる、つやつやした赤い電車。京急線浦賀《うらが》ゆき。

わたしはいつも二両目の前方ドアから乗り込んで、手前側、一番端っこの席に腰を降ろす。

彼女はいつも、真向かいに座っている。わたしと同じように、自分の特等席を決めているのだろう。

今日は厚手の黒いパーカーを着て、色褪《いろあ》せたダボダボのジーンズを穿《は》いている。ちなみに昨日は紺のフリース。一昨日は赤いパーカー。服のレパートリーはたぶん三種類しかない。

靴は毎日同じだ。ニューバランスのくすんだ赤のスニーカー。大分へたって汚れている。

黒無地の大きなリュックサックを膝《ひざ》の上でゆったり抱えて、そのてっぺんに顎《あご》先をくっつけて、うとうとしている。猫背ぎみ。よく見ると、右の袖口が食べ物のソースかなんかで汚れている。寝ぐせが電波のアイコンみたいに、きれいに三本立っている。

寝顔がとても柔らかい。

この世のすべての面倒ごとと、まったく縁のないように見える。

電車が揺れるたび、寝ぐせ頭がかくん、かくんと揺れる。

彼女のすがたを眺めていると、なんというか気が抜ける。

朝起きた瞬間からあがりっぱなしの肩が下がる。膝の上でつくっていた両手の握りこぶしが、ちょっと緩む。ぴんと張りつめた空気がわずかに和らぐ。

わたしはこれから闘いに行くのだけど、彼女はいったいどこに向かうのだろう。

あんな無防備でだらしなくては、きっとわたしの世界では生きていけない。

第二章

翌日。曇天《どんてん》だが気温も湿度も高く、汗で肌にはりつく前髪やシャツが不愉快で仕方ない。満員電車から吐き出されて、のろのろ路地を歩いていると、後ろから軽快な足音が聞こえてきた。

「お疲れんこんパーンチ」

肩にぽすっと軽い衝撃を感じた。仁菜ちゃんだ。

「出社前なのに、もうお疲れさま？」

「だって青瀬さん、後ろすがた死んでましたよ〜。まあいつものことですけど」

「ははは」

「まあこんだけ暑いとそりゃだるいですよね〜」

そういう仁菜ちゃんはとても元気そうだ。いつにも増して肌がつやつやしている。ネイルも新調したらしく、薄桃色のラメが淡くきらめいている。

「なんかいいことあった？」

「だってもうちょいで夏休みですし〜。フェリーで彼氏と八丈島《はちじょうじま》に行くんです〜」

「へー。若いっていいなあ」

「青瀬さんもまだギリ若いですよ」

「ギリねえ……」

「ギリギリのギリです」

「強調するな」

軽口を叩《たた》きながら職場に着くと、なんだか様子がおかしかった。

妙に浮足立っているような。

なんだろうこれは。

いつもしかめ面の保科さんが、目が合うなり高揚した様子で手招きしてきた。

「ちょっとこれ見てちょうだいよ」

指さされた画面を覗《のぞ》きこむ。

差出人：前川　誠
件名：失踪宣言
本文：各位
　私、前川誠は一身上の都合により失踪します。
手のかかる部下の世話を焼く毎日に、いい加減嫌気がさしました。
他部署のみなさんに関してはご迷惑おかけします。
私を探さないで。
許して。

さようなら。


何だこれ。

文面はすんなり入ってくるのに、頭の理解が追いつかない。

「ぶふっ」

隣の仁菜ちゃんが、思いきり噴き出した。

「笑っちゃやだめでしょ」

「だって、なんですかこれ。ふつーにギャグですよね」

「いや、ガチっぽいけどな。これいつのメールですか？」

私の問いに、いつの間にかそばに来ていた飯野が明るい声で答えた。完全にエンタメとして楽しんでいる様子だった。

「昨日の二十三時五十一分」

「……ん？　前川って九時にはもうあがってたよね？」

「あがってたあがってた」

「これ、前川の個人携帯から送信されてんの」

言われてみれば、アドレスがソフトバンクになっている。

「たぶん、家帰ってからあいつなりにじっくり考えて送ったのよ」

保科さんも、いつもよりずっといきいきして見える。

「みんな嬉《うれ》しそうですね。あんな人間でも、こんなかたちでみんなを笑顔にすることができるんですね」

仁菜ちゃんが辛辣《しんらつ》だが的を射たことを言う。

前川不在のまま、始業のチャイムが鳴る。私と仁菜ちゃんは慌てて自席についていて、パソコンを立ち上げた。

「あれ、大盛さんと丸尾さんは？」

パソコンは開いてあるが、席にいない。

「二人はなんか、『話を聞かせてくれ』って上の偉い人に連れてかれてましたよ」

「ああ〜」

全員平だし、単純に年次が高い二人が呼ばれたのだろう。

「やべー。なんかテンションあがって仕事手につかねー」

「やめなさいってば。はい集中集中」

飯野と保科さんのかつてないほど浮ついたやり取りを聞きながら、あらためて自分のパソコンでメールを開いてみた。

宛先は、総経本部のメンバー全員と、各部署の部長の計十五名になっている。

この厭味《いやみ》ったらしい文面は、明らかに前川特有のものだよな。そもそもやつのプライベートアドレスから送られてきてるんだし。

でも、どうしても違和感が拭えない。

『蛍を見る会』に全身全霊をかけている様子だったのに。春代さんとの十五周年記念がどうとか力説していたのに。

たった半日でこうなるのか？

「ん〜、電話も繋《つな》がんないですね〜」

仁菜ちゃんがぼやく。

「前川？」

「はい、個人携帯にかけてみましたが留守電です」

「かけてあげたんだ、優しい」

私も念のため、前川の携帯にかけてみる。繋がらないでくれと念じながら。

幸いすぐに、留守電サービスへと切り替わった。

飯野が嬉しそうに言う。

「これワンチャン死んでます？」

「いや、自殺するようなタマじゃないでしょあいつは。油断させといて帰ってくるパターンじゃないかしら。あいつってそういうやつだもの。ぬか喜びは禁物よ」

すぐに冷静さを取り戻した保科さんが、不吉なことを言い始める。

「二度と帰ってこないでほしいっすけど、全部ほっぽって悠々自適に暮らしてるのかもって想像すると、めちゃくちゃ腹立ちますねー。どうせなら苦しんで死んでてほしいっす」

まったく散々な言われようだ。一言一句同意だが、さすがに口に出すのは憚《はばか》られた。

ややあって大盛さんと丸尾さんが、くたびれた様子で戻って来た。

それから総経本部のメンバー全員を招集して、大会議室へ向かった。

全員が席に着くと、大盛さんが額の汗をハンカチで拭いながら、淡々と言った。

「人事と話したんだけど、やっぱり連絡つかないみたいで。前川は独身だしご両親も亡くなってるから、まだ親族への確認はとれてないみたい。そういう諸々《もろもろ》は人事のほうで対応進めるって。で、前川の仕事なんだけど。代理がすぐ立てられる状況じゃないみたいだから、ひとまず僕と丸尾さんで引き受けます」

「おお～」

一同拍手。

「でも大丈夫なんすか。全員で分けるのでも、俺らはかまわないっすよ」

「そうですよ。お二人にだけ負担かかるの悪いですし」

飯野と私の言葉に、丸尾さんと大盛さんは顔を見合わせて苦笑いを浮かべる。

「いや、全然負担にならないんだよね」

「そう、正直前川ってね、仕事らしい仕事ほとんどしてなかったの」

それはみんな知っていた。

丸尾さんがパソコンに視線を落とす。

「たとえば今日、前川が出席予定の会議って六つあったのね。だけど、それぞれの会議主催者に確認したら、総経本部が出席必須の会議って、一つだけしかなかったの。あとは任意で、欠席でもなんの支障もないって言われちゃった」

「………」

さすがにそこまでとは思っておらず、みんな黙りこくってしまう。

「そういうことだから、ね。普段どおりやっていきましょ。何かあったら都度相談させてもらうから」

チームトップが突然いなくなったというのに、話し合いはごくスムーズに終わった。十分もかからなかった。誰もなんら混乱することなく、皆それぞれの仕事へ戻っていった。

昼過ぎには一人ずつ人事に呼ばれて、前日の様子についてヒアリングがあった。

さすがに、消えた人間のことを口汚く言うのは憚られたので、「いつもどおりだった」と端的に伝えた。

忙しさは変わらぬまま、いつもどおり瞬く間にときが過ぎていき一日が終わった。

前川がいなくて困ることは何もなかった。むしろ仕事がやりやすくなったくらいだ。

彼は今まで何をしていたのか？

会議行脚《あんぎゃ》である。

会議と名のつくものに片っ端から出席し続け、必要とあらば、我々につくらせた資料を我が物顔で発表する。必要とあらば、我々を書記係として連行して議事録をとらせる。それだけ。

私は会社の歯車だ。

代替可能な使い捨ての歯車だ。

だが前川は、歯車にすらなれない人だったのだ。

前川失踪のニュースは午前中には事業所内をかけめぐり、昼休みから帰宅時までフロア一帯がその話題で持ち切りだった。ときには初めて見た顔の人が、当該のメールを見せてほしいと野次馬根性丸出しで総経本部を訪れた。

営業事務の若い女性たちなど、何人かは本心から心配した様子で総経本部をたずねてきたが、ほとんどは面白おかしく噂話《うわさばなし》にしているだけだった。

あれだけ散々こびへつらった結果がこれかと思うと、本当に人望のない人間なのだと思う。同情心は微塵《みじん》も湧き起こらないが、ざまあみろと思うほど私の心は荒《すさ》んでいなかった。怨敵《おんてき》が消えたという喜びを噛《か》みしめるだけで精一杯だった。

＊

そうして前川不在のまま、翌週の木曜日を迎えた。

あの唐突な『失踪宣言』のほかに便りはなかった。

浮足立っていたのは初日だけで、今では皆、初めから前川など存在しなかったかのようにふるまっている。他部署からは相変わらず好奇の目でみられることも多いが、実際に話題にあがることは少なくなっていた。

私の見える範囲で、本気で困っている人はいなかった。『社員』が失踪したという事実は人事を筆頭に上層部の人間を大いに疲弊させたろうが、『前川』が消えたことによる業務上の弊害は、工場含めどこの部署にも生じてないようだった。

承認フローの関係でときおり混乱が生じることもあったが、同権限を持つ管理職が代理承認することでつつがなく進行した。前川の後任については検討中だと人事からアナウンスがあったが、別にいなくてもどうとでもなりそうな雰囲気であった。

「なんか人って儚《はかな》いですね」

普通に休憩がとれるようになった昼休み、仁菜ちゃんが缶ジュースを買いながらぽつりと呟《つぶや》いた。

「仁菜ちゃんの口から、そんな詩的な言葉が出てくるなんて」

「だって思いません？　みんなあんなに前川に振り回されてたのに、今じゃほとんど忘れちゃってる。まだたったの一週間ですよ」

「そんなもんだよ、人間なんて」

「だから、儚いな～って」

「たしかにねえ」

窓辺に椅子を並べて、外の景色を眺めながら二人で昼食を摂《と》った。ちゃんとごはんの味がした。激務に変わりはないが、前川がいないというだけで、かつてないほど心に余裕が生じている。

背景はわからないが、失踪してくれた事実に心から感謝したい。

願わくばもう二度と、我々の前にあらわれませんように。

＊

翌朝、溜《た》まりに溜まった燃えるごみを六往復のすえようやく捨てきることができた。とんでもない異臭を放っていたせいか、通行人とすれ違うたび渋い顔をされた。

昨日プラスチックごみも出したので、ようやく玄関通路に足の踏み場ができた。ごみ山を蹴り分けながら廊下を進む日々とも、これでさよならだ。

十数メートルをただ往復しただけなのに、一仕事を終えたような達成感と疲労感に襲われる。このままベッドにダイブして眠りたいところだが、会社に行かねばならない。

憂鬱なことに変わりはないが、前川がいた頃とは比較にならないほどだ。久しぶりに飾りのついたヘアゴムで髪をすっきりまとめて、会社へ向かった。

寝ぼけまなこを擦《こす》りながら職場のドアを開いたとき、私はすぐ異変に気づいた。

室内一帯が、妙な高揚感に沸き立っている。視界に入るみんながみんな、好奇心に満ちた顔でパソコン画面を食い入るように見つめたり、寄り集まってひそひそ話をしたりしている。

そのうち一人の女性社員が、私に気づくなりぎょっとした顔になる。そして隣にいた女性社員に耳打ちした。好奇心を隠し切れない表情で、二人そろって私の顔をちらちら見てくる。

彼女たちだけではない。

自席に向かうまでの十数メートル、フロアにいるほぼ全員が遠巻きに私を見てきた。そして、目が合うとどこか怯《おび》えたようにパッと視線をそらすのだ。

なんなんだ、これは。

一番奥。総経本部のエリア。

なぜか丸尾さんの席に、私以外のメンバー全員が集まっていた。

ちらと見えた丸尾さんの顔色は真っ青だ。不吉な予感が、どんどん膨らんでいく。

私に気づいた仁菜ちゃんが、困惑した様子で手招きする。

「青瀬さんガチヤバです」

「ガチヤバ？」
「ガチのガチです」
仁菜ちゃんの横に立っている保科さんが、私の腕をグッと摑《つか》んでパソコンの画面に引き寄せた。座っていた丸尾さんが、見えやすいように頭を屈《かが》めてくれる。

差出人：前川　誠
送信日時：7月21日0時0分
件名：私は殺されました
本文：　私の考える容疑者は以下のとおりです。

・総務経理統括本部
青瀬、飯野、大盛、保科、丸尾
彼らは日頃より私への尋常ならざる殺意をほのめかしていました。
彼らのうち誰かが、もしくは全員が結託して私を殺害したのだとしても、何ら不思議なことはありません。

前川

血の気がサアッと引いていく。喉《のど》の奥からひゅうと掠《かす》れた息が漏れる。

「こ、これ……一斉送信?」

死んだ目の飯野が吐き捨てるように答える。

「おう。川崎事業所の全従業員宛て」

「ひっ」

喉の奥で短い悲鳴が漏れ出た。

あの好奇と恐怖を内包した刺すような視線たちは、これのせいだったのか。

足にうまく力が入らずよろめく私の背中を、後ろにいた大盛さんが大きな手のひらで支えてくれた。

「一週間過ぎてほとぼりが冷めた頃にこんなのぶっこんで来て、ほとほと呆《あき》れるよ」

「前川ずっと不在ですよね? パソコンも置いていってるし……。これ、日時指定メールってことですかね?」

丸尾さんが額の汗を拭きながら頷《うなず》く。

「まったくどこまでも迷惑な人だよぉ」

「日時指定メールってなんですか~?」

仁菜ちゃんが唇に指をあてて首をかしげる。こんな時に二人ともまるで緊張感がない。

「設定した希望の日時にメール送信してくれる機能のこと」

「へ~。じゃあ前川は、殺されることを予想してたってことですねっ。なんかSF映画みたい」

仁菜ちゃんの物騒な物言いに、保科さんがすかさず反論する。

「こんなの事実無根よっ。だれも人殺しなんかしてないわよ!」

「え〜。でも断定はできなくないですか。みんなずっと前川のこと殺したがってたじゃないですか」

「思うのとやるのは別よ別。三井さんだって殺したい男の一人や二人いるでしょ」

「え〜、いませんよ」

「変ね。私は両手足じゃ数えきれないほどいるわ」

「わ〜、闇が深〜い」

明らかに軽口を叩いている場合ではない。

丸尾さんが仕切り直すように咳払《せきばら》いする。

「ともかく……ぼくらみんな、前川殺しの容疑者という汚名を着せられたわけだけど。もちろん殺してないし、そもそもあいつが勝手に失踪しただけだ。しばらく好奇の目で見られるだろうけど、時間が解決してくれるはず……してくれないと困る……」

飯野がふてくされた顔で問う。

「ってか、前川の狙いは何すかね？　俺らへの嫌がらせ？」

「いや、単純に送信予約を取り消し忘れただけじゃないの？」

大盛さんが答える。

「取り消し忘れ？」

「うん。前川は僕らにパワハラしてる自覚があって、いつか復讐《ふくしゅう》でメンバーの誰かに殺されるかもなんて被害妄想を抱いていた。だから、万が一自分が殺されたときすぐ犯人が捕まるよう、こんなメールを日頃から用意していた。

今までは、出社のたびその都度取り消してたから送信されなかった。今回は、前川が失踪したせいで取り消されず、指定時間どおりに送信されてしまった。そういうことじゃないかな」

「そんな面倒なことやりますかね、普通」

「僕がメンタルやられてたとき、同じことやってたから。僕の場合は、自殺したときに備えての『遺書メール』だけどね……」

思いがけず重い話が出て、束《つか》の間《ま》沈黙が降りる。

振り払うように、飯野が荒っぽい声をあげる。

「っつーか自覚あんならパワハラすんなよ。こいつ率直に馬鹿じゃないすか」

「嫌よね本当しょうもない男」

飯野の言葉に、間髪を入れず保科さんが同意する。

「う〜ん、ぜんぜん意味わかんない」

仁菜ちゃんは考えることを早々に放棄したようで、投げやりに言った。

「立つ鳥跡を濁しまくりってこと」

私はため息とともにこぼした。

ほぼ同時に始業のチャイムが鳴る。

釈然としない思いを抱えたまま、各自席に戻ってパソコンを立ち上げる。

さっきまで全員で集まっていたから妙な安心感に包まれていたけど、こうして一人席に座っていると、不安な気持ちが急速に膨れあがっていく。背筋から手先までを這《は》うような寒気が襲ってくる。

見たくもないのに、あのメールを見てしまう。

勝手に失踪しておきながら、『殺された』と断定し、容疑者として部下の名前を書き連ね、事業所の全員に送信した。

正気の沙汰じゃない。

まともな社会人なら、というか、まともな人間なら明らかにラインを超えた行為だと考えずともわかるはず。

こんなことを書かれて、事業所の全員に読まれて、私はいったいどうなってしまうのだろう。

このフロアだけで五十人弱いる。

三階の技術部、二階の物流管理部倉庫管理チーム、一階の物流管理部入出荷チーム……併せたら百五十名近くいる。

その全員に、人殺しの容疑者として周知されてしまった。

冷静に考えると、吐き気を催すほどに深刻な事態だ。自分がこの場にいることが、怖くてたまらなくなる。唇が痺《しび》れたように小刻みに震え、額からは脂汗が垂れ落ちる。

失踪宣言がなされたときとは、比較にならない。フロア全体が異様な雰囲気に包まれていると、痛いほど伝わってくる。

あの男、いったいどこまで人を苦しめれば気が済むのだろう。

散々火の粉を撒《ま》き散らしておいて、今どこにいてどんな顔をして生きているのだろう。

少しでも安心感を得たくて、メンバーの顔を見渡す。

みんな表情は暗いが、私ほど参った様子は感じられなかった。

まさか。

まさか本当に、誰かが殺したなんてことは……。

「はーい、皆さんちょっと手を止めて聞いてください」

騒々しい室内に明朗な声が響いた。

声の主は、人事部長の大林《おおばやし》さんだった。彼は中央にあるコピー機を背に、フロアを見渡しながら告げた。

「九時半から、倉島《くらしま》所長より緊急の話があります。あとでビデオ会議のリンクを投げるので、極力出席してください。どうしても外せない用件がある人以外は、必ずこちらを優先するように。以上です」

一息に告げると、大林部長は颯爽《さっそう》と自席へ戻って行った。

どう考えてもあのメールについてだろう。

みんながひそひそ囁《ささや》き合いながら、総経本部を眺めている様子が、はっきりと視界に映った。大半は単純な好奇心に駆られてという感じだが、明らかに恐怖心や敵対心、嫌悪感を向けてくる人もいた。

前川が消えたことで急速に快方へ向かっていた胃痛が、またきりきりと疼《うず》き出す。

「しんどい……」

思わずこぼした。隣の仁菜ちゃんはけろっとしている。元々の性格もあるだろうが、そもそも彼女は告発の対象から外れている。心底羨《うらや》ましい。

頬杖《ほおづえ》をつきながら、周囲を見渡して口角をあげた。

「ふふ、みんなめっちゃ見てきますね〜。動物園のバイソンになった気分です」

「例えがニッチだよ。そこはパンダでいいよ」

「ちなみにバイソンは偶蹄目《ぐうていもく》ウシ科なんです。テストには出ません」

「だろうね」

こんなしょうもない会話に付き合う気力が、私にはまだ残っているらしい。ほんの少し安心した。

こんな異常事態でも、いつもどおりメールもチャットもばんばん入る。

仕事、仕事。

仕事に集中して邪念を取り払おう。考えてもどうにもならないことは考えない。

まず企画管理に提出する防災訓練のチーム名簿を更新して、新規の清掃業者に送付する請負契約書を作成、広島工場の調達部に出すＯＡ機器の納期管理表の見直し……それから……。

「あ、青瀬さん……」

後ろから弱々しい声。振り向くと、いつもは元気な企画管理の女性社員が、引きつった笑みを浮かべている。

「なんでしょう?」

「あっ……すっ、すみません、チャット入れたんですけど、ちょっとあのー。そろそろ先月やった内部監査の是正コメント、更新してほしいなーなんて、すみません、お忙しいところ……」

「あっ、ごめんなさい。今日中に——」

「やっ、あの、ぜんぜんお手すきのときで大丈夫なんで……や、できれば今日中だと助かりますが……」

「了解です。今日中に更新します」

「すみません、ありがとうございます」

女性社員は深く頭を下げて、そそくさと戻って行った。

私は形容しがたい絶望を感じながら、その後ろすがたを見送った。

はっきりわかるほど怯えていた。ずっと俯《うつむ》いていて、一瞬たりとも目を合わせてくれなかった。まるで私が、部長殺しの犯人だとでも言わんばかりの態度だった。

腹の底が鉛のように重くなる。

前川のパワハラを受けていたときとはまた違う種類の息苦しさに襲われる。

「気にしないようにって……気にしちゃうよねぇ」

見かねたように丸尾さんが言う。

「はい……。正直かなり傷つきます」

「所長がきっと、我々の身の潔白を明言してくれるはずだよ」

「そうですね」

そうでなきゃ困る。

でも、当事者の我々にヒアリングもなしに、いったい何を話すのだろう？

チャットへ二、三返信しているうちに、すぐ九時半がやってきた。

ビデオ会議の参加者は、計百二十八名。事業所のメンバーほぼ全員が集まっている。

胸の鼓動が不穏に高鳴り、背中をじわりと嫌な汗が伝う。

九時三十五分を回った頃、画面に倉島所長の顔が映し出された。粗い画質のせいか、顔色がずいぶん悪くみえた。通路ですれ違うときに挨拶《あいさつ》するくらいで、ほとんど接点はないが、ここまで陰鬱な雰囲気ではなかった気がする。

「お疲れさまです。倉島です。みなさん聞こえていますか?」

何人かが応答する。

「どうも。……あー、マイクオンになっている方、ミュートにしてください。はい、どうも……えっと、集まってもらったのは、午前零時に送信された例のメールの件ですね。みなさんご存知《ぞんじ》だと思いますけども」

頭蓋骨《ずがいこつ》を叩くように、心音が激しく鳴り響く。イヤホンを耳の奥までねじ込み、音量をあげる。

「当メールの差出人である総経本部の前川部長ですが、一週間ほど前から失踪しています。親族の方が行方不明者届を出していますが、まだ本人と連絡はとれていません。所在、安否ともに不明です。ですが、警察は事件性なしと判断しています。

今回のメールについては、当人があらかじめ作成した日時指定メールだと思われます。当人が失踪する前に何らかの理由で、何の根拠もなく書いた、信憑性《しんぴょうせい》のないものである可能性が極めて高いです」

事実無根であると断言はせず、あくまで『可能性が高い』。それでもこちら側の味方についてくれたということはわかり、少しだけほっとする。

「ですから本件につきましては、今後一切の言及や追及を禁止します。むろん、他言は無用です。絶対に本情報を外部に流出させることがなきように。

もしむやみに噂したり、他拠点の従業員や社外に情報を漏らして、関係者の名誉を傷つけるようなことがあった場合、事情聴取のもと、それ相応の処分を科します。その旨よくよくご承知おきください。以上です。今後、本件に関して伝達事項等あれば、改めて連絡します」

事業所のトップとして、騒ぎが最小限で収まるように提言してくれたわけだ。自身の管轄下でこれ以上面倒ごとが起きないようにという、保身の意味合いが強いのだろうが、ひとまずは安心する。

所長のマイクがミュートになると、大林人事部長が交代を務めた。

「所長からは以上です。えー、何かこの場で質問がある方はいますか?」

すぐに複数のアイコンに『挙手マーク』が表示される。

「えっと、では……内田《うちだ》さん」

内田のマイクがオンになり、掠れ気味の囁くような声が聞こえてくる。

「あの、今回の件については、上層部から警察に情報提供をするという理解でよろしいですか?」

所長は『もう私の仕事は終わった』という感じで腕組みをしている。汲《く》んだように、大林部長が返事をする。

「当事者にヒアリングの上、我々で判断します」

「情報提供しない可能性もあるということですか?」

「当事者にヒアリングの上、慎重に検討して判断します」

「はあ……まあ、わかりました」

内田のターンが終わる前から、続々と『挙手マーク』が湧き出てくる。みんなあのメールについて思うことがたくさんあるのか。喉が詰まったような息苦しさを覚える。イヤホンをぶっこ抜いて逃げ出したい衝動に駆られる。

「えーと、では次。藤安《ふじやす》さん」

大林部長の声には、すでに疲労が滲《にじ》んでいる。なんだか申し訳ない気持ちになり、肩が自然と縮こまってしまう。

がんばる部長を置き去りに、所長のカメラが早々にオフになる。逃げたようだ。

「はいはい。あたしサービス部カスタマーセンター課の藤安です」

いかにも神経質そうな中年女性の声。アイコンは青い薔薇《ばら》のドライフラワー。

「率直に聞きたいのはね、容疑者をそのままにしておいて、会社の安全体制として大丈夫なんですかってこと。あたしたち従業員の身に何か――」

「横からすみません、総経本部の飯野ですけど」

急に飯野の声が割って入り、びくりとする。彼は明らかに憤った様子で続けた。「容疑者呼ばわりは心外ですね。デタラメ書かれて名誉毀損《きそん》されたわけで、どっちかというとうちらが被害者――」

「火のない所に煙は立たぬというじゃないですか。あなた方が無実だっていう証拠はあるんですか?」

「はあ? うちらもあの人が急に失踪したってことしかわかってないんで……証拠出せと言われても、いつのなんのデータを出せば疑いを晴らせるかわかんないすけど。まあどうにか探し出しかないですよね、あなたのように偽情報に踊らされて容疑者扱いしてくるような人がいるんだったら」

どんどんヒートアップしていく。大林部長が何かゴニョゴニョ言っているが、すぐかき消されてしまう。

私も加勢か仲裁に入るべきだろうが、身体《からだ》が固まって動けない。

藤安の声がひときわ大きくなる。

「はいはい、ぜひ身の潔白を裏付ける証拠を出してくださいよ。同じ職場に殺人犯がいるかもしれないと思うとね、こちらとしても安心して働けませんので」

「あ？　話が飛躍しすぎてません？　あの人の死体でも見つかったんならまだしも、失踪しただけなんすけど。で、警察にも届け出てて、現時点で事件性なしって判断されてますけど、その事実はあなたの空想に都合が悪いから無視してるんすかね」

「だって何かが起きてからじゃ遅いじゃないですか！　本当にこのメールに書かれている誰かが、前川部長を殺していて、死体をどこかに隠して知らんぷりしているとしたらどうでしょう？　野放しになっているうちに、第二の殺人が発生したらどうするんですか？　責任とれるんですかあなた方っ」

ヒステリックな甲高い声が耳に障る。

「あんた回りくどい話し方しますね」

飯野がはっきりと悪態をつく。

「同じく総経本部の保科ですが。今の……えっとどなたでしたっけ」

うわっ、保科さんまで参戦した。お願い誰か止めてくれ……。

「藤安ですけども」

「藤安さん、あなたの先ほどの発言は許容ラインを超えていました。誹謗《ひぼう》中傷、名誉毀損で訴えられるレベルですよ。今すぐ謝罪してください」

「はい？　あたしはみんなの気持ちを代弁しただけです。みんな同じ気持ちです」

「みんな？　みんなって誰ですか？」

さすがに静観できない状態になってきて、他のマイクが続々オンになる。いろんな部署の知らない人たちが口々に話し始める。

「ちょいちょい、二人とも落ち着きましょうよ～」

「口論大会になっちゃってるよ」

「所長おられますー？」

「誰か収拾をつけてくださあい」

ところどころ、野次馬根性丸出しの笑い声みたいなのが混じっている。マイク越しに雑多な音が忙しく行き交う。

「皆さん静粛に、静粛に。笑っておられる方、勤務時間中ですよ」

よく通る深みのある――それでいて落ち着き払った低い声。

佐伯だ。

なんとなく心がほっとする。彼の揺るぎない落ち着きが伝播《でんぱ》したように、束の間静寂が戻ってくる。このときを待っていたかのようなタイミングで、所長のカメラがオンになる。

「待たせて悪いね。飲んでいたんだ……、お茶を」

所長はわざとらしく咳払いを繰り返すと、やけにゆっくりと口を開いた。

「長時間の拘束は業務に支障が出るので、本会は以上で終わりにします。質問がある人は、大林人事部長を通して個別で連絡してください。いじょ――」

「ちょっと待ちなさいよ。無実の罪を晴らせないままなんて、私納得いかない」

保科さんが食い気味に言う。

「俺もです。なあなあで終わらせていい問題じゃないですよこれ。人権に関わりますよ」

「そ、そうです。私だって嫌です。何かこう、弁明の機会がほしいです」

飯野に続いて、私も同意を示す。本心だった。

何も悪いことをしていないのに、散々パワハラに苦しめられてきたのに、さらに殺人容疑までかけられちゃたまらない。黙っていられるわけがない。

「僕もです」「同意ですぅ」

大盛、丸尾と続く。

「よくわかんないけど、おもしろそうなので賛成で〜す」

仁菜ちゃんがシリアスな空気をぶち壊すきわめてポップな声色で言った。

ひやりとしたが、幸いなことにマイクがミュートになっていた。

「ありゃ？　私の声、ちゃんと聞こえてました？」

「非常によく聞こえました」

「ならよかったです〜」

画面越しの所長は考えあぐねているようで、いっそう険しい顔をしてみせた。

「弁明の機会と言っても……うーん……ここは法廷じゃなくて職場だからね」

「とりあえずいったん締めましょうよ。今話があった件については、関係者同士で早急に協議しますので。はい、では締めまーす。皆さん忙しいところありがとうございました」

大林部長がいい塩梅《あんばい》の濁し方でまとめ終えたところで、会議は終了となった。

まだ十時。

始終神経張りっぱなしで、ドッと疲れてしまった。

ほどなくして、大林人事部長からチャットが入る。

@総経本部メンバー
お疲れさまです。先ほどの件、一度協議させてください。十二時十五分に会議室Dまで参集願います。

「えー。お昼休みに会議〜?」

仁菜ちゃんがぶうたれた声をあげる。

「仁菜ちゃん派遣さんなんだから、参加しなくても大丈夫だよ」

「おもしろそうだから出ま〜す。だるい感じだったら抜けま〜す」

「いいね」

私もそのノリで生きてみたい。

チャットには、全員が参加する旨を返信していた。

*

昼休みのチャイムが鳴ると同時に、リュックから、ラップにくるんだごはんを取り出す。大口開けて頬張る。中には梅干しが入っている。

おにぎりの形に握ったり、種ありの梅干しを入れる気力はまだない。でも、種なしの梅干しを押し込めるくらいには、少しずつ心に余裕が生まれてきていた。

それも、明日からはどうなるかわからないけど……。

仁菜ちゃんから苺《いちご》のポッキーと、丸尾さんからきなこ棒をもらった。お返しにチョコパイをあげた。

十分弱で食事を済ませ、会議室Dへ向かう。

総経本部メンバー全員（私、仁菜ちゃん、飯野、保科さん、丸尾さん、大盛さん）、大林人事部長、倉島事業所長が参集した。

コの字形の席の上座に、大林部長と所長がげっそりした顔で座っている。

大林部長が、口角を無理やり上げて笑顔をつくった。

「ごめんなさいね、お昼休みに集まってもらっちゃって」

「大丈夫すよ。休憩なんてないのが当たり前なんで」

飯野が頬杖ついたまま答える。保科さんは背もたれに沈んでふんぞり返っている。仁菜ちゃんは両こぶしでほっぺたをグリグリしている。最近はまっているという小顔マッサージだ。今やるのは絶対違う。

行儀よくしているのは、大盛さん、丸尾さん、私くらいだ。

冷房の効きが悪く、額にうっすら汗が滲む。埃《ほこり》っぽくてどんよりして、息苦しい空間だ。

所長は置物然として座っており、大林部長がその場を仕切った。

「ひとまず今後の対応について、手短にすり合わせましょう。朝会で話したとおり、我々としてもあのメールの信憑性は極めて低いと考えています。だけど、皆さんが懸念しているように、あの内容を鵜《う》呑《の》みにして皆さんに危害を加えたり、嫌な態度をとったりする人が出てくる可能性も、残念ながらあるんだよね」

「実害の有無は関係ないですよ。一部の社員から人殺しの容疑者として見られている、この状況がもう耐えがたいですよ。もし噂が広まって、家族が嫌な思いをしたらと思うと……」

大盛さんが思いつめたような表情で言う。彼は社宅で奥さんと小学生の二人の娘さんと暮らしている。その憂苦たるや計り知れない。

「そうすよね。やっぱり身の潔白を証明する機会がほしい」

飯野がはっきりと言う。

「申し開きしたいですね。今日の朝会みたいな場で」

私の言葉に、保科さんが「それがいいわ」と同意してくれる。

「申し開きってなんですか?」

「疑いを晴らすために弁明することだよ」

仁菜ちゃんの問いに、大盛さんが答える。

「弁明ってなんですか〜?」

「説明して理解してもらうことだね」

「了解で〜す」

部長が壁ぎわのキャスター付きホワイトボードを手前に移動させた。

「肝心の申し開くべき内容が、現状ものすごくアバウトなんだけど……」

言いながら、ものすごいスピードで文字を書き連ねていく。

所長は俯いてだんまり。起きてるんだか寝てるんだかわからない。

◇失踪した前川部長による、虚偽の告発メールについて
・問題点：虚偽告発を信じた従業員からの、誹謗中傷およびそれに準ずる行為の発生
・対応：全体会議で申し開きを行う

流麗な文字がそこで止まる。

大盛さんが腕組みして天井を見上げた。

「それで、何の証拠を出せば疑いを晴らせるかってとこなんだよね」

「アリバイを証明すればいいんじゃないの?」

保科さん。

「アリバイっていつの?」

飯野の問いかけに、丸尾さんがくたびれた顔で答える。

「失踪宣言のメールは、十三日の二十三時五十一分に送られてきてますよね。ということは、少なくともこの時間帯までは、前川は生きていたわけですよね。そして、翌日朝から消息不明になっている。ということは、おおよそ二十三時から翌朝までのアリバイがとれればいいんじゃないですかね」

「ソフトバンクのメールも、日時指定機能ってあるじゃないですか。だからメールが送信された時間に、必ずしも前川が生きていたとは言えないですよね」

私が意見すると、隣の仁菜ちゃんがおかしそうに問いかける。

「っていうか、なんでみんな前川が死んだ前提で喋《しゃべ》ってるんですか〜」

思わぬ方向から核心をつかれて、気まずい沈黙が流れる。

「願望よね」

「願望だな」

「願望が駄々漏れしてるね」

保科さん、飯野、大盛さんが続けざまに呟く。大林部長も思わず苦笑する。

私はうなだれたまま、みんな思っているであろうことを口にした。

「仮に、前川が本当に殺害されている場合。

真犯人を逮捕するか、殺害時刻や場所を突き止めて自らのアリバイを裏付ける。そのどちらかしか、身の潔白を証明する方法はないですよ」

「それって完全に警察の仕事だよな」

飯野がため息交じりにぼやく。

「うん。絶対に私たちがやるべきことじゃないし、そもそもできない。……大林部長、警察の方から何か連絡はないんですか？」

「ないね。先週の時点で、前川さんの従妹《いとこ》に行方不明者届は出してもらってるけど、それきりだね」

「じゃあ警察も事件性なしと判断してるわけですよね」

「そうだね。本人が失踪宣言を出してる手前、『民事不介入の原則』ってことで、警察も積極的に捜査はしないみたい」

「えー、じゃあ今朝の告発メールを警察に見せればいいじゃないですか〜。そしたら殺人事件だと勘違いして、警察が勝手に調べてくれますよ〜」

仁菜ちゃんの無邪気で無慈悲な提案に、皆いっせいに首を振る。

「それで警察から事情聴取でも受けるはめになったらどうするの？　いよいよ本格的に会社中から容疑者扱いよ。下手したら家にまで警察が押し寄せてきて、近所からも白い目で見られるわよ」

保科さんが一息にまくし立てる。

「うわあそんなの絶対無理。考えただけでゾッとする」

大盛さんが肩をぶるりと震わせる。

「それは絶対にやめてほしい。今なんとか事業所内でとどめているのに、一気に上層部まで伝わったら、私の立場が危うくなる」

狸寝入《たぬき》りしていた所長が、突如復活して口を挟んできた。どこまでも保身に余念がない。

「だから、みんな薄々感づいてるだろうけどさ……」

飯野がうんざりした様子で言う。「俺らの身の潔白を証明するには、前川が必要なんだよ」

室内に深いため息がこだまして不協和音を奏でる。

「絶賛失踪中の前川を探し出して、連れ戻すこと。それがいちばん明快でシンプルな解決策ということだね」

大盛さんの言葉に、みな死んだ目で頷く。

「しょうがないわ。この世で最も苦痛を伴う作業になるけど、みんなで協力して前川の居場所を突き止めましょう」

「そうすね。そうするしかないすね」

「まあ殺人容疑をかけられるよりは、前川のパワハラ三昧《ざんまい》のほうがマシなのかな……」

そう呟いてはみたものの、本当にそうだろうかと自問してしまう。やつの数々の罵詈雑言《ばりぞうごん》を思い出しただけで、胸底で黒い渦が激しく蠢《うごめ》く。

「いや、ぼくは賛成できないなぁ……」

前川探索同調ムードの中、丸尾さんがしょげた顔で異を唱えた。「せっかく都合よくいなくなってくれたのに、わざわざ引き戻すメリットはないと思うんだよ」

「じゃあ丸尾さんは、このまま謂《いわ》れなき罪で肩身が狭い思いをし続けてもいいんですか？　耐えられるんですか？　そっちのほうが後々精神病むと思いますよ」

「そうかなぁ……人の噂も七十五日と言うからなぁ……」

大盛さんの言葉に、丸尾さんは納得いかない様子でぼやく。

「そもそも前川が生きた状態で見つかるとは限んないですよね〜」

仁菜ちゃんがあっけらかんと怖いことを言う。

「そうだねぇ。死んだ状態で見つかって、なおかつ犯人が速攻で捕まってくれるのが一番いいなぁ」

丸尾さんまでさらりと恐ろしい。

「いや……さすがに不謹慎だよ……」

大林部長の顔がわずかに引きつる。「でも、まあ、あの人勝手に失踪したわけだからさ。戻ってきてもそれ相応の処分があるわけで。退職か降格かはわからないけど、今のポジションにすんなり戻るということにはならないずだよ」

その言葉に、一同安堵《あんど》のため息を漏らす。これは綺麗《きれい》なユニゾンだ。

「そう……それならいいや……うん、それなら耐えられるねぇ……」

丸尾さんがうんうんと何度も頷いた。

私もとりあえずは胸を撫《な》で下ろした。

「それではどうにか前川を見つけ出して、総経本部一同の身の潔白を証明しましょう」

「えい……」「えい……」「おぉー……」

丸尾さんの言葉に、みな軽くこぶしを掲げて応じる。覇気は微塵もない。

ちょうどいい頃合いに、昼休み終了のチャイムが鳴った。

所長が真っ先に会議室を出て行った。彼は醜態をさらしただけであった。

「あれで所長が務まるんすか」

飯野が遠慮なくたずねると、大林部長は苦笑いを浮かべた。

「大川《おおかわ》元社長のお気に入りだからね。実質はお飾りで、上層部の哀れな傀儡《かいらい》みたいなものだよ」

大林部長もなかなか辛辣な言い方をする。

「前川もコネっすよね。そんなのばっかかっすねこの会社」

「今さら気づいたのかい。我が大溝ベアリングはコネ採用のパイオニアだよ」

「人事部長からそんなせりふ聞きたくなかったっす」

「いいんですか、そんな内情漏らしちゃって」

私の言葉に、部長はけろりとした顔で言った。

「僕は九月いっぱいで退職するからね」

「えっ」

「管理職なんて名ばかりで、激務のわりに給料上がんないし。四十も過ぎて、埼玉からわざわざ片道二時間もかけて通うのもしんどくてさ」

「あちゃー、わが社の数少ない優秀な人材が」

「まあ、そういうことで、僕は仕事畳み始めてそれなりに余裕もあるからさ。協力できるところは協力しますよ」

「ありがとうございます」

フロアに戻り、部長と別れて自席へ向かう。

「あんなに大っ嫌いで、いなくなってせいせいした相手を、血眼で探すはめになるなんて。なんたる皮肉、なんたる悲劇」

大仰に嘆く私を、仁菜ちゃんが愉快そうに見上げる。

「前川部長、こうなるのが目的だったりして〜」

「え」

「最近みんなに構ってもらえなくてさみしい〜。失踪してみんなのこと犯人に仕立てて困らせちゃお〜みたいな」

否定できないのが怖い。ほくそ笑む前川の顔が脳裏にまざまざと浮かんできて、いっそう苦い気持ちになる。

自席についてメールをさばいていると、ずっと落ち着きのなかった仁菜ちゃんが、小走りで前川のデスクに向かって行った。

「どうしたの?」

声をかけると、仁菜ちゃんは笑顔で敬礼ポーズをしてみせた。

「こちら名探偵ニナです。今から部長の引き出しを調べてみます」

この状況下で無邪気が過ぎる。

「仁菜ちゃん、お遊戯タイムじゃないんだよ。山積みの仕事さばこうね」

だが、やり取りを聞いていた飯野も立ち上がって、前川のデスクに近づいて行った。

「とっとと調べたほうがいいよな。なんか手がかり見つかるかも」

「そうね。正直仕事どころじゃないのよ。早く汚名を晴らして、あの藤安とかいう女ギャフンと言わせてやりたいのよ」

闘志をたぎらせた保科さんまで加わった。こうなると気になってしまう。

至急の発注手配を終わらせると、私も三人の元へ小走りで向かった。

前川のデスクは綺麗に整頓されている。承認関係の書類はすべて、各部の部長か丸尾さんと大盛さんに引き継がれている。

『リーダーシップ論』『部下を導くリーダーの心得』みたいな分厚い啓発書がこれ見よがしに並んでいるのが、なんとも憎らしい。

保科さんが適当に引き出しを開けて覗きこむ。二段目、三段目とも、メーカーカタログや予備のマウスなどが雑多に放り込んであるだけだ。

「初日に人事と嫌ってほど調べたけど、失踪に関係してそうなものは出てこなかったよ」

ビデオ会議中の丸尾さんが、見かねたように教えてくれた。

そう言えば、残業時間に三人がかりでえらく念入りに調べていた記憶がある。

一番上の引き出しは鍵がかかっていた。机の上や、他の引き出しを探してみたが、鍵は見当たらない。

「普通、ここに鍵かけるか？」

「私はかけてないわ」

「私もかけてないです。……丸尾さんすみません、一番上って確認しました？」

問いかけると、丸尾さんはたちまち苦い顔になる。

「ううん。そこは開かなくて諦めたんだ」

仁菜ちゃんが思い出したように言う。

「あ、私ピッキングできますよ」

「なんでだよ」

「家の鍵を親が泣き崩れるほどよく失《な》くすので、なくても入れるように覚えたんです」

「ええ……」

そんな何でもない口調で言われても。

「まあ、助かるっちゃ助かるわね」

突っ込みを放棄した保科さんが言う。

「ちょっと待っててくださいね」

仁菜ちゃんは通勤バッグを漁《あさ》ってメイクポーチを持って嬉しそうに戻って来た。ファンシーなパステルピンクのメイクポーチから、鋭利な鈍色《にびいろ》の針金が出てくる。

「常備してるんだ……」

「もうこっちが本当の鍵みたいなものですよ」

なぜか誇らしげに言うと、引き出しの前にしゃがみこんで躊躇《ちゅうちょ》なく針金を差し込んだ。

「すげー、漫画とかドラマの世界だけだと思ってた」

飯野が素直に感心している。

「まあうちの会社でできるのは私くらいでしょうね」

「そりゃ何人もいちゃ困るわよ」

鳥肌が立ってしまうくらいスムーズに、仁菜ちゃんは鍵を開けることに成功した。

中には、予備のシャチハタや取引先からの年賀状、何年も前の卓上カレンダーなどが入っている。

「うーん、鍵かけるほどかなあ」

飯野が仁菜ちゃんの横にしゃがみこんで、腕を奥のほうまで忍ばせる。そして、薄手の手帳みたいなものを取り出した。

「なんですか、それ～」

飯野がぱらぱらとめくる。

反応に困るフォトアルバムだった。コスプレ衣装を着た女の子が、単独で写っているチェキ。それがぎっしりと詰まっていた。フレームは、パステルカラーのポスカで、にぎやかにデコレーションされている。

「誰……？」

飯野が困惑気味に問う。私もさすがに首をかしげる。

「地下アイドルかな、なんとなく」

「コンカフェのチェキじゃないですか～、これ」

仁菜ちゃんがはしゃいだ声で言った。

「こ、こんかふぇ？」

「はい。コンセプトに特化したサービスを提供するカフェのことです。メイドカフェもコンカフェの一種なんですよ～」

「やけに詳しいのね」

しかめ面の保科さん。

「元カレの浮気相手がコンカフェの店員さんだったんです〜」

「あらまあ」

「チェキは有料です。推しの店員さんに注文するんです。こんなにたくさん集めてるってことは、部長は常連さんだったんでしょうね〜」

保科さんが、呆れたように片目を細める。

「こんなもの会社に置いとくかしらね、普通」

「仕事が辛《つら》いとき、眺めて癒やされてたんじゃないすか」

飯野の返答に、仁菜ちゃんがふんふんと頷く。

「なるほど〜。デスクに奥さんとお子さんの写真飾ってる大盛パパみたいな感じですね」

「それとは全然違うような……」

画質が悪くてわかりづらいが、仁菜ちゃんによると、チェキはすべて同一人物だろうということだった。

二十歳前後くらいか。黒目がちのぱっちり二重が印象的な、アイドル顔のかわいい子。

「もしかして、前川の隠し子とか？」

思いついたことを口にすると、飯野がすぐに首を振る。

「いや、全然似てないし……。単純にこの子が好みで入れ込んでただけじゃない」

「でも前川って『ゆきね』の春代さんに惚《ほ》れてるでしょ。楚々《そそ》とした薄顔の美人。この子ぜんぜんタイプ違わない？」

「そりゃ～高級料理ばっか食ってると、たまにジャンクフード食いたくなる的なアレだろ」

「いやだわ前川のくせに贅沢《ぜいたく》ね」

保科さんが眉をひそめる。

「どうせよだれ垂らして眺めてるだけですよ」

仁菜ちゃんまで辛辣なことを言う。こんなにぼろくそ言われていても、前川に対する同情心は、ちっとも湧き起こってこない。積年の恨みは容易《たやす》く清算できるものじゃない。

「でもわざわざ職場に写真持ち込むってことは、前川の本命はこの子だったのかな」

「春代さんの写真は、スマホに入ってるんじゃないですか？　コンカフェの店員さんを、お客さん自身のスマホで撮影することは禁止されてるんです。だからどっちが本命とかなくて、スマホかチェキか、ただそれだけの違いだと思いますよ～」

「へえ。名探偵ニナもあなどれないね」

「ニナ・ホームズと呼んでください」

「それは嫌」

「代わりにワトソン青瀬の名をさしあげます」

「いらないよ。そんな売れないピン芸人みたいな名前」

その後、引き出しを隈《くま》なく探索したがめぼしいのはこれだけだった。

「あー、俺もう会議入るんでまた後で」

「私も本社総務と打ち合わせがあるわ」

飯野と保科さんが立て続けに捌《は》け、私と仁菜ちゃんも席に戻る。

仁菜ちゃんの手にはフォトアルバム。

「どうするの、それ」

「青瀬さん、明日は何曜日ですか」

「土曜日」

「そうです。休日です。一緒にこの子をたずねましょう」

「えっ？　だってどこの誰かもわかんないのに……」

「この子のコスプレ衣装に注目してください。ほら、ぜんぶ海賊モチーフですよ」

言われたとおり見てみると、デザインや色合いにバリエーションはあれど、必ず海賊帽をかぶっているかバンダナを巻いている。

「たしかに」

「ってことは海賊がテーマのコンカフェです。めっちゃマイナーです。よゆーで特定できちゃいま～す」

「そっか……そろそろ仕事しようか」

貴重な休日に探偵ごっこは、さすがにしんどい。はぐらかすように、早々に会話を打ち切った。そもそも仕事が山積みで、休日出勤だって大いにありうるのだ。

仁菜ちゃんはキーボードを叩きながら、淡々と言った。

「お気づきでしょうか青瀬さん、私は総経本部のメンバーで唯一、容疑者には挙げられてなかったんですよ」

「そうだね」

「それでも大好きな青瀬さんのために、こうして積極的に首を突っ込んでるんですよ?」

「……」

単なる方便とわかっていても、そう言われると感謝の念を抱かざるを得ない。

「だから明日お昼ごろ、絶対予定空けといてくださいね。今日中に場所特定しときますから」

「……うーん……了解……」

拒めない。


定時を過ぎた頃、丸尾さんから全メンバーにエクセルファイルが共有された。

ファイル名は『前川捜索の進捗共有』。ギャグみたいなタイトルだ。

丸尾:とりあえず、これまでの時系列まとめたのと、今後の各人の捜索進捗を共有できる表つくっておきました。随時アプデお願いします。他、不足事項あればどんどん追加してください。
みんな忙しいと思うけど、一蓮托生《いちれんたくしょう》ってことで協力してがんばりましょう。

◇時系列まとめ
7月13日　前川失踪宣言(23:51)

7月14日　失踪発覚
7月15日　親族より警察に行方不明者届を提出
7月17日　蛍を見る会……中止
7月21日　虚偽の告発メール……FROM 前川 TO #川崎事業所（00：00）
※現在　未《いま》だ連絡とれず

◇各自の行動履歴
〉随時埋めてください。

大変ありがたいが、ろくに確認する時間も追記する時間もとれなかった。皆同じようで、誰も更新しないまま、恐ろしく長い今日が終わった。

＊

土曜日、午前十時。

重たい身体を引きずって、秋葉原《あきはばら》駅に向かった。

プライベートで東京に出るのは何か月ぶりだろう。こんな格好で良かったのだろうかと、履き潰したノーブランドのスニーカーを見下ろしながら思う。

気づけばもう何シーズンも新しい服を購入していない。買ったところで着ていく場所がない。

会社はオフィスカジュアルというので、ユニクロのブラウスとスカートのセットを五パターン用意して、それをもう何年も着続けている。平日に洗濯する時間も気力もない。

忌々しいほどの快晴だ。

ホームに降りて改札まで歩くだけで、もううっすらと汗が滲む。

本来なら今頃は、きんきんに冷えた部屋で寝間着のままゴロ寝している時間なのに。

とっとと終わらせて帰りたい。

せっかく東京まで出たんだから、帰りはどこかお洒落《しゃれ》なお店でケーキかパンでも買って帰ろう。

などと思いながら、結局どこにも寄らず直帰するのが私だ。初めての店を訪れるというのは、それだけで相当体力を消耗する。

改札を抜けると、待ち合わせ場所である券売機前に、すでに仁菜ちゃんはいた。

シンプルなオフホワイトのノースリーブニットに、ベビーピンクのマキシ丈シフォンスカート。私が履いたら二歩も進めないであろう、華奢《きゃしゃ》なハイヒールサンダル。明るい茶髪をサイドでまとめて涼し気だ。耳元でシルバーのチェーンピアスが揺れている。

ファッション誌から切り抜いたようなスタイルに、なんだか気後れして声をかけられずにいると、仁菜ちゃんから駆け寄って来た。

「青瀬さーん！　よかった、本当に来てくれたんですね～」

「来ないと思ってたの？」

「はい！」

即答。来なけりゃよかった。

やる気に満ちた仁菜ちゃんは、私の腕を引っ張って意気揚々と歩みを進めた。

「さあ行きましょう。『パイレーツオブXOXO《キスハグ》』はすぐそこです」

「……なんだって？」

「コンカフェの名前ですよ」

「本当に特定したんだ」

「この私、ニナ・ホームズの手にかかれば――」

「それだるいからやめて」

「え〜」

路地裏、高層ビルに囲まれるようにして佇《たたず》む古ぼけた雑居ビル。壁はところどころ黒くすすけて、遠くからはっきり視認できるほど派手に亀裂が入っている。その三階が目当てのコンカフェだった。

「ここ大丈夫？　怪しくない？」

「大丈夫です〜。口コミ2.1でしたから」

「低くない？」

「四捨五入すると5点満点以外はぜんぶ0じゃないですか〜。だから大丈夫です」

「なるほどね」

何が大丈夫なんだか意味不明だが、適当に相槌《あいづち》を打つ。休日は極力頭を働かせたくない。

寂れた外階段をあがってゆくと、質素な白いドアにビビッドブルーのステッカー。手書き風のフォントで『パイレーツオブＸＯＸＯ』とある。それだけ。看板さえ出ていないというのは、いささか奇妙だ。来る途中にコンカフェについて軽く調べてみたが、検索上位に来るようなところだと、大々的に看板が出ていたり、呼び込みの店員が店の前に立っていたりする。ここは隠れ家的コンセプトなのか、そもそも商売をする気がないのか。

不安を拭いきれない私をよそに、仁菜ちゃんはなんのためらいもなく扉を開けた。

室内はオレンジがかった明かりに照らされて、エスニックなお香のにおいがした。美容院の受付みたいなスペースに、赤いバンダナを巻いた金髪の女の子。

「いらっしゃいませ、こんにちはー」

普通だ。普通のお出迎えだ。チェーンの居酒屋に来たような安心感がある。

『おかえりなさいませご主人様』の海賊版にあたる挨拶をされるのではないかと身構えていたので、少々拍子抜けした。

「こんにちは。初めてなんですけど〜、Ｘで見て面白そうだなあって思って」

好奇心で目を輝かせながら、仁菜ちゃんが言う。

「ありがとうございます。あー、推しの子いたりします？」

「ヒメノアちゃん」

仁菜ちゃんが即答すると、女の子の顔に困惑の色が滲んだ。

「あっ。ノア船長は、ついこの前退団しちゃいました」

「え〜、なんでですか」

「わかんないです。急にやめちゃったんで」

「そしたら歴が長い方とお話ししたいです」

「わかりました。とりあえずお席案内しますね〜」

女の子が後ろを振り返って元気よく言う。「新しい仲間が一名入団しました〜」

後方からやはり居酒屋風の「いらっしゃいませ」がこだまする。

コンカフェというものの初心者である私でさえもどかしさを感じてしまうほどに、コンセプトを絶妙に消化しきれていない。口コミ評価の星2.1も頷ける。接客態度は良好なのにもったいない。

店内は意外と広かった。

ゆったりとしたスペースに、二人掛けがメインで十五席ほど入っている。雰囲気づくりの装飾にはこだわっているようで、オーク材のウォールシェルフに海賊船の模型がずらりと並び、壁際に海賊の衣装やミニチュアの帆が飾ってある。だが店内をゆったりと流れるBGMはケルト音楽で、ちぐはぐさが拭えない。

客はぱっと見五、六人いて、みな中年男性で一人客だった。向かいに必ず店員が座っていて、だいぶ話し込んでいる様子だった。

店員さんに聞こえないよう、私は小声で呟いた。

「キャバクラみたい」

「コンカフェはキャバと違って指名制度はないんですけど、推し制度があります」

「同じじゃない？」

「お客さんが少ないんで、つきっきりに見えちゃうだけかと」

「なるほどね」

壁際奥の四人掛けの席に案内された。

二人並んでソファに座り、指示されたとおり、名札に名前を書いて襟口にクリップで留める。

すぐに、案内してくれた女の子とは別の子がやってきた。

ビビッドピンクのボブヘアに負けないほど濃いメイク。小柄だが、いかついスタッズの黒いジャケットがよく似合っていた。海賊というよりパンクバンドのギタリストっぽい。たぶん仁菜ちゃんと同い年くらいだろう。

「XOXO海賊団へようこそ。私はココロ船長です」

「はーい、こちらニナ隊員と～」

仁菜ちゃんが無邪気な笑顔で私を促す。

「……青瀬隊員です……」

何これ。地獄みたい。

そんな気持ちが顔に出ていたのだろうか。ココロさんは、笑顔を絶やさぬままさらりと救いの言葉を述べた。

「通常接客モードに切り替えましょうか」

「お願いします」

即答する。仁菜ちゃんが明らかに不服そうな顔をしているが、気づかないふりをする。

ココロさんは、テーブルに据え置かれたメニュー表を手で示した。

「こちらランチメニューとドリンクメニューです。タブレットに店員のプロフィール一覧と出勤状況が載ってますので、チェキやゲームなどをご希望の場合は随時お申し付けください」

見た目は今どきの女の子という感じなのに、私なんかよりずっときちんとしている。『お申し付けください』なんて美しい日本語、これまでも、これからも一生使う予定が見当たらない。

変に感心している私の横で、仁菜ちゃんがてきぱきと進行する。

「えっとー、私はこのスパニッシュなんたらのメロンソーダで、ココロ船長とお話ししたいので、キャストドリンクをオーダーします。お好きなの選んでください」

「わー、ありがとうございます」

ココロさんが両手を胸の前で組み合わせて、はなやいだ声をあげる。

キャストドリンクってなんだろう。

「青瀬さんは何にします～?」

喉が渇いている。炭酸を欲している。飲みたいものはすぐ決まったのに、メニューの珍妙な名前がオーダーを躊躇させる。

「お決まりですか?」

「あ、はい……この、カリブの黄昏《たそがれ》……輝く夕陽《ゆうひ》を刹那《せつな》に閉じ込めたキミとボクだけの……」

「ジンジャーエールですねー」

「……はい」

全部読み上げる必要なんてなかったんだ。颯爽と去っていくココロさんの背中を見つめながら、私はたまらなく恥ずかしくなった。

五分も経《た》たぬうちに、ココロさんが戻ってきた。プレートにグラスが三つ。赤いストローのついたメロンソーダを仁菜ちゃんに、黄色のストローがついたジンジャーエールを私に置くと、残ったレインボーカラーのスムージーを自分の手に持って向かいの席に腰を下ろした。

なるほど。キャストドリンクというのは、店員におごってあげる飲み物のことらしい。オーダーすることで店員との時間を買うということか。

「ちらっと伺ったんですけど、ノア船長のお知り合いなんですか？」

「いえ、知り合いではないんですけど、彼女に聞きたいことがあって――」

仁菜ちゃんがスマホを差し出した。画面には、スーツを着て微笑をたたえた前川が写っている。社内報に載っていた写真を撮影したものだ。画面越しなのに、重たいまぶたの下に宿る鋭い眼光に寒気がした。

「ああ、この方」

我々が問いかけるより先に、ココロさんは思い至ったようだ。「お名前は知らないですけど、二年ほど通われていた常連さんです。週二、三回は必ずと言っていいほど来ていました」

「……平日も？」

「はい、平日の日中もわりと」

あいつ、客先訪問だの適当な理由つけて、こんなところで現を抜かしていたのか。だから会社にフォトアルバムまで持ち込んでいたのかと、合点がいくのと同時に怒りが湧いた。

ココロさんは首をかしげて続けた。

「けど一週間くらい前かな、ぱったり来なくなっちゃったんですよ」

どきっとした。ちょうど失踪した時期と一致する。

客の個人情報をよくもベラベラ話すものだと呆れつつ、これ幸いとばかりに私はたずねた。

「ココロさんも、接客されたことはあるんですか？」

彼女は苦笑いを浮かべてかぶりを振った。

「ノア船長以外、眼中にないという感じで。ノアちゃんが休みの日はさっさと帰っちゃうし、他の誰の接客も受けてなかったと思います」

自分の娘でもおかしくない年齢の子に、徹底的に惚れ込んでいたということだ。

「こんなこと聞くのあれですけど、トラブルとかはとくになかったですか？　すごい威圧的でパワハラ気質でしょう、この男性」

私の問いに、彼女はきょとんとした顔になる。

「いえ、全然。どっちかというと気弱そうな感じでした」

「えっ」

「ずっとオロオロしてましたよ」

「オロオロ……？」

ココロさんはストローをくるくる回しながら、思い出すように言った。

「例えるなら、思春期の娘にどう接していいかわからなくて、困ってる父親って感じですかね。傍《はた》から見た印象ですが」

そんな前川は想像できない。想像したくない。

「ノア船長はどんなふうでしたか？　この男性と喋ってるとき、なんか普段と違う雰囲気だったりしましたか？」

仁菜ちゃんが、緊張感のないふわふわした声でたずねる。メロンソーダはもうなくなっている。

「いえ、とくには。ノア船長は元々不愛想というか、誰にたいしても大人しくて無口な子で。あんま接客とかも得意じゃなくて、この方以外は誰も推してなかったと思います。むしろ『ノア船長の接客は受けたくない』ってNG出してくるお客さんが結構な数いたくらいです」

「そうですか〜。意外です。ノア船長は、その男性について何か喋ってたりしましたか？」

「いえ……とくには何も。そもそも他のキャストともコミュニケーションを積極的にとるタイプじゃなくて、自分のシフト終わったら即帰る感じでしたし……」

「でも、他のお客さんからNGくらうレベルでも、解雇はされなかったんですね」

「はい。その男性がノア専属の常連で、チェキとかキャストドリとかたくさん頼んで貢献してくれてたので」

「なるほどです〜」

前川の目的がわからない。パワハラの権化《ごんげ》が一体なんの目的で、そんな不愛想な女の子に貢いでいたのか。オロオロしていたというから、何か弱みでも握られていたのだろうか。となると、やっぱり隠し子とか？　写真を見た限り前川にはまったく似ていなかったが、母親似ということもあるだろうし、よく考えれば整形やメイクでなんとでもなる気もする。

「それで、その男性が来なくなってすぐにノアさんも辞めてしまったんですよね」

「はい、メールで『一身上の都合』とだけ言って突然辞めてしまいました。ほぼ同時期に二人して消えてしまったので――」

ココロさんは声のトーンを一段低くして、囁くように言った。「みんな駆け落ちでもしたんじゃないかって言ってます」

「駆け落ち……」

想像したくない。職場の人間の恋愛事情なんて、ただでさえ知りたくないのに、あの前川だといっそう苦痛だ。

「あの〜、ノア船長の住所とか連絡先とか、なんでもいいんですけど教えてもらえませんか〜?」

仁菜ちゃんが甘えたような声で問う。

ココロさんは、困った顔で俯いた。

「申し訳ありませんが、辞めた人含めて、キャストの個人情報は機密事項ですので」

それはそうだ。当たり前だ。ここですんなり教えられたら、逆に不安になってしまう。

「ですよね〜。すみません」

さすがの仁菜ちゃんも理解していたようで、大人しく引き下がった。

「あの、ノアさんとは今でも連絡自体はとれているんでしょうか?」

私の問いに、ココロさんはまたしても首を横に振る。

「いえ。キャストのグループラインも抜けちゃってるし、電話番号も変えたみたいで繋がらないので……」

「そうなんですか」

「はい。だからいっそうなんかあったのかな、なんて勘繰ってしまいますね」

ココロさんは心底心配している様子だった。

結局、その後は適当な雑談を重ねて店をあとにした。とくに核心に迫るような話題は出なかった。

「前川はその子だけにずっと夢中だったんですね〜」

ビルの階段を軽いステップで降りながら、仁菜ちゃんが言う。

「そうだね」

せっかくの休日にパワハラ上司の劣情を知るなんて最悪だ。率直に気分が悪い。

私はすっかりくたびれて、その後ろをのろのろとついていく。雑居ビルの佇む路地裏を抜けると、炎天下の強い陽ざしがめいっぱい降り注いでくる。人通りが多くて、雑多な声が足音とともに行き交う。

「青瀬さんはどう見ますか？　前川部長が失踪して、ノアさんもすぐ退団して音信不通になっているこの事実を」

「店の子が言ってたような、駆け落ちはないと思う。普通に、唯一の常連が来なくなっていづらくなったから、辞めただけじゃない？」

「それで電話番号まで変えます〜？」

「うーん……店やめたあとも前川から連絡がしつこかったから、とか？」

「でも前川部長のスマホだって、何度電話かけても繫がらないじゃないですか〜」

「うーん……」

バッグからハンドタオルを取り出して、鼻の下の汗を拭う。なんだかくらくらする。休日は極力頭を使いたくないのに、なぜ私は推理ごっこに付き合っているのだろう。

「仁菜ちゃんはどう思うの？」

「部長がノアさんを拉致監禁したか、殺害したかとかちょっと考えたんですけど〜」

明るく澄んだ声音《こわね》から、急に物騒なワードが出てきて困惑する。

「いやいや、ないでしょ。だったらノアさんの写真を会社に置きっぱなしになんてしないでしょ。現にこうして簡単に足がつくんだから」

「えー、でもでも。衝動的に殺しちゃってテンパってたら、忘れちゃう可能性だってありますよね」

「まあ、なきにしもあらずだけどさ。じゃあノアさんの電話番号が変わってたのは？　本人以外は変えられないでしょ」

「時系列が逆かもしれないです」

「逆？」

「はい。前川からの連絡がしつこくて嫌気がさしたノアさんは、バイトをやめるより前に、電話番号を変えていた。つまりバイト先の人たちが、番号が変わっていると気づいたのが、辞めたあとだったというだけ」

「あー……。じゃあ何、ストーカー化した前川がノアさんを殺害した後、怪しまれないように、ノアさんを装ってバイトを辞めるメールを打ったかもってこと？」

「もちろん、逆もありえるんですけど」

秋葉原駅の改札前に着く。どちらからともなく立ち止まり、人気《ひとけ》のない隅の柱に寄りかかる。

「また逆？」

「はい。ノアさんが何らかの理由で前川を殺害して、怪しまれないように、前川を装ってあの『失踪宣言』のメールを出したとか」

「はぁ……」

頭が痛い。「どうしても物騒な方向に持っていきたいのかなあ」

冗談めかしたようにぼやくと、仁菜ちゃんは怖いくらい真面目な顔で私を見た。

「私、本当に前川が誰かを殺したか、あるいは誰かに殺されていなくなったとしか思えないんです」

「……根拠は?」

「前川って、派遣社員のことすごく下に見てますよね」

ひやりとする。前川の言動の端々から、それははっきりと感じていたが、仁菜ちゃん本人が認識しているとは思っていなかった。

否定するのも嘘《うそ》のように思われて、私は素直に頷いた。

「そうだね。下に見ているというか、『正社員』と『派遣社員』を過度に区別したがる」

「それにめちゃくちゃ外面《そとづら》いいですよね」

「吐き気がするほどにね」

自然と顔が歪《ゆが》んでしまう。

「つまり前川は社会的地位とか周囲からの評価とか、めちゃくちゃ気にするタイプなんです。そういう人が、『大企業の管理職』という輝かしい立場を、簡単にポイすると思いますか?」

「いや。余程のことがない限り、意地でもその立場にしがみつく人間だろうね。で、仁菜ちゃんは、その余程のことっていうのが殺人がらみだと睨《にら》んでるわけね」

「はい。なんせ二人そろって消息不明ですからね」

そう言われると、たちまち不安が押し寄せる。

前川の命は正直どうでもいいが、女の子のほうが何かしらの被害に遭っていたとしたら、非常に由々しき事態ではないか。

寄りかかっていたひんやり冷たい柱から背を離して、私は陽炎《かげろう》立つ大通りを振り返った。

「……事情を説明して、ノアさんの家教えてもらう？」

「はい、そのほうがいいと思います！」

そうして結局、来た道をだらだらとまた戻ることになった。二度手間というか、なんというか。

「こうやって右往左往する感じ、探偵っぽくていいですね〜」

「東奔西走ね」

ハイテンションな仁菜ちゃんを横目に、私は深いため息をついた。休日の昼間に、いったいどうしてこんなことをするはめになったのか。ぜんぶ前川のせいだ。

『パイレーツオブXOXO』に戻って、私から端的に事情を説明すると、ココロさんは店長を呼んだ。店長は私と同年代くらいの、背の高い美人だった。

「繰り返し申し訳ないですけど、個人情報ですのでいかなる事情でも住所は教えられません」

「重々承知はしているんですが、事情が事情なので――」

「あの、ノアちゃんは実家暮らしなんですよ。住所までは教えられないですけど、神田《かんだ》にあるマンションです」

「あ、そうなんですね」

私はほっと胸を撫で下ろした。実家暮らしなら、万が一事件に巻き込まれていた場合でも、すでに家族が警察に相談しているだろう。

「ちなみにご家族の仲は良好ですか？」

「そこまではちょっとわからないですけど、でも、ノアちゃんから一方的に辞めますって連絡が来た数日後ぐらいに、ノアちゃんのお母さんから謝罪の連絡がありましたよ」

「母親から、謝罪……」

「はい。『うちの娘が、突然辞めてしまったようで申し訳ありません』って。小さい頃から逃げ癖があったみたいで、習い事を勝手に辞めたり、バイトを急にバックレたり、そういうことが何度かあったみたいです。今回もそれじゃないかって。お母さんは、電話越しですがすごくきちんとした感じの方でしたよ」

「そうですか。……だそうだよ、仁菜ちゃん」

ここで『でも――』と続いたらなんて案じたが、仁菜ちゃんは意外にも「なら安心ですね」とすんなりその説明を受け入れた様子だった。

お礼にチェキを七枚頼み、再び店をあとにした。

すっかり見慣れたビル街の人ごみを縫うように歩いていく。汗が背中にも滲み、蟬《せみ》の鳴き声が鼓膜をしゃわしゃわ震わせる。

休日に都会の大通りを二往復。心身ともに大ダメージだ。安心して気が緩んだせいか、いっそう疲労が重く感じられる。

仁菜ちゃんは変わらず軽やかな足取り。のろのろ歩く私を振り返ってにこっと笑う。

「それでは、次は『ゆきね』にGOですね」

「は？」

「小田原の旅館『ゆきね』ですよ。青瀬さんは蛍を見る会で何回も行ってるから、場所わかりますよね」

「何のために行くの？」

「もちろん春代さんに話を聞くためですよ〜。ノアさんみたいに何かあるかも！」

「警察でもないのに、急に押しかけて話を聞くの？　非常識だよ」

「では今からアポをとります〜」

ポケットからスマホを取り出そうとする仁菜ちゃんを、即座に制止する。

「いや、いい。ってか私は行けない。行くなら一人で行って」

「えー。なんでですか〜」

「極度の疲労、体力の限界」

仁菜ちゃんはぽかんと口を開けて、腕時計をちらりと見た。

「まだ落ち合ってから二時間も経ってないですよ」

「私、休日は基本的に部屋から一歩も出ないの。ベッドで寝たきりなの。つまり私にとって今日のこれは、普通の人が未開のジャングル縦断にチャレンジしたくらい大ダメージなわけ」

「えぇー……」

珍しく仁菜ちゃんが引いている。

だが私の顔をまじまじと見つめて、汲んだような表情になる。

「たしかに顔がとても死んでますね。いつも死んでるから気づくのが遅れてしまいました、すみません」

「謝られると余計悲しいからやめて」

「じゃあ明日にしますか〜」

「明日は休出」

「えぇー。じゃあ来週?」

「一人で行ってきなよ。その行動力があればなんでもできるよ」

「いえいえ。ここまで来たら一番畜生ですよ、青瀬さん」

「は?」

「丸尾さんも言ってたじゃないですか」

「一蓮托生ね」

もう突っ込むのも疲れてきた。私は一秒でも早く家のベッドに飛び込みたくて、さっさと改札を抜ける。仁菜ちゃんも渋々といった感じでついてくる。

「そもそも、なんで春代さんのとこに行く必要があるの?」

「安否確認です。ノアさんは実家暮らしだし、バイトを辞めたあとお母さんから謝罪の連絡が来たってことで、一応無事がわかりましたよね」

「ああ、それなら確認するまでもないって。春代さんは旅館の女将《おかみ》さんなんだから、何かあったら従業員が気づくでしょ。それに、平日は毎日うちの小田原工場に仕出し弁当届けてるんだから。もし前川が関係してそうな何かが起きた場合には、こっちにも情報が来るはずだよ」

小田原工場とは普段の業務から関わりが深く、コミュニケーションも密にとっている。私は月一程度だが、総経本部の男性陣は週一ペースで出向くこともある。

わざわざ休日に様子を見に行くなんて野暮だ。

「でも、春代さんが前川部長をかくまってる可能性とかありませんかね」

「ないよ」

「春代さんが前川LOVEの可能性はありませんか?」

「ないよ。前川の圧倒的に一方的で報われない片思いだよ」

去年の蛍を見る会を思い出す。しつこく話しかける前川を、のらりくらりかわしていた春代さんのすがたを。露ほどの脈も感じられない相手に、よくもあそこまで執着できたものだ。

ホームの自販機でペットボトルのお茶を買う。仁菜ちゃんにミルクティーをおごる。

蟬の鳴き声をごうとかき消しながら、まもなく電車がやってきた。

車内は冷房がよく効いて心地いい。満席なのでドアに寄りかかる。

仁菜ちゃんはミルクティーのボトルを両手で包んでちびちび飲みながら言った。

「それでは来週土曜日、同じ時間に川崎駅で待ち合わせましょう。東海道線で小田原まで一本です」

「ん? 私の話聞いてた?」

「聞いてました〜。でもとりあえず行ってみましょうよ。なんかしら新しい発見がありますよきっと」

仁菜ちゃんがどうこうではなく、休日に予定が入るとそれだけで憂鬱な気持ちになる。

だが、冷静に考えてみると、このままでいいわけがない。本当に気乗りしないが、前川を一刻も早く見つけ出さなければならない。そうしないと疑いを晴らせない。誰かが何かをしてくれるのを待っているだけではだめなのだ。

他部署のよそよそしい態度や疑いの目、白い目などを思い出し、腹の底がずんと重くなる。

「……そうだね。行こう、来週」

「わーい。決まりです。アポとっときまーす」

「心意気はありがたいんだけどさ、仁菜ちゃんはいいの？」

「何がですか」

「こんなことに首突っ込んで貴重な休日潰してさ。彼氏とデートでもしたほうが、よっぽど有意義だと思うよ」

枕木が軋《きし》み電車がゆったり揺れる。

仁菜ちゃんはミルクティーのボトルをほっぺたに押し当てながら、思い出したように呟いた。

「ああ～。もう別れちゃったんで」

「早っ。まだ一か月も経ってなくない？」

「だんだんだるくなってきちゃって」

投げやりな口調だった。

名前すら知らない元カレに同情してしまうほど、情の欠片《かけら》も感じられない。

「相手がどうこうじゃないですよ。状態がだるくて」

「彼氏がいるという状態がしんどい?」

「そうです」

「わかる」

めちゃくちゃわかる。

記憶が曖昧《あいまい》だが、佐伯や飯野と別れたのもおそらくそんな理由だった。べつに束縛されたわけでもないが、誰かの彼女という役割を付与されている状況が、妙に息苦しくて早くこの状態から解放されたいと思っていた。

「青瀬さんならわかってくれると思いました〜。似た者同士ですし」

「……えっ。どこが?」

「んー。私もわかんないんですけど、保科さんに言われました。『二人は似た者同士よね』って」

「そ、そう……」

たじろいでしまう。

そんなふうに思われていたとは。自分で言うのはなんだが、どちらかというと私が真面目で堅いタイプで、仁菜ちゃんはその正反対に位置すると思っていた。

似てるって、どこらへんが?

嫌な気持ちはしないが、なんとなく引っかかりを覚えた。

ところで彼女は何者だろう。

相変わらず、平日はほぼ毎朝、きまって真向かいに座っている。

ちなみに休日は、いない。このあいだ気になって、用もないのにためしに土日も乗ってみたのだ。けれど見慣れた彼女のすがたはなかった。空席にちょっとだけしんみりした。

◆

ようやく冬が終わり、駅のホームの桜が芽吹き、春のきざしが見え始めている。

長い一年が終わってまた、休む間もなくまた長い一年が始まってしまう。憂鬱なことこのうえない。

今日も赤い電車を待っている。黄色い線の内側の先頭。

ホームの屋根の隙間から、春の陽光がさんさんと射し込んでくる。強張《こわば》った頬や硬い首すじに、それをめいっぱい浴びている。

気分は晴れない。それどころか、どんどん憂鬱に沈んでいく。

昨日、またやらかしてしまった。

何をやらかしたかはわからない。でもわたしが話し終えた途端、賑わっていた室内が水を打ったように静まり返ったから、たぶん何かを盛大にやらかしたのだ。

ただ白い視線やひそひそ声に曝されただけで、はっきりと指摘する者はいなかった。当たり前だ。わたしに指摘できる人なんているわけがない。

客観的に考えても、わたしが一番正しくて、一番できているのだから。

もし不安を顔に出したら、いや、指先やつま先から少しでもその気配が漏れ出たら、一気にすべてが崩れてしまう。そんな予感がしている。

だからいつでも背すじをぴんと伸ばして、涼しい顔でやり過ごさなければいけない。敗北者にならないために、ぎりぎりのところで踏ん張っていられるように、全身くまなく武装武装武装。

そんなことを考えていたら、身体にいっそう力が入った。

まもなく電車がやってきて、憂鬱と不安に背中を押されるようにして、まだ人の少ない車内に乗り込んだ。

横目でちらりと彼女のすがたを確認して、定位置に腰を降ろす。

彼女は相変わらず厚手のパーカーにジーンズだが、最近はすこし暑いのか、腕まくりをしている。棒きれみたいな覇気のない白い腕がむき出しになっている。大きなリュックを抱えていられるのが不思議なくらい、頼りない腕だ。何にも勝てそうにない弱々しい腕を曝しながら、よく眠れたものだと思う。あまりにも無防備だ。

わたしは相変わらず背筋をぴんと伸ばして、両手のこぶしを膝《ひざ》の上で固く握《つ》って座っている。頭の先から爪先まで、融通のきかない針金みたいな緊張の糸に吊るされている。
がたんごとん枕木が揺れる。静かな車内に無機質なアナウンス。
わたしが降りる二個手前の駅で、彼女はふいに目を覚まして、よろりと立ち上がった。
寝ぼけているらしく、ドアの手前までふらふら歩いて、またすぐ戻ってきた。
腰を降ろしたそのとき、抱えていたリュックサックから、鈴の音がシャンと鳴った。
頼りなくてどこか懐かしい音だった。単一ではなく、複数重なり合っていた。
タンバリンを持っている……？
わたしは彼女がいっそうわからなくなった。
寝ぼけまなこでタンバリンなど持って、いったいどこからきて、どこにいくのだろう？

第三章

翌週月曜の朝、相変わらず業務は忙しい。

そして、他部署から向けられるよそよそしい態度は変わらない。なるべく気にしないようにとパソコンの画面に視線を固定する。

十時過ぎ、大林人事部長から総経本部全員あてにチャットが入った。

@総経本部メンバー
お疲れさまです。忙しいところすみませんが、本日12時15分頃、会議室Aに必ずご参集願います。他言はなしでお願いします。

多くは語らぬ文面に漂う、のっぴきならない雰囲気。

「ぜってーなんかアレなやつじゃんこれ。週初めから勘弁してほしいわ」

飯野がため息交じりに言う。

「……吉報を祈りましょう」

保科さんがぼそりと呟《つぶや》く。

この場合における吉報とはなんだろう？

前川が復帰不能な状態かつ生きて見つかる、あるいは死んだ前川と犯人が同時に見つかることだ。それ以外はもれなく凶報だ。不謹慎だが皆同じ気持ちだろう。

「青瀬さん、すみません……」

振り向くと営業事務の女性社員がいた。どこか怯《おび》えたような笑み。後ろにはとくに業務上関わりのない人がいる。今までは一人で来ていたのに、必ず別の社員を従えて来るようになった。仮に私が殺人鬼だったとして、職場で堂々と危害を加えるわけがなかろうに。面と向かって何か言われたわけでもないのに、苦い気持ちになる。

表情に出ていたらしく、彼女はよけいに顔を強張《こわば》らせておずおずと言った。

「あの、先週からチャット入れてるんですけど……込山《こみやま》電機の基本契約書、電子データで送っていただけますか……？　管理に提出要請受けてて」

「すみません、わかりました」

「あっ、ありがとうございます。今日中にお願いします」

深々と頭を下げて、逃げるように去っていく。

あまりに露骨すぎるのではないか。深いため息をつくと、伝播《でんぱ》したように隣の丸尾さんも長いため息をついた。

忘れないうちに彼女からの依頼に対応しようというとき、電話が鳴った。名古屋工場の橋本チーム長だった。また仁菜ちゃんが何かやらかしたのではないかと、ひやりとする。

「はい、総経本部の青瀬です」

「あー、青瀬さん。安全衛生マップの更新ありがとね」

「はい」

「これって先月分まで反映されてるよね?」

「はい、しております」

「了解」

先日チャットで返信したような。わざわざ電話で確認することでもない気がしたが、トラブルではなかったのでひとまず安心する。

だが、橋本チーム長はもう一段声を低くして言った。

「なんか大変なことになってるね」

好奇心をこらえきれていないような、ねばつく声色《こわいろ》。

「え?」

「部長失踪した件、勝手に人殺しの容疑者にされちゃってんでしょ」

「……えっと」

背中に冷たいものが走る。橋本さんはおかまいなしに続ける。

「いや、もちろん俺は全然信じてないけどさ。たまったもんじゃないよねー、変な噂《うわさ》されちゃってさ。かわいそうだなあって」

「あっ、誰から聞きまひたか、それ?」

動揺して呂律《ろれつ》がうまく回らない。

「サービス部の若造から。わざわざ所長が緊急会議して口止めしてたらしいじゃん?」

「はあ、まあ」

電話越しに濁った笑い声が響く。

「ハハ、うちの会社のコンプラ意識ってどうなってんだろうね。口止めしようとした所長も所長だし、口止めされたのにじゃんじゃん漏らしちゃう社員もそうだし、お粗末すぎて笑っちゃうよねー」

「そ、そうですね……」

笑えないよ。全然笑えない。

遠く離れた名古屋工場まで、もう噂が回ってるなんて……。

鈍い頭痛と耳鳴りと、冷たく跳ねる鼓動の奥で、橋本さんの無責任で無邪気な笑い声がしつこく響いていた。


昼休み、一同が会議室Aに集まりロの字の席につく。中央に座る大林部長が、沈鬱な面持ちで口を開いた。

「結論から申し上げますと、前川部長の例の告発メールが流出しました」

驚く人は一人もいない。皆察していたようで、やっぱりね……という諦観の空気が流れている。大盛さんはかつてないほど顔色が悪く、ほとんど机に沈むようにうなだれている。

「誰が外部に情報を漏らしたのかは特定できてないけど、複数人いるみたいで、ほぼ全国の拠点に広まっているようです。土日を省くと本当に昨日の今日で……はあ……」

「社内はもうしょうがないとして……さすがに社外には漏れてないですよね？」

丸尾さんが恐る恐るといった感じでたずねる。

「それはさすがにないです。社外に漏れた場合は、流出させた人が懲戒処分を受けるのは確定なので」

みんな自分が害を被らない程度に我々で遊びたいらしい。腹立たしいというより恐ろしかった。今までは前川単体不信だったが、今や人間全般不信になりそうだ。

飯野が舌打ちして、頭を乱暴に掻《か》く。

「もしネットに曝《さら》されたら、ガチで人権失いますよ俺ら」

「あぁー、いやだもう胃が痛いよ……」

大盛さんが悲痛な呻《うめ》き声を漏らす。

『〈私は殺された〉謎の失踪を遂げた部長、失踪直後に部下を告発していた!』

扇情的なタイトルがつけられたYouTube動画。『この中に殺人犯がいる』というメッセージに、どこからか流出した私の卒アルの写真が添えられている。

そんな告発動画があっという間に拡散されているさまが容易に想像できてしまい、身体《からだ》の芯からぞっとした。

飯野の発言は決して大袈裟《おおげさ》ではない。今日日《きょうび》〈人殺しの容疑者〉なんて冠されてネットで曝されたら、もうまともな人生は送れない。

「どこにいるんだよぉ前川さん」

丸尾さんが両手で顔を覆いながら嘆く。

仁菜ちゃんは感情の読み取れないまっさらな表情で天井を仰いでいる。総経本部の一員とはいえ、虚偽告発の被害に遭っていないから、我々とはまるで立場が違う。本当に羨《うらや》ましくて仕方がない。

大林部長が額に手を押し当てながら、言った。

「それでね。警察にどなたかが相談したみたいで……」

「警察……」

いっそう空気が張りつめる。

「そうなんです。それで、未《いま》だ前川部長の消息知れず、念のために皆さんから話を聞きたいということで、警察から要請がありました」

膝《ひざ》の上に置いていた指先が、かすかに震えた。

事情聴取されるってこと……？

なんかとんでもないことになっていないか。

「もちろん、あくまで参考人聴取ですからね。念のため、一応、話を聞きたいってことだからさ」

大林部長が取り繕うように言葉を紡いだ。

「……そんな時間ないっすけどね」

飯野がふてくされたように呟《つぶや》く。

「でもそうしてもらったほうがいいんじゃないのかなぁ。身の潔白を証明するチャンスだよ」

大盛さんが皆を見回しながら言う。前向きな発言だが、早口でどこか切羽詰まったようなものを感じる。

「このままあらぬ疑いをかけられ続けられるのもしんどいので、私は全然いいですよ。時間つくりますから」

重苦しい空気を破るように言うと、大林部長がほっとしたような顔つきになる。他のみんなも不承不承といった感じではあるが、同意を示した。

「ありがとうございます。助かります。聞き取りは川崎警察署で行われます。ただ皆さん物凄《ものすご》く忙しくて、勤務時間外では時間をつくるのが厳しいと思います。ですので、勤務時間中に中抜けして順番に警察署に出向いてもらうかたちにしようかなと」

「定時を過ぎた場合には、残業代を支払っていただけるということよね」

保科さんが真っ先にたずねる。

大林部長が大きく頷《うなず》く。

「他部署の人に勘繰られたらまたやっかいなので、適当に日帰り出張とか客先訪問とかでごまかしてもらえれば。もちろん、川崎警察署までの往復交通費についても申請してもらって大丈夫です。事情が事情なので」

交通費旅費申請は本社経理の承認が必要になる。そうでなくとも、警察署の名前を入力するのは気が引ける。だから、きっと誰も申請はしないだろう。

その後、各々のスケジュールを確認し合い、五十音順で参考人聴取を受けることとなった。

つまり私が一番はじめである。

幸か不幸か今日の午後は会議が入っていなかったため、十六時ごろには中抜けして川崎警察署へ出向くことになった。

「不謹慎かもですけど、ちょっと羨ましいです。事情聴取されるなんて、めちゃくちゃレアですよね〜」

総経本部で唯一、聴取対象外の仁菜ちゃんがやたらはしゃいだ声で言う。

私はもう気が気ではなくて、ろくに返事もできなかった。

＊

十六時すぎ、重い足取りで川崎警察署に到着した。

案内された聴取室には、無機質な灰色の机とパイプ椅子。小窓はブラインドが下がっており、蛍光灯の明かりがより冴《さ》えて見える。

テレビやドラマで散々見ていた光景の中に、自分が当事者として存在している。

ただ汗水垂らして必死で働いていただけなのに、なぜか人殺しの容疑者として告発され、警察に呼び出しを喰《く》らっている。

理不尽きわまりない話だ。この先どんな幸福が訪れようと、私は一生神も仏も信じないだろう。

奥の席に座るよう促されて、そっと椅子を引いて腰を下ろす。なぜだかあまり音を立てたくない。一挙一動を監視されているようで、どうしても身体が強張ってしまう。

向かいに若い男性警察官が座る。三十前後だろうか。八幡《やはた》巡査と名乗った彼は、小柄で薄い顔立ちだが眼光が鋭く、威圧感さえ感じる。

「すみませんね、忙しいところご足労いただいて」

声は意外と柔らかみがあって穏やかだ。少しだけほっとする。「一応ね、ああいう通報があった以上は、こうしてお一人お一人に聞き取りするのが決まりなんでね」

「はい」

「さっそくなんですが、前川誠さんから『失踪宣言』というメールが送信された十三日の行動をざっくり教えていただけますか」

「はあ……」

常に忙しくて頭がパンク状態にある。

ほんの数時間前の記憶さえおぼろげなのに、十日以上前のことを聞かれても正直困る。ほとんど忘却の彼方《かなた》にある。

アリバイのようなものを聞かれるだろうとは考えていたため、あらかじめ整理しておいた会社用携帯のカレンダーをプリントアウトしたものを確認する。

「その日はずっと仕事です。一応控えておいたんですけど、会社のパソコンの退勤ログは二十三時五十八分になっています」

たしか会議が一つスライドしたおかげで、かろうじて日付が変わる前に業務を終えることができたのだ。

「出社時間は?」

「いつもどおり九時前です」

「それから退勤までの間に、社外に出ることはありましたか?」

「いえ、ずっと内勤でした」

これも予定表を確認しておいた。その日は終日複数の会議や来客対応が入っており、社内を何度も往復したが、社外には出ていない。

その前後日の行動についても聞かれたため、私はあらかじめプリントアウトしておいたOutlookのスケジュール表を差し出した。

「このとおりで、平日に関しては終日内勤でした。いつも九時前に出勤し、たいてい深夜まで残業しています」

「……たしかに、わかりました」

八幡巡査は表を眺めたあとそう言って、私の顔をどこか同情を含んだ眼差《まなざ》しでちらと見た。

「ものすごいハードワークですが、ずっとこうなんですか？」

「そうですね。総経本部はみんなこうです。ずっと忙しいです」

「そのことで前川さんに抗議されたりは？」

「いえ。大人しく従ってました。抗議する気力もなくて、ただ回り続ける歯車みたいな感覚でしたので」

ここで変に取り繕っても仕方がない。

「そうですか……。前川さんから恨まれたり、今回の告発を受ける心当たりなどはありますか？」

少々悩んだが、警察相手に隠し事をするのも気が引けるので、正直に打ち明けることにした。

「数々の暴言や無理な業務要請など、今まで散々ひどいパワハラを受けてきました。そのため、表面上は大人しく従っていましたが、内心では反発心や、前川部長にたいする不信感、嫌悪感といった感情は当たり前にありました。

口には出してませんが、態度にはすごく出ていたと思います。だから、彼から恨まれていたとしても不思議ではありません」

その後、パワハラの詳細や会社側の対応についての質問が続いた。覚えている限りすべて打ち明けた。人に話を聞いてもらえるというのは、こんなに気分がすっきりするものなのか。私は最初に感じていたどうしようもない憂鬱をほとんど忘れて、ある種の心地よささえ感じながら話し続けた。

「前川さんは普段から、誰かに殺害されるのではないかと怯えている様子はありましたか？」

「なかったです。あくまで私から見た感想ですが」

失踪前夜までずっと、傲慢で非道な前川だった。「あの、警察の現時点での見解を教えていただけますか？　事件の方向で捜査が進んでいるのですか？」

私の問いに、八幡巡査はすぐさまかぶりを振った。

「いえ、失踪という位置づけです。今回はあくまで任意聴取ですから」

「正直、今回のことで会社中から容疑者扱いを受けて非常に困っているのですが、まだまったく行方が摑《つか》めていないのですか？」

「そうですね。捜査中です」

それ以上は、いくら掘り下げようとしても、詳しく教えてもらえなかった。

自分自身のアリバイ、前川や同僚との関係についてほぼ一方的に話すというか吐き出すかたちで聴取は終わった。ジャスト一時間。

警察署を出ると、相変わらず容赦ない陽光が降り注ぐ夏の夕方。生ぬるい風と蟬《せみ》しぐれの中、少し歩いただけでじわりと汗が滲《にじ》んでくる。

このまままっすぐ帰りたいところだが、仕事がたんまり残っているので戻るほかない。

警察はあくまで失踪と考えている。

でも、わざわざ一人ひとりを任意聴取にかけるということは、失踪したことの確証はまだ得られていないのだろう。

とはいえ、今日のこれで私自身のアリバイはきちんと証明できたし、今後警察から疑いの目を向けられることはないだろう。そう考えるとだいぶ気が楽になったし、わざわざ警察に通報してくれたどこかの誰かに、わずかだが感謝の気持ちさえ湧いてくる。

できれば警察から全社に向けて『青瀬さんは確実に無罪です』と声明を出してほしいところだが、おそらく無理だろう。

前川が見つからない限り、職場ではずっと腫物《はれもの》扱いが続くのかもしれない。虚偽の告発が拡散されて、日常生活を脅かす日が来るのかもしれない。徐々にマイナスな考えが脳裏に浮かび、すべて話してからっとしていた心のうちに、再び薄暗い靄《もや》がおりていった。


職場に戻ると、真っ先に仁菜ちゃんから声をかけられた。

「かつ丼出ましたか～?」

「出ないよ」

「えー。じゃあ何が出たんですか?」

「何も出ないよ」

「えー。じゃあなんのために行ったんですか？」

「身の潔白を証明するためだよ」

「できましたか？」

「たぶん」

パソコンを開くと、たった一時間半席を外しただけなのに、もう新着メールが雪崩を起こしている。

もっとゆっくり歩いて来ればよかった。自販機でアイスコーヒーでも買って、どっかのベンチで休んでくればよかった。

なんて、やることを先延ばしにしたって何も変わらないんだけど。

「青瀬、どうだった？」

鞄《かばん》を抱えた飯野が、後ろから声をかけてきた。

暗い瞳は虚《うつ》ろで瘦せこけた頰が黒ずんで、相変わらず顔が死んでいる。前川が失踪したばかりの頃は、あんなにいきいきとしていたのに。

「行動履歴とか、前川とかメンバーとの関係性とか、いろいろ聞かれた。そんな身構えなくて大丈夫だと思う。通報があったから念のためって感じだったからさ」

私は包み隠さずざっくばらんに話した。

飯野は表情を変えず頷いた。

「そっか」

「今から？」

「おう。行ってきます」

「行ってらっしゃい」

ふらつく瘦せた背中を見送った。

「前川が消えても、なかなか苦しみからは解放されないものですね」

ぼそりと呟くと、丸尾さんが弱々しく頷いた。

「状況が状況だし、彼がいなくなったからといって労働負荷は変わらないしねぇ」

精神負荷も変わらない。変わらないというか、むしろ増えているのではないか。個人からパワハラを受けるストレスと、集団から腫物扱いを受けるストレス。どちらも激しく心を蝕《むしば》んでいく。

「こんなこと言うの不謹慎かもしれないけど、まだよかったです。告発されたのが、私一人じゃなくてメンバー全員で」

「それはぼくも思うよ。もし一人だったら耐えられていたかどうか……」

丸尾さんが力のない笑みを浮かべる。

定年間近で年下上司に散々虐げられ、挙句人殺しの汚名を着せられるとは。丸尾さんも苦労の絶えない人である。同じ立場ながら同情を禁じ得ない。

「なんか私だけ仲間はずれですね」

仁菜ちゃんが横からひょいと顔をのぞかせて、不満そうな声で言う。

「こんなことは仲間はずれのほうが幸福でしょ」

「え～。でも私もかつ丼チャレンジしたかったです」

「何？」

「青瀬さんはかつ丼をもらえませんでしたが、飯野さんは上手く立ち回ってかつ丼をゲットすると思います」

「そんなゲームじゃないからこれ」

「そうよ、これは戦いよ。食うか食われるかの激戦よ」

淡々と仕事していた保科さんが、横から口を挟む。

「保科さんは、いつからなんですか？」

「大盛さんの後に呼ばれているわ」

「えっ。夜にかかっちゃいますよね、たぶん」

「そうね。でも無理やりねじこませたわ。さっさと終わらせたいの。きっぱり無実を晴らして、かつ堂々と抗議するつもり」

「おお……」

延々激しく抗議する保科さんのすがたが容易に想像できてしまい、警察に少しだけ同情してしまう。

「青瀬さん、今ちょっとチャット入れたから、時間あるとき対応よろしくねぇ」

丸尾さんから声がかかる。

「了解です」

確認すると、共有ファイルが更新されていた。

丸尾：今後のために、一応みんなの行動履歴を共有しておきましょう。本当は聴取前にまとめておければよかったんだけど、時間なくて。
青瀬：了解です。時間あるとき更新しときます。
丸尾：ありがとうございます。
大盛：了解です。ところで、前川の足取りについて、誰か手がかり摑めた人いる？
丸尾：何もないですねぇ……。
三井：おととい青瀬さんと一緒に、前川行きつけのコンカフェに行ってきました！　でもいい感じの情報はゲットできなかったです。
丸尾：どうしますかね。今回の任意聴取で、警察からの疑惑は払拭できると思うけど、会社のメンバーの疑いを晴らすのは難しいよね。前川が見つからないと。
青瀬：それ、私も悩んでて。警察から声明というか、通達を出してもらうのが一番いいと思うんですけど、現実的じゃないですよね。
保科：私が警察に直談判します。我々が無実であることを全社に向けて宣言してもらうよう、交渉します。
大盛：ありがとうございます。心強いです……！
保科さんが鼻息を荒くする音が、こちらまで聞こえてくる。本格的に戦闘モードという感じだ。
「なんとかなりそうでよかった」

私がぽつりと漏らすと、隣の仁菜ちゃんが不満そうに口をふくらませた。

もっと波乱を望んでいるように見えた。

一番近い傍観者であって、決して当事者ではない彼女にとって、一連の出来事は単なるエンターテインメントにすぎないのかもしれない。

＊

◇時系列まとめ
7月13日　前川失踪宣言（23：51）
7月14日　失踪発覚
7月15日　親族より警察に行方不明者届を提出
7月17日　蛍を見る会……中止
7月21日　虚偽の告発メール……FROM 前川 TO #川崎事業所（00：00）
※現在　未だ連絡とれず

◇各自の行動履歴
〉随時埋めてください。

7月13日
青瀬……終日内勤。　勤怠ログ　出勤08：54　退勤23：58
飯野……終日内勤。　勤怠ログ　出勤07：16　退勤25：56
大盛……終日内勤。　勤怠ログ　出勤08：08　退勤24：38
丸尾……終日内勤。　勤怠ログ　出勤08：52　退勤23：33
保科……終日内勤。　勤怠ログ　出勤06：10　退勤23：20
三井……終日内勤。　勤怠ログ　出勤08：56　退勤18：00

＊

朝七時。不協和音のアラームが静寂の中鳴り響く。唸《うな》りながらアラームを消す。

重い身体を引きずり起こして、洗面所へ向かう。廊下に転がっていた45リットルのごみ袋につまずきそうになる。中に詰まっているチューハイの空き缶が耳障りな音を立てる。

ごみ……。

今日何曜日だっけ。

缶の回収日は木曜日。今日は……。今日は……。

思い出せない。また曜日がすぐに思い出せない脳味噌《のうみそ》になってしまった。

でたらめに歯磨き粉を塗りたくった歯ブラシを半開きの口にねじこみながら、廊下を振り返る。ぱんぱんに膨れたごみ袋が哀愁をただよわせながら寄り添い合っている。

加えて、またごみをきちんと捨てられない体になってしまった。

前川が消えて人間らしい生活を取り戻せたのも束《つか》の間《ま》だった。やつがいなくなったからといって労働時間が減るわけでも、私自身の怠惰《たいだ》な人間性が改善されるわけでもない。そして一連の出来事に関しては解決の糸口も見当たらず、心労は積もり積もってゆく。

ああ、今日もまた死んだ目で重い身体を引きずって会社に行くんだ。

永遠にそうして歳《とし》だけ取って、振り返れば何も残らない人生なんだ……。

ぴぃんぽぉおん。

やけに不快なチャイムの音が響いた。

こんな朝っぱらから……。

歯ブラシを口に突っ込んだまま硬直していると、続けざまにまた鳴った。

まだ寝間着のジャージだし顔も洗ってない。髪も四方に散らばってひどいありさまだ。なんとなく胸がざわつくが、居留守を使おう。

ぴぃんぽぉおん。ぴぃんぽぉおん。

連続して耳障りな音が響く。背筋を貫くような寒気が走る。一瞬で眠気が引いてゆく。

まさか、警察？　何？　家宅捜査？　まさか。つい先日任意聴取で汚名を晴らしたばかりじゃないか。

私は猛スピードで口から歯ブラシを引っこ抜き、乱暴にゆすいで居間に直行した。

震える指先でドアフォンの応答ボタンを押す。

「はい、青瀬です」

「……」

「もしもし?」

「……田上《たのうえ》ですけどぉ」

しわがれた女性の声。警察ではないとわかり、ほんの少し鼓動が静まる。

「どちらさまでしょうか?」

「大家の田上ですぅ。この物件の管理責任者です。少しお時間いただけますかぁ」

「は、はあ」

言われるまま頷いて、応答ボタンを切る。過労と寝不足で朝から疲れ果てており、『時間がないから』と断る気力さえなかった。NOと言うのは、それだけでかなり体力を消耗するのだ。

声的に老齢の女性らしかったので、気にせずよれよれのTシャツ姿のまま扉を開けた。想像どおり、背中の丸まった華奢《きゃしゃ》な高齢女性が、困り顔で佇《たたず》んでいた。面食らったのは、その横にスーツを着た屈強そうな青年が立っていることだった。

「すみませんねえ、こんな朝早くにたずねて。でもあなた、平日はいつもいつも帰りが遅いでしょう。日付が回った頃に帰ってくることが多いから、出勤前のこの時間しか捕まらないと思ってねえ」

淑《しと》やかそうに見えて饒舌《じょうぜつ》な老婆だ。というか五年前の入居時以降まったく対面した記憶はないが、なぜこちらの生活パターンを把握しているのだろう。私は反射的に身構えていた。

「はあ。それで、ご用件は?」

「本当はこんなふうにたずねる予定なかったのよ。だって忙しい社会人の、朝の貴重なひとときに、邪魔されたら誰だって嫌な気持ちになるでしょうしねえ。私もそれはちゃんとわかってるんですぅ」

なら休日にしてくれればいいのに。

「ご用件は？」

良くないと思いつつ、急《せ》き立てるように問いかけた。

しびれを切らしたように、後ろに控えていた男性が低い声で答えた。

「私、同じく管理責任者の喜多島《きたじま》です。単刀直入に申しますと、複数の居住者様から、青瀬様宅からの騒音被害の申し出がございまして。可能な限り、退去をお願いしたくお話しにあがりました」

「はい？」

寝耳に水だ。

まったく心当たりがない。そもそも、朝から深夜までまったく家にいないし、帰宅したら寝るだけだ。休日も死んだように寝てるだけ。友人も恋人もいない誰も訪れない孤独の間《ま》。騒音など発生しようがないではないか。

ということを、説明しようにも口がうまく動かない。

「……心当たり、まったくありませんけど。私ほぼ出ずっぱりで、家にいるときは寝てるだけですけど」

そう答えるので精一杯だった。

「帰宅されるのだいたい深夜ですよね」

「はあ」

「生活パターンが違うというのが大きく影響していると思いますが、皆さんが寝静まっている時間帯に、ご自身で思っているより大きな生活音を出されているのだと思います。複数の居住者様から、度重なるクレームが報告されており、長期間改善の余地が見られなかったということで、退去勧告という次の段階に進まざるを得なくてですね」

「いや、クレームとか初耳なんですけど……」

所在なげにソワソワしていた田上さんが、息を吹き返したように喋《しゃべ》り始めた。

「あなた、そりゃないわよぉ。だって私何度もお願いしましたよ。掲示板に張り紙もしたし、ポストに依頼の紙だって入れたし、ほら、電話だって何十回、何百回……はちょっと言い過ぎかしらね。でも何度電話したって、あなた一度も出てくれなかったでしょう」

「あっ……」

言葉に詰まってしまう。

アパートエントランスの掲示板なんていちいち見ることはない。郵便はいつも溜《た》めている。ポストがぱんぱんになって、受け口から郵便物がはみ出す頃になってようやく回収する。雑多なチラシに交じって『親展』『重要』など書かれた郵送物も、めんどうがって封を切るのを後回しにする。開けることなく忘れて放置、なんてこともしばしば。

電話は基本的に出ない。滅多にかかってこないし、ほとんど携帯会社のセールスか、いつかに登録して退会しそこねた転職サイトのエージェントだ。留守電も再生しないまま忘れていることが多々ある。

大家さんから郵送や電話で何度も通達があったにもかかわらず、長期間スルーしていたとしてもおかしくはない。

すっかり眠気が引いて、こわごわとたずねる。

「あの、もしかして、今日のこれって突然の訪問とかじゃなくて……」

「はい。何度通達してもお返事いただけないし、改善もされないので、本日やむを得ず訪問させていただきました」

喜多島さんが、真顔で無慈悲に告げた。寝汗の跡をなぞるように、冷や汗がたらりと背中を伝う。

こういうときはもう、とにかく謝るしかない。

「えっと、申し訳ないです。忙しさにかまけて気づかずにいました。えっと……ひとまず、今後生活音には気をつけるので、いったんお引き取り願えますか。これから出勤なので、ホント、今日のところは……」

「承知しました。ただ、こちらもかなりの数、苦情を受け取っておりますし、青瀬様の生活パターンが変わらない限りは改善は難しいものと考えておりますので。ひとまず勧告書をお渡ししますので、ご確認ください。土曜日に再度訪問させていただきます。よろしくお願いいたします」

無機質な声音《こわね》でひといきに述べると、喜多島さんは薄い封書を差し出した。私はおずおずとそれを受け取り、深く頭を下げて二人を見送った。

そっと玄関扉を閉じる。

激しい疲れが押し寄せてきて、その場にへたり込みそうになる。

薄暗い室内、冷蔵庫の唸る音、まとわりつく湿気、生ごみの腐臭、床に落ちた埃《ほこり》と髪の毛のうず。五感のすべてが憂鬱だ。

本当に、次から次へと……。

こんなに狭くて汚れて陰気な部屋でも、唯一心が休まる場所だったのに。

複数の居住者から、度重なる騒音のクレームなんて……。近所付き合いはまったくと言っていいほどない。両隣や真下に住んでいる人間の顔もわからない。誰にたいしてどう気をつければいいのかわからない。音を立てている自覚がないのだから。

感傷に浸っている間もなく、刻々と出勤の時間が近づいてくる。

顔洗って、歯磨いて、着替えて……。

あれ、顔は洗ったんだっけ。っていうか、私、さっきまで何やってたんだっけ。

頭の電池が切れかけたまま、のろのろと洗面所に向かう。

「これは……帰ってから見ればいいよね……」

呟いて、受け取ったばかりの封書をベッドに向かって放り投げる。飛距離が足りず手前の床に落ちる。拾う気力はない。

そして私はうっすらと気づいている。帰宅してからもきっと、何かと言い訳をつくって、封を切ることがないであろうことに。

＊

真夏の陽光、蟬しぐれ。

手庇《てびさし》をつくり空を見上げて、陽の光で透き通る青葉を、美しいと思う日もあった。

今はずっと下を向いて歩いている。じりじりと首筋を焼かれ、汗が垂れ落ちる。灰色のコンクリートに、黒い滲《にじ》みが点々と連なっていく。

「青瀬さん、おはようございまーす」

後ろから仁菜ちゃんの軽快な声。うんざりするほど爽やかだ。

「仁菜ちゃんって、いつも後ろからやってくるよね」

「なんですか、急に」

「ふと思っただけ」

「それは青瀬さん次第ですよ。私が青瀬さんの前を歩いてるときに、青瀬さんが『ここにいるよー！』って合図してくれたら、私は前からもやってきますよ〜」

「なるほどね」

「次回からぜひご検討ください」

「遠慮する」

「今日も今日とて顔が死んでますね青瀬さん。せっかく前川から解放されたのに」

「解放？　物理的には解放されたけど、精神的な呪縛《じゅばく》はいっそう強まるばかりだよ。その上、他の問題が次から次へと……。ねえ、私の生活音ってうるさいのかな」

仁菜ちゃんがきょとんと首をかしげる。耳元の華奢なピアスが揺れる。

「生活音ってなんですか」

「例えば、ドアを開け閉めしたり、座ったり立ったりするときの音とか、足音とかもろもろ日常生活で発する音」

「ん〜、とくに気になったことないです。なんですか。なんかそういう大会に出るんですか〜?」

「ないよそんな大会。なんでそういう発想になるんだよ。……いやね、ちょっと腑《ふ》に落ちないことがあってね……」

「あのですね〜青瀬さん。考えてもわかんないことは考えないほうがいいですよ。だって考えてもわかんないじゃないですか」

「そうだね」

身も蓋《ふた》もない言い分だが、少し心が軽くなった。


始業後早々に、丸尾さんからチャットが入った。

@総経本部メンバー
丸尾：お疲れさまです。昨日、全員の任意聴取が終わりました。とりあえず警察にたいしては皆さんの無罪を証明できたと思いますが、依然根本的な解決にはいたってないようで…。
保科：警察だめね。全社にたいして無罪証明を宣言するよう強く要求しましたが、期待できそうにないわ。
飯野：俺も依頼したけど、曖昧《あいまい》にはぐらかされました。
丸尾：ということで、昼休みにまた集まって今後の方針について相談しませんか？

続々と了解のレスポンスが続く。私もそれにならった。

虚偽の告発メールがたった三日で全国拠点に流出した以上、社外に漏れるのも時間の問題だという気がしている。

ネットに曝されて社会的に死ぬ前に、なんとか前川を見つけ出さなくては。

頭ではわかっているのに、日常に忙殺されて手をつけることができない。

「あの、青瀬さん。月曜日にもお伝えした基本契約書の件、今日中にご対応いただけますか？」

営業事務の女性社員が、相変わらず別の社員を従えて、怯えた声色で話しかけてきた。

「すみません、了解です」

「ありがとうございます。お願いします」

用件を手短に伝えて、逃げるように去っていくのも同じ。その背中を無意識に見送っていると、通りすがりの別の女性社員と目が合った。彼女は肩をびくっと震わせると、ものすごいスピードで目を逸《そ》らした。まるで呪物と遭遇したかのような形相だった。

こういうのが毎日ある。些細《ささい》なことでも、積み重なると大きなストレスになる。

ただ座って普段の業務をこなしているだけで、何か苦いものが喉《のど》にせりあがってくる。ペットボトルに手を伸ばそうとして、うまく摑《つか》めないことに気づく。指先に力が入らないのだ。芯からしびれる感じがして、小刻みに震えている。

深呼吸を繰り返しても効果がない。結局十分ほど待って、ようやく自然に震えが収まった。

なんだったんだろう、今の。

私、このままだと本当に壊れてしまうんじゃないか。

言い知れぬ不安が胸に影を落とす。


息つく間もなく雑多な業務を流れ作業のごとくこなし、気づいたら昼休みのチャイムが鳴っていた。

会議室に行かなくちゃいけない。でも何も終わらない。

ところで、どうして私が仙台工場の安全標語の原案リストをつくらねばならないのだろう？

内部に足を踏み入れたことはおろか、外観を眺めたことさえないのに。

なんて疑問に思うことは何百遍あれど、疑問を呈する相手がいない。依頼者は私と同じく何の権限もない下っ端だし、その上司については名前しか知らない。

何より、私が入社するはるか前から、これは総経本部の役割と決まっている。理由は誰もわからないが、とにかくそういうものだと決まっている。

顔も知らぬ他事業所の管理職に反旗を翻し負け戦を挑む気力など、私には一ミリも残っていない。意味なんて考えず、慣例に従ったほうが楽だ。

もういいや。どうせ誰も見ないんだ。重要性の低い業務はぜんぶ総経本部に回ってくるんだから、手を抜いたところで誰も困りはしないんだ。

適当に原案リストをエクセルに打ち込んでいく。

『思いやり　優しい笑顔　元気なあいさつ』

小学二年生の坊やがつくったなら微笑ましくて褒められたものだろうが、三十間近の女が絞りかすみたいな脳味噌でこれを生み出しているのだから泣けてくる。

半ばふてくされながら、標語原案リストをＺＩＰファイルにまとめて仙台工場の総務部に送信する。

ふっと息をつく。顔をあげるともう誰もいなかった。

デスクトップのてっぺんにピンク色のふせんが貼られている。

〈先いってまーす。　ニナ〉

ここに貼られているということは、私の前を仁菜ちゃんの上半身が横切ったということだ。まったく気づかなかった。

集中しすぎていたのか、感覚器官が麻痺《まひ》しているのか。

すでに集合時刻の十二時十五分を過ぎている。なのに身体が動かない。立ち上がるのすら億劫《おっくう》だった。

三回ほど深呼吸して、覚悟を決めて立ち上がる。視界が左右に揺れたような感覚がする。

パソコンとスマホを手にとって、歩き出す。

職場に人はまばら。

……床がふわふわしている。

雲の上を歩いているような不安定感に悪寒《おかん》と吐き気がして、たまらず近くにあったデスクに倒れ込むように手をついた。弾みでガタッと椅子が揺れる。

「ひっ」

斜め前から大仰な悲鳴。

視線をやると、年配の女性社員が怯えた顔をしていた。私と目が合うなり、「すみません……」とばつが悪そうに引きつった笑みを浮かべて、そそくさと席を立って行った。

なんだよ。誰だよあんた。なんでそんな目で私のこと見たんだよ。ただ具合が悪くてふらついただけなのに。

腹立たしさと悔しさに襲われながら、その背中を見送った。もちろん声に出して問いただす気力はない。

早くみんなのところに行きたい。同じ宿命を背負わされた人たちの顔を見て安心したい。

吐き気をこらえつつ、足元だけを見ながら会議室へと続く廊下を歩いていく。

先ほどの女性社員の悲鳴が、脳内にこびりついている。

これなら――。

大勢からこんな扱いを受けるくらいなら、前川たった一人から集中攻撃を受けていたあの日々のほうが、まだマシだったたな。

「青瀬」

前方から声がした。穏やかで低い声。私にとって、仁菜ちゃんと同じくらい耳に心地のいい声。

「佐伯さん……どうも……」

たいして私の声は耳障りだ。不安定でか細い。

「大丈夫？」

佐伯は私の顔を覗《のぞ》きこむように、痩せた長身をかがめた。陶器のように白い肌に、深い皺《しわ》がくっきりと刻まれている。

私と五歳も違わないはずだが、老け顔と落ち着いた佇まいのせいか、四十代に見えなくもない。

前喋ったのはいつ頃だっけ。自販機でダイドーのお茶を買ってくれた。夕暮れだった。記憶がおぼろげだけど、その頃より前髪が後退している気がする。このペースで行くと来年には全部禿《は》げ落ちているのかもしれない。そのほうが清潔感があっていいかも。夏は涼しげだし、お風呂の排水口掃除とかも楽だろうし。冬はニット帽とかかぶせて。……黄土色だな。くすんだ黄土色の厚手のニット帽とか似合いそう。

「あの、大丈夫？」

はっとする。薄い一重まぶたの奥で、優し気な瞳が困惑ぎみに私を見下ろしている。

「ごめんなさい。ちょっと考えごとしてて」

「何考えてたの？」

「黄土色の、厚手の、ニット帽」

「え……？」

佐伯がさらに困り顔になる。私は慌てて弁明する。

「すみません。仕事してないときって、すぐ意識が散漫になってしまって、自分でも何が何だか……」

本当に、どうして真夏にニット帽のことなんて考えてたんだろう？　自分の思考の起点がもう思い出せない。

「気のせいだったら申し訳ないけど、前川部長からパワハラ受けてた頃より、いっそう具合悪そうに見えるんだけど」

「身に覚えのない罪で会社中から人殺し扱いされて、警察からも聴取されて、前川の手がかりも摑めないし、そりゃ心も疲弊しますよ」

いけないとわかっていながら、つい愚痴っぽくなってしまう。佐伯は気分を害したようすもなく、慈悲のこもった表情で私を見つめた。

こんな優しい視線を向けられたのはいつぶりか。

「きちんと病院行って、診断もらってしばらく休んだほうがいいよ。心は一度壊れたらなかなか戻らないよ」

「いや、今は絶対休めない。今休んだら、説明責任を逃れるために詐病で入院する政治家と同類だとみなされてしまう」

「ほら、そういう考え方がもう危ないんだよ。自分を追い込んでしまっている。近郊ですぐ診てもらえそうな心療内科探しておくからさ、今週末にでも行ってみようよ。俺が車で送っていくからさ」

面倒くさい。休日に病院なんて死ぬほど面倒くさい。それに、たとえどんな病名を下されようと汚名を晴らすまでは休めない。ならば家で寝ていたい。

「や、結構です。お気遣いありがとう。私これから会議なんで、すみません」

半ば振りきるようにして、足早に立ち去った。

あれ。

不思議とめまいも吐き気も軽くなっていた。


会議室に着いたのは十二時半だった。保科さんが熱弁をふるっているのが、廊下からでもはっきり聞こえた。

ぺこりと頭を下げて入室し、仁菜ちゃんの隣に腰を下ろす。

頬杖《ほおづえ》ついてだるそうにしていた仁菜ちゃんが、私を見るなりぱっと顔を明るくした。

「かに太郎を見ましたね?」

「は?」

「ピンクのふせん貼っといたじゃないですか〜」

「ふせんは見た。文言も読んだ。かに太郎は見ていない」

「えー。ちゃんと目立つように描いたのに。金色のクレヨンで塗ったのに〜」

「なんで職場にクレヨン持ってきてんのよ」

「ふふっ。ダジャレですか」

「どこがだよ」

「そこうるさいわよ」

ホワイトボード前に立っている保科さんが、ピシャリと指摘する。私たちは同時に口を噤《つぐ》む。

「なんだか学校みたいだねぇ」

左隣の丸尾さんがふやけた声で呟く。

会議室に場所を変えても、だいたいいつもデスクと同じ並びになるのが不思議だ。

保科さんの横に立っていた飯野が、私のほうをちらりと見て言った。

「青瀬も来たんで再度話します。えっと、まず全員が警察の任意聴取を終えました。んで各々の身の潔白については証明したつもり。けど、結論から言うと警察から会社に何か働きかけてもらうっていうのは期待できそうにない」

「『告発メールは事実無根です』って一筆書いて声明出してくれりゃそれで良いって言ったのよ。でもそれすらできないんですってね」

保科さんが憎々しげに呪詛《じゆそ》を吐く。

「まあ、ぶっちゃけ我々がどう弁明しようと、それを裏付ける証拠はないわけで。警察としても現段階で『事実無根』と断定するのは不可能だから、致し方ないと言えばそれまでなんだけど」

丸尾さんがふっとため息をついて言う。どこか諦念がにじみ出ている。

「そういうことで、俺らは前川を見つけ出さないかぎり疑いを晴らせない。でも前川の手がかりなんてないし、仕事は相変わらずすげー忙しくて捜索してる暇もねーから、当面見つかりそうにない」

飯野が投げやりに言う。だんだん口調が荒れている。

「袋小路というか八方ふさがりというか……」

大盛さんが小声でぼやく。生気がない。これまでどんなに激務でも、いつも丸々太っていたのに、遠目ではっきりとわかるほど痩せた。このメンバーで唯一の家庭持ちかつ一家の大黒柱だし、心労は我々独身者の比ではないだろう。

「んで、このまま社内であらぬ疑いかけられて、ただ腫物扱いされ続けるだけってんなら俺はそれでもいい。たぶんそのうち慣れる」

飯野は本当に平気そうだ。たぶん保科さんも。丸尾さんも意外と図太く耐えそうだ。真っ先に潰れるとしたら、私か、大盛さんか。

「けど、もしこれが社外に流出したら、ネットなんかで拡散されたら、本当に人生が終わる」

そう、その可能性が一番怖い。自分だけの問題ではなくなってしまう。新潟の家族と姉夫婦の顔が思い浮かんで、心臓がぎゅっとなる。

「……でも、この前大林部長も言ってたけどさ、もしそんなことしたら懲戒処分になるでしょう。自分の身を危険に曝してまでやる人いないと思うけど……」

私が願望めいたことを唱えると、保科さんが即座に首を振った。

「甘いわよ青瀬さん。どこにも等しく馬鹿はいる。うちも一応業界では名の通った大企業だけど、それでもやっぱり馬鹿はいるの。平気で個人情報を流出させるような馬鹿がね」

「なおさら止めようがないですよね……誰が何しでかすかわからないし」

飯野がみんなの顔を見回して、いちだんと声を小さくして言った。

「だから、さっきまで話してたんだけど。取り返しつかねーことになる前に、一刻も早く前川見つけ出さねーとって」

「それはわかるけど……どうやって？」

「はい私でーす」

仁菜ちゃんが唐突に手をあげた。瞳がきらきらしている。嫌な予感しかしない。

だが飯野は真剣な顔で頷いた。

「そうだ三井さんだ。三井さんはピッキングができる。そして俺は前川の住んでいたマンションも部屋番も知っている。よく宅飲みに付き合わされたからな。ということは侵入可能ってことだな」

胸の奥がひゅんっとなった。

「前川の自宅に不法侵入するってこと？」

「そうよ。それで死ぬほど調べて何としてもやつの手がかりを掴むの」

保科さんが意気揚々と答えた。

嘘《うそ》。嘘でしょ。めちゃくちゃ現実主義で規則に厳しい保科さんさえ、同調しているなんて。

「いやいやいや。それはさすがにまずいですよ。犯罪じゃないですか！」

「任せてください。バレないようにやりますから」

仁菜ちゃんがふにゃふにゃのピースをつくる。冗談じゃない。

「全然任せられないよ。そんなの絶対にだめだよ」

「ほら、やっぱりね。これが普通の反応だよ。いくらなんでも、犯罪行為はまずいってばぁ」

丸尾さんが、ほっとした様子で言う。私も胸を撫《な》で下ろす。よかった。まだ常識的な判断ができる仲間がいた。

「もしかして、私と丸尾さん以外は、本気でやろうと思ってましたか？」

「だって毎日気が気じゃないよ。あの名指しメールがネットにばらまかれたらって思うと、食事もろくに喉を通らない。うちの長女は将来アイドルになるって言ってダンススクールの動画に何度も出演してるし、奥さんは日本語学校の教師でスピーチや対談でいろんなところに顔出してるんだ。そういうのも、ぜんぶさかのぼって突き止められて拡散されるよ。僕だけが非難されるならまだしも、家族の夢や未来が壊されるなんて耐えられない」

大盛さんが呪詛のように思いのたけを打ち明けた。

「気持ちはわかりますけど……」

だが大盛さんは、どこか恨めし気に言った。

「青瀬さんとか飯野くんはいいよね。まだ若いし独身だし、自分以外になんの責任もないからさ」

「いやいや。私にだって家族はいますから」

「内輪もめはやめようよぉ。四面楚歌《しめんそか》なのに身内にまで敵つくってどうするの」

丸尾さんが額の汗を拭いながら、悲痛な声を漏らす。

「すみません……」

私と大盛さんは、素直に謝って口をつぐんだ。

「えっと、じゃあ何。やっぱこのまま何もしないで、前川が自然に出てくるのを待つしかないわけ？　それでいいの？　自分の身を守れるのは自分だけだぞ」

束の間の静寂を裂くように、飯野が苛立《いらだ》ちを隠せない声で言う。

「もっと平和的かつ合法的に探る方法はないのかな」

「俺、散々警察に問いただしたけど、捜査状況なんて全然教えてくれねーし。前川の自宅だって、最初はちゃんと、マンションの管理人に立ち会いのもと調べさせてもらえないか依頼したんだ」

「私もよ。もちろん断られたけどね」

飯野の言葉に、保科さんが同調する。

「んで、じゃあせめて前川の親族から話聞けねーかと思って人事に掛け合ったんだ。けど、個人情報だから連絡先は教えられないって言われて」

「私もよ」

再び保科さんが同調する。

「んで、青瀬と三井さんは先週末わざわざ前川の行きつけのカフェに話聞きに行ったんでしょ?」

「行きました」

「んでなんの成果も得られなかった」

「まあ……」

「で、今週末は春代さんとこに行くんだって?」

「そうで〜す。私と青瀬さん二人で聞き込み行ってきま〜す」

仁菜ちゃんがはしゃいだ声で答える。

げっ。忘れてた。そう言えばそんな約束をしていた……。

仁菜ちゃんは両頰に手を当てて、はなやいだ声で言った。

「小田原城とかまぼこ博物館はぜったい行きます。青瀬さん、他に見たいとこあったら遠慮なくどうぞ」

「はっ？　どっちも行かないよ。春代さんに話聞くだけでしょ」

「でもチェックイン十五時からですし」

「えっ、泊まんの？」

『新鮮地魚船盛付き一泊二日プラン』ですよ」

「はっ？」

「『ぜいたく足柄牛《あしがらぎゅう》しゃぶしゃぶプラン』がよかったですか？」

「いや、そもそも泊まらな――」

「痴話げんかは二人でやってちょうだい」

保科さんがまたピシャリと諫《いさ》めた。丸尾さんがおかしそうに噴き出す。

「は～い」

仁菜ちゃんがけろっとした顔で答える。

私は何が何だか、もう呆《あき》れてしまって言葉も出なかった。

飯野も呆れたように私たちを一瞥《いちべつ》して話を戻す。

「つつー感じで悪いけど全然期待できないじゃん。もう頭打ちじゃん俺ら。他にどうにか前川を探し出す方法とかあんの？　平和的かつ合法的に」

しいんと静まり返る。

「ないよ……ないけどさ……」

私はまたも新潟の両親と姉の顔を思い出して、なんだか胸の奥が変に熱くなった。

「でもどんなに切羽詰まってても、犯罪に手を染めたらおしまいだよ。家族が悲しむよ。だから さ、不法侵入とか、そんな明らかな犯罪行為に走るのはやめようよ。それこそバレたら一巻の終わりだよ」

自分に言い聞かせるようにはっきりと言った。話し終えると、再び静寂が舞い戻ってくる。

沈黙に耐えかねたように、丸尾さんが手を打ち鳴らす。

「そういうことで、ね。もしかしたら青瀬さんたちが『ゆきね』の春代さんに話を聞くことで、すごい手がかりが見つかって一挙に問題が解決する可能性だって……ゼロではないからさ。ひとまず、さっき話してた前川の自宅に侵入して調査するっていうのはいったん白紙に戻す方向で、ね。いいですね?」

反論する者はいなかった。私はひとまず胸を撫で下ろした。

「大丈夫で〜す。私と青瀬さんでなんとかするんで。まな板の鯉《こい》になったつもりで、皆さんはどーんとかまえといてください」

もはや誰も突っ込まなかった。私の胸は再び不安に包まれた。

*

「冗談だよね仁菜ちゃん」

会議室を出て、フロアに戻る道すがら。恐る恐るたずねると、仁菜ちゃんは飄々《ひょうひょう》とした様子で首を横に振った。

「なんも冗談じゃないです。そんなにしゃぶしゃぶがいいなら変えますけど……」

「プランがどうこうじゃなくてさ、キャンセルしてよ。旅行なんて気分じゃないからさ」

「もう一週間切ってるので、キャンセル料十パーセントとられちゃいますよ～?」

「ええ……」

「そして青瀬さんの都合によるキャンセルなので、キャンセル料は青瀬さんがお支払いくださいね」

「……」

非常識すぎる。それなのにまったく嫌いになれないというか、嫌悪感が湧かないのが不思議でしかたがない。今だって、微妙に気持ちが傾きつつある。

どうせ小田原まで足を延ばすのであれば、そのまま泊まったほうが楽なんじゃないかと。

仁菜ちゃんはそんな私の心を見透かしたように、にこっと笑った。

「実はアプリで『旅のしおり』をつくってるんです。あとでシェアするんで楽しみにしといてくださいね」

「まあ、はあ……」

仁菜ちゃんなら何も気遣うことないし、別にいいか。どうせ家にいても気が晴れないだろうし。

家……。

あれ。土曜日になんか別の予定入ってなかったっけ。

……なんかあった気がするけど、思い出せない。

まあ、いっか。

それにしても、ピッキングして不法侵入云々の話はさすがに驚いた。

もし丸尾さんと私がいなければ、彼らは本当にそんな犯罪行為に手を染めようとしたのだろうか。

誰が言い出したのだろう。あの感じだと、仕切っていた飯野と保科さんが発案者のように見える。だとしたら、一見気丈そうに見えたあの二人が、実は最も心を蝕まれているのかもしれない。常識的な判断能力を失うほどに。

総経本部のメンバー全員で泥船に乗っかったまま沈没する未来しか見えず、しばらく悪寒が止まなかった。

＊

十八時過ぎのことだった。

いつもどおり自席でパソコンに向かっていると、大林部長からチャットが入った。

大林：お疲れさまです。今ちょっと時間とれますか？
青瀬：お疲れさまです。大丈夫です。
大林：では、会議室Ａまでお願いします。
青瀬：承知しました。

胸がざらつくような感覚。

個人で呼び出されることなんて今までなかった。不安を押し殺すように深く息を吐き、誰に咎《とが》められているでもないのに、そっと席を立つ。

定時きっかりに帰った仁菜ちゃんを除き、メンバー全員自席について、黙々と仕事をこなしている。呼び出されたのは私だけらしい。

すでに一部照明の落とされた薄暗い廊下を抜けて、会議室Aに到着する。

扉を開けると、大林部長一人だけだった。彼は私を見るなり、困惑した様子で軽く会釈《えしやく》をした。

「ごめんなさいね。わざわざ呼び出して。ただ念のため周りに聞かれないようにと思って」

「な、何かあったんですか?」

「青瀬さんと連絡がとれないって、警察から連絡があってさ」

「えっ。警察ですか?」

驚きのあまり、つい声が大きくなる。

「うん。何度か連絡したけど、留守電に繋《つな》がっちゃうって。見てないかな?」

「えっと、すみません。たぶん見てないです」

むかしセールスの電話が続いてうっとうしくて、通知が出ないように設定変更していた。変えるのが面倒でそのままだった。

「そっか。じゃ、ひとまず確認して折り返してもらえるかな。もう一度、話を聞きたいみたいなので」

「私……だけですよね」

「それはちょっとわからないけど、そんな物々しい雰囲気じゃなかったから大丈夫だと思う。よろしくね」

「わかりました。すみません」

二分足らずで会話は終わり、来た道をひとりまた戻っていく。通路の静寂に反響するように、鼓動が激しく高鳴っている。

自席に戻り通勤リュックから私用スマホを抜き取ると、またすぐ職場を出て、誰もいない階下の踊り場に向かった。

確認すると、たしかに知らない番号から四件も着信があった。留守電を再生すると、先日任意聴取を受けた川崎警察署の八幡巡査だった。

額に冷たい汗が滲む。

スマホをほっぽって逃げ出したい衝動に駆られるが、もし直接自宅を訪問でもされたら、たまったものではない。

小刻みに震える指先で、番号をタップする。

ワンコールで繋がった。

「折り返し遅れて申し訳ありません、青瀬ですが」

「ああ。青瀬さん、すみませんね。単刀直入に申しまして、青瀬さんから再度聞き取り調査をさせていただきたくて。また川崎警察署までご足労願えますか」

「は、はあ……。何かあったんでしょうか」

「いえ、念のためということで。いつ頃来られますかね」

「今からいいですか？」

考えるより先にそうたずねていた。

「ああ、はい。こちらは問題ないですが」

「では、これから向かいますので。三十分弱で到着すると思います」

簡単に挨拶《あいさつ》を済ませて通話を切る。

全貌がまったく摑めないが、私が無実であることは私が一番わかっている。あらぬ誤解が生じているなら、一刻も早く解消したい。己の心身の安全のために。

自席に戻り、投げっぱなしの業務を諦めて電源を落とし、手早く荷物をまとめた。

「ありゃ、もう帰り？　珍しいねぇ」

丸尾さんが目を丸くして、素っ頓狂な声をあげた。

「すみません、ちょっと体調悪くて……」

「そりゃ悪くなるよねぇ。こんな状態じゃ。お疲れさま」

「ありがとうございます。お先失礼します」

背中に続々と覇気のない『お疲れさま』が投げかけられる。ひとまず言及されたり怪しまれたりすることはなかったので安心した。


川崎警察署に到着したときには、十九時を回っていた。

先日通されたのと同じ憂鬱な灰色の部屋で、八幡巡査と向き合って座る。蛍光灯の明かりが不穏に眩《まぶ》しく感じられる。

八幡巡査は、厳しい表情とはうらはらに穏やかで優しい声音《こわね》で言った。

「実はですね、おととい警察署に匿名で通報がありましてね。その内容に基づいて、昨日青瀬さん宅の近隣の方に聞き込み調査を行ったんです」

「はっ……」

変に息を吸い込んだまま、固まってしまう。背中から腕にかけて、ぶわっと鳥肌が這《は》って行く感覚がした。

「それで、聞き取りした結果、ちょっと改めてお話を伺いたいと思いまして。こうして来ていただいた次第です」

「と、匿名の通報って誰ですか？　いや、性別とかだいたいの年齢とか……どんな内容ですか？」

「それはちょっとお答えできませんで」

「でも、私を犯人だと名指ししてたとか、そういうことですよね」

パニックになって、うまく呂律が回らなくなる。八幡巡査はいやに落ち着いた動作でかぶりを振った。

「念のための聞き取りですから。身構えず、事実をそのまま答えていただければそれでいいので。よろしいですね？」

「は、はあ……」

心の準備も整わぬまま、問答が始まった。

「まず、今月二十日と二十一日の朝に、大量のごみを捨てられたと思うんですけど、心当たりありますかね」

想定外の質問を投げかけられ、困惑する。今朝の記憶さえ曖昧なのに、一週間も前のことを覚えているはずもない。

私が考えこんでいると、質問が畳みかけられる。

「何往復かして、大量のごみ袋をいっぺんに出した日があったと思うんですが。覚えてませんかね?」

狭いアパートの通路。両手に抱えたごみ袋。頭の中をぼんやりとかけめぐる。

「あっ、それなら……はい、覚えてます。日付までは覚えてませんけど、二十日とか、そのへんだったとは思います」

前川失踪後の数日間は、奇跡的に元気だった。思えばあの頃は幸福だった。あれほど溜《た》め込んだごみを、ひといきに捨てる気力があったのだから。

「何を捨てましたか?」

「えっ。普通のごみですけど……」

「普通のごみというのは?」

「普通の、生活で出た燃えるごみとかプラスチックごみとかです」

「燃えるごみの収集は週に二度ありますよね。どうしてその日に限って、何袋ものごみをいっぺんに出したんですかね? 単身で、たった一週間やそこらで、そんなに大量のごみが出るとは思えないのですが」

膝の上の両手が小刻みに震える。喉に異物が詰まったような息苦しさを感じる。

何か。何かとてつもない勘違いをされているような予感が。

動悸を鎮めるように深く息を吐きながら、私は慎重に言葉を選んで答えた。

「先日お話ししたとおり、前川部長からパワハラを受けていて、心身ともに疲弊していたんです。その、ごみを捨てる気力すら起きないほどに。だから、何か月もずっと溜め込んだままでした」

「それで、前川さんが失踪したことで心身が徐々に回復し、ようやくごみを捨てられるようになったと」

「そういうことです」

はっきりと答えた。だが八幡巡査はどこか腑に落ちないような面持ちで、顎《あご》先を指で撫でた。

「すみませんね、ちょっとわからないんですけど。ごみ捨て場って青瀬さんのアパートから十メートルも離れていない場所にありますよね。そこにごみを捨てに行く気力すらないほどに心身不調だったのに、片道一時間近くかかる職場へは毎日休まず通勤することができていたんですよね」

「それは、仕事は義務というか使命というか。仕事に囚《とら》われている状態なので、どんなに辛《つら》くても苦しくても、仕事を休むという選択肢は存在しないんですよ。他の日常生活をすべて犠牲にしてでも、仕事だけは絶対に行かなきゃいけないんですよ。そういうふうに細胞レベルで洗脳されているのが、ブラック企業の社畜が社畜たる所以《ゆえん》なんです。刑事さんには、わからないでしょうが……っ」

最後のほうは弁明というより叫びに近かった。知らず知らずのうちに、感情が昂《たかぶ》り声が涙交じりになっていた。

「すみません……つい……」

「いえ、わかりました」

感情的になる私と対照的に、八幡巡査はあくまで冷静だった。

私はすぐに自分が恥ずかしくなった。

命を懸けて国民を守る警察の仕事に比べたら、誰を救うでも何かを生み出すでもなく、一日中パソコンの前に座って漫然と雑務をこなしているだけの私の仕事なんて、こんなふうに悩む価値さえないのかもしれない。だいたい――。

頭の中で一人問答を続けているうちに、八幡巡査が私の顔を覗きこむように首をかしげた。

「あの、よろしいですかね?」

「はっ、すみません」

また別の方向に意識がいっていた。どうしてこんなに大切な場面で、思考が散漫になってしまうのだろう。

「それで、具体的にどういうものを捨てましたか? 生ごみとかも、ずっと放置していて腐ったのを、まとめて捨てたんですかね」

「は、はあ……。そうですね、腐った食材とかもあったと思います」

「でも先日伺った話だと、まったく自炊されていないそうですよね。三食解凍した白米だけとか、栄養補助食品とかインスタント麺だけとか」

「はあ……」

「そんなに腐らせるようなごみ、出ますかね」

「……なんの疑いがかけられてます？」

「いえ、聞き込み調査に基づいた単なる参考聴取ですよ」

「まさか……まさか、私が前川部長を殺害して切断して生ごみに出したのではないかとか、そういう疑いがかけられてます？」

「いえ、ですから聞き込み調査に基づいた聴取です」

「………………」

室内の空気は冷たいのに、いつの間にか脇の下にじっとりと汗が滲んでいる。

脳内に蟬しぐれがこだまする。

前川が消えて、少しだけ体調が良くなって、一念発起して玄関のごみ山を一掃した、あの時の記憶。両手にぱんぱんのごみ袋を持って、何往復もした。

ああ、そういえばあのとき、すれ違う人たちがひどく顔を歪《ゆが》めてこちらを見ていた。あの人たちのうち誰かが、警察に言いつけたのだろうか。

『青瀬さんが物凄い異臭を放つ大量のごみを何往復もして捨てていた。異様な光景だった』

そんなふうに大袈裟に吹聴されて、それでこうして再聴取がまわってきたのだろうか。

誰だ。誰のせいだ。顔が思い出せない。

でも、どう勘違いされようと私が無実なのは明らかだ。ここで変に口ごもったりおろおろしていたら、余計にあらぬ疑いを深めるだけだ。

「あの、どこのどなたがどう解釈されたかは知りませんけど、私は本当にただ溜めてしまったごみを捨てていただけです。腐臭はたぶん実家から送られてきた大量のみかんを限界まで腐らせたせいだと思います」

八幡巡査は相変わらず表情一つ変えないが、軽く頷いた。

「この件についてはわかりました」

「他にもあるんですか？」

「これは事件の件からは離れるんですがね」

八幡巡査は小さく息を吐くと、胸の前で軽く両手を組み合わせて言った。「実は聞き込み調査のとき、近隣の方から何件か騒音のクレームが入りました」

後ろから刺されたような感覚に、ひやりとする。忙殺され脳裏の彼方に押しやられていた今朝の苦い記憶が、まざまざとよみがえる。

「それならまさに今朝、大家さんから直接報告を受けました」

「ええ、そのように伺っています」

そうか。前川の件で近隣住民に聞き込み調査を実施したということは、大家と警察の間にすでに繋がりがあるということだ。あの時点ですでに、何らかの事件の容疑者とか、そういう目で見られていたということだ。のみこまれてしまいそうなほどに、どんどん不安の種が膨らんでゆく。

「大家さんにも話しましたが、正直まったく心当たりがないんですが……。私は朝から夜中まで働き詰めで、ただ寝るために帰宅してるようなものなので」

「夜中、頻繁に叫び声が聞こえるそうです」

「はっ？」

混乱する。そんなことをした記憶はまったくない。

「唸るような叫び声と、罵詈雑言《ばりぞうごん》のようなものが聞こえると、複数の方からクレームがありました」

「……や、勘違いされてると思います。私では絶対ないです」

「そうですか。ただ、夜驚症《やきょうしょう》という症状があるそうですよ。本人は気づいていないけれど、睡眠中に突然叫んだり大声を出したり、ということがあるそうです」

「それって、子供の病気ですよね」

「大人でもストレスなどが原因で発症することがあるそうです」

「…………」

そう言われてしまうと、否定も何もできなくなる。複数人から苦情が出ているということは、無自覚のうちに相当の騒音を出してしまっていたのかもしれない。不安でたまらなくなり、押し黙ってしまう。

「提案ですが、一定期間睡眠時の録音をとってみてはどうでしょうか。もし実際にそのような症状があるようでしたら、病院に行かれるなど早急に対応いただきたいです。退去勧告についても状況を鑑みて早急に検討してください」

「はあ、すみません……。気をつけます」

警察署に来ているのに、なぜかカウンセリングを受けているような有様で恐縮してしまった。

結局、聴取は一時間ほどで終了した。

まだ二十時半である。

ふらっと駅前の松屋に寄った。牛丼を食べた。ゆっくりと咀嚼《そしやく》した。先ほどの聴取内容について まともに考えると心を保てなくなりそうなので、とにかく頭を空っぽにして、無心で箸を口に運んだ。食欲はまるでなかったが無理やり押し込んだ。

三十分ほどかけて食べ終えた。

まだ二十一時だった。

早退したことも忘れて、当然のごとく会社へ戻った。

*

ぎりぎり終電に間に合った。午前一時過ぎ、アパートのエントランスに到着する。静寂の中に、ときおり虫の鳴く声だけが響いている。

息をひそめ、足音を殺してゆっくりと長い廊下を歩いていく。

築年数は二十年以上だが、有名なハウスメーカーの鉄筋コンクリート製だ。ここまで神経質になる必要はないとわかっている。でもアパートの全住民およそ二十世帯が、全員監視者であるかのような錯覚にとらわれて、誰も見ていないのについ動きがぎこちなくなってしまう。

他の扉の前を通りすぎるたび、全身に変な緊張が走った。

いつもの倍以上、歩数と時間をかけて二階の二〇五号室へ到着する。

ほっと息をついたのも束の間、私はすぐ異変に気づいた。

……扉に張り紙が貼られている。

蛍光灯が逆光になってよく見えない。

手を伸ばしてそっと張り紙を引きはがす。マジックペンで何か書かれている。

あなたは　前[redacted]さん失踪事件の　犯人　ではないですか。
警察があなたのことを　聞きにきました。
あなたの家から　夜中に叫び声　を何度も聞きました。
「前[redacted]を殺す」という趣旨の　言葉を　何度も聞きました。
あなたの家から重いものを動かすような物音を夜中聞きました。
あなたは　人殺し　ではないですか
みんな　とても　怖がっています
みんな　あなたを　うたがっています
ここからいっこくも早く退キョしてください

後頭部を思いきり殴られたような衝撃が走った。

何度も文面を往復して、そのうち立っているのが困難になり、ドアの前にしゃがみこんだ。

それから急に背中が無防備なことが怖くなった。

浅い呼吸を繰り返しながら、ドアノブに手をかける。開かない。軽くパニックになる。

なんで開かないの？　誰かが中にいて押さえてるの？

何度かガチャガチャとひねってようやく、ドアには鍵がかかっていて開ける必要があることを思い出す。こんな当たり前のこと、いつもやっていること、なんで頭から抜け落ちてるんだろう。

慌ててスラックスの両ポケットを探る。ない。鍵、鍵……。いつもどこにしまってるんだっけ。わからなくなる。リュックサックを肩から下ろし、チャックをめいっぱい開けて腕を押し込む。リュックの中で腕をぐるぐるかきまわす。

なんで深夜に一人でこんなことやってんだろう。なんでいつも適当にしまっちゃうんだろう。しまう場所を決めておけば、馬鹿みたいに探さなくて済むのに。わかってるのになんでできないんだろう。情けなくてまた涙が出てくる。鼻水をすすりながら数分後、ようやく奥底の鍵を探り当てる。慌てて引っこ抜いたはずみで手が滑り、鍵が勢いよく落下した。静寂を裂くようにがんっと大きな音が響く。

足元からさっと血の気が引く。嫌な汗がぶわっと湧き出てくる。全住民が扉の向こうで耳をそばだてているような錯覚にとらわれる。

自分でも制御不能なほど呼吸が速くなっていく。

早く。早く家に入らなきゃ。怒った住人から殺されるかもしれない。

膝をつきながら、震える手でなんとか鍵を鍵穴に差し込み、扉を開ける。部屋の中にすべりこむ。すぐに鍵を閉めてチェーンをかける。埃の舞う狭い玄関にへたり込む。

犯人。警察。人殺し。みんな疑っている。

ミミズがのたくったような下手くそな文字の羅列が、脳内をめまぐるしく蠢《うごめ》く。手足の震えがどんどん激しくなっていく。視界を銀色のチカチカがじわじわと覆っていき、やがてひしめき合った。

「あ、あ、あ、あーーーーーーー」

無意識のうちに、叫ぶような呻《うめ》き声が口から漏れ出ていた。

何これ。何これ。苦しい。呼吸がちゃんとできない。震えが止まらない。怖い。怖い。

震える手でスマホを取り出す。

119を押そうとして躊躇《ちゆうちよ》する。

夜中にサイレンとか搬送とかで物音を立てたら、またクレームが入るかもしれない。脅迫状のような文面が、はっきりと突きつけられた敵意が、怖くてたまらない。アパートの住民全員が敵に思えてくる。

とにかく心を落ち着けたくて、誰かに話を聞いてほしくて、新潟の母に電話をかけてみる。

……出ない。

当たり前だ。もう午前一時をとうに過ぎている。

どうしよう。一人が怖い。誰かの声が聴きたくてたまらない。

……仁菜ちゃん。

仁菜ちゃんにＬＩＮＥ通話をかける。――が、やっぱり出ない。

他に、夜中に電話をかけられる相手なんていない。佐伯がふと脳裏に浮かんだが、去年の秋からＬＩＮＥを散々既読スルーしている手前、さすがにためらわれた。

そのまま、とりとめもなく、ネットで『震え　原因』『めまい　震え　パニック　収め方』など調べているうちに、三十分近く経過した。徐々に症状は落ち着いていった。

今日もう何十回目かもわからぬ深呼吸をして、ゆっくりと立ち上がる。

なんだったんだろう？　今のは絶対におかしかった。ショックで死んでしまうのではないかと思うほどに。

スラックスについた埃をはらう。少し前かがみになった途端、猛烈な吐き気に襲われて、トイレに駆け込んだ。思いきり嘔吐《おうと》した。吐いたら少しだけすっきりした。

もう午前二時。明日も仕事だ。どんなに辛くても、這ってでも仕事には行かなければならない。

洗面所の蛇口をひねり口をゆすぐ。顔を洗う。洗面台に両手をついたまま、しばらく動けずにいた。シャワーを浴びてさっぱりしたいが、風呂に入って音を立てるのが怖い。夜中に排水の音がうるさいと、住民から非難されるのではないか。

ぴぃぃんぽぉおん。

静寂を裂くように、チャイムの音が鳴り響いた。

こんな時間に、まさか。だがリビングをのぞくと、インターフォンの応答ボタンが赤く点滅していた。気のせいじゃない。誰かが扉の前にいる。

あまりの恐ろしさに、私は息を殺してうずくまった。

追い打ちをかけるように、どん、どん、どん、とノックの音が響いた。

それから常識外れなほど大きな声が響いた。

「青瀬さーん、仁菜でーす！　生きてますかー！　死んでますかー！　どっちですかー！」

「ひいっ！」

私は飛び跳ねて玄関まで駆けだした。慌てて扉を開ける。部屋着姿の仁菜ちゃんが、一人で突っ立っていた。

「ちょ、ちょ、ちょ、ちょ」

言葉にならないまま、勢いよくその腕を引っ張って部屋の中に押し込んだ。

仁菜ちゃんは私の慌てぶりを物ともせず、平然と笑顔を浮かべた。

「呼ばれたので来てあげましたよ。私はいま日本で一番優しい人間かもしれません」

「いや、いや。呼んでないし」

「じゃあなんで夜中に電話かけてきたんですか」

「それは……」

こんな夜中に大声出して勘弁してくれという気持ちよりはるかに、来てくれて助かったという気持ちのほうが大きかった。心細くて仕方なかったのだ。

だが感動に浸る間もなく、仁菜ちゃんは靴を脱ぎ捨てて勝手に廊下を歩いて行った。

「えーっ、なんでこんなごみ溜めてるんですか？　ごみ屋敷目指してるんですか？」

「違うよ。捨てるのが億劫で」

「えー。やだー。ってか床めっちゃ汚くないですか。全然掃除してないですよねー。よくないですねー」

ものすごく鬱陶しい。さっきまでの感動も感謝の気持ちもあっという間に冷めていく。

「仁菜ちゃん、ちょっと、もう夜中だから……」

「えー、なんでこんな段ボール山積みなんですか？　巨大なジェンガみたいじゃないですか？

……あっ、今の私の例えすごいインテリっぽくないですか？　巨大なジェンガ！」

ずかずかリビングに足を踏み入れる。遠慮も配慮も何もない。

「仁菜ちゃん……」

「あーっ、飯野さんとのツーショットだー。え、めっちゃ前に別れてますよね？　なんでまだ飾ってるんですか、未練ある感じですか？」

「ないよ。片づけんの面倒なだけだから」

「ふーん。あっ、たしかにめっちゃ埃かぶってる〜。かわいそ〜」

「ねえ、ちょっと静かにして。近所からクレーム入るからさ……」

「クレームってこれのことですか？」

仁菜ちゃんがポケットから紙くずを取り出して、私の顔の前で広げてみせた。

先ほどの脅迫文めいたものだった。瞬時に背中が凍りつく。

「ドアの前に落ちてました」

パニックになって投げ捨ててしまったことを思い出す。猛烈な恐怖心がまたよみがえってきて、私は頷くだけで精一杯だった。

「びっくりしましたよ。こんな――」

仁菜ちゃんは言いかけて、それからベッドサイドの壁に視線を向けた。「そしたら、あそこの窓閉めたほうがいいんじゃないですか〜？」

「え？」

視線の先、山積みの段ボール。身体を傾けると、隠れている小窓が見えた。カーテンの裾が、わずかに揺れている。

「うわっ」

私はタワー状の段ボールの間を縫うようにして小窓のそばに近づいた。たしかに開いていた。全開だ。冷や汗を垂れ流しながら、そろーっとガラス窓を引いて、戸締まりをしっかりとした。

「なんで気づかなかったんだろ……。いつから開いてたんだろ……」

掠《かす》れた声で呟くと、いつの間にか仁菜ちゃんがすぐ後ろに立っていた。

「思い出せないくらいずっと前からじゃないですか。窓開けたまま、夜中のみんな静かにしてる時間に音立ててたらかなり響くかもですね。両隣めっちゃ近いですし」

「あぁ……」

本当になんで気づかなかったんだろう。自分が嫌になる。

「まあ、この大きさなら空き巣とかの心配はないからまだセーフですね」

そう言われて振り返る。たしかに、小学校低学年くらいの子供がぎりぎり通れる程度の大きさだ。

「でもこんな脅迫文を出されちゃうってよっぽどですね。なんで近所の人が前川の件まで知ってるんですか？　あっ、喉渇いたんでお茶もらっていいですか？　いいですね？」

「……どうぞ」

私はうなだれたまま冷蔵庫を指し示した。

いろんなことがいっぺんに起こり過ぎて、頭が痛くなってきた。私は実家から送られてきた手作り雑巾でリビングの床をさっと拭いて適当に腰を下ろした。

人が訪れてくるの、いつぶりだろう。

……あれ。

仁菜ちゃんが冷蔵庫にストックしていたペットボトルのお茶を持って、私の前にあぐらを掻いて座った。ずっとうちに住み着いていたかのように馴染《なじ》んでいる。

「……ねえ仁菜ちゃん、うち来るの初めてだよね？」

「はい」

「私、家の住所とかとくに教えてないよね？」

「はい」

「な、なんで場所わかったの？」

「佐伯さんに教えてもらいました」

仕送りの段ボールの山を勝手に漁《あさ》りながら、なんでもなさそうに言った。「チョコパイ見っけ～。いただきまーす」

佐伯なら確かに、うちの住所を知っている。付き合ってた頃、何度も遊びに来てたし、残業続きの日はよく車で送り迎えもしてくれた。だが仁菜ちゃんの口から佐伯の名前が出るとは思わず、かなり困惑した。他部署で業務上の関わりも皆無に等しいのに。

私の戸惑いを見透かしたように、仁菜ちゃんは含み笑いを浮かべた。

「佐伯さん、青瀬さんのことめっちゃ私に聞いてくるんですよ。廊下とかですれ違うたびに、『最近元気ないけど大丈夫か』とか『顔色悪いけど何かあったのか』とか」

「……へ、へえ～」

反応に困る。

「さっきも青瀬さんからの電話にすぐ気づいて、死んでたらやばいから行ってみようと思って佐伯さんに住所聞いたんですよ。そしたらここまで車で送ってくれました」

「へ？　あの人もここに来てたってこと？」

引っ越してなければここから車で片道二十分弱の距離だ。仁菜ちゃんを迎えに行ったとしたら往復一時間ではきかないだろう。

「アパートの手前まで送ってもらって別れたんですけど、佐伯さんも連れてきたほうがよかったですか？　ってか今呼びます？　たぶんノコノコやって来ますよ」

「いや結構です」

さすがにこの汚い部屋に元カレとはいえ男性を呼ぶのは気が引ける。元よりもう深夜三時をまわっている。

「佐伯さん、めっちゃ青瀬さんのこと好きですよね。付き合っといたら、いろいろ便利じゃないですか。なんで別れちゃったんですか～」

私はちらりと写真立てに視線を向けた。埃を被《かぶ》った飯野とのツーショット。

「ああ～。たしかに佐伯さんはおじさんすぎますもんね。話合わないですよね」

「いや。あの人アラサーだから、私と五歳も違わない」

「えー本当ですか。めっちゃ老けてますね。下手したらうちのお父さんと同い年くらいに見えますよ」

相変わらず遠慮がない。というか、今そんなことはどうでもいい。

私は恐る恐るあの張り紙を仁菜ちゃんから受け取り、一連のことについてつぶさに打ち明けた。最初はどこか楽しんでいる様子だった仁菜ちゃんも、話し終えたときには同情心のこもった瞳で私を見つめていた。

「誰なんですかね〜、警察に匿名で電話してきた人って。その人のせいで警察がアパートに聞き込みにきて、結果的にこういうことされちゃったんですもんね」

「どうせ会社の噂好きの部外者でしょ」

「部外者がわざわざそこまでしますか〜?」

「……うーん……」

「あっ、でも私たちめっちゃ嫌われてますもんね。そういう人がいてもおかしくないかー」

「……え?」

あまりに淀《よど》みない口調で言われて、聞き逃しそうになった。「私たちって、仁菜ちゃんと、私のこと?」

仁菜ちゃんはあっさり頷いた。

「はい」

「めっちゃ嫌われてるって……だ、誰から?」

「誰って、仕事で関わりある人は大体みんなじゃないですか? まあやっぱ派遣の女の人が多いですよね。直接被害を受けるのは彼女たちですもん」

頭がいっそう混乱する。誰かに嫌われていたなんて自覚、まったくない。考えたこともない。

「それ、仁菜ちゃんの勘違いじゃない……?」

仁菜ちゃんは初めて苦笑いというか、困ったような笑顔を浮かべた。彼女のこういう表情を見るのは初めてだった。

「あー、青瀬さんやっぱ全然気づいてない感じだったんですね。普通に私たちめっちゃ陰口言われてますよ。トイレとか、廊下とか、すれ違うときとか、もう陰口っていうか結構わざと聞こえるような大きい声で」

「……ど、どんな？」

声が掠れている。仁菜ちゃんがこの場にいなければショックでぶっ倒れていたかもしれない。

『仕事できない』『使えない』『あいつらのせいで負荷が増える』『楽な仕事ばっかして大変そうにしてるのがうざい』とか〜。もっと欲しいですか？」

「や、もういらない……」

確かに忘れたり遅れたりして、何回も督促されたりとかしてるけど。確かに一つひとつの業務自体はごく単純作業ばっかりだけど。でも全部あの膨大な業務量のせいであって、そこにさらに前川からのパワハラが加わって、そこまで理解してもらえているものだと思っていた。

「……ていうかそれ、私と仁菜ちゃんだけじゃなくて、たぶん総経本部みんな嫌われてるってことだよね……？」

「まあ嫌われてるし見下されてますよね〜」

「見下されてるのはなんとなく気づいてたけどさ……。じゃあ今回の騒動って、結構みんなざまあみろとか思ってんのかな」

「でしょうね」

「……よく平気でいられるね」

「私は私のことを嫌いな人はみんな嫌いなので、嫌いな人に嫌われてもノーダメージです」

チョコパイの二袋目に手を伸ばしながら、仁菜ちゃんは飄々と言った。本当にまったく気にしてない様子だった。

私も前川に対しては仁菜ちゃんと同じ理論だったが、さすがに会社の大勢から嫌われているとなると普通にしんどい。会社のみならずアパートの住民まで……。どこにいても敵だらけでは気も休まらない。

「青瀬さんってもう疲れすぎちゃって視野激せまだから、全然まわり見えてないと思います」

「そうかもね……」

仁菜ちゃんは床に置かれた張り紙に視線を落とした。

「これ。『「前■《ピー》を殺す」という趣旨の　言葉を　何度も聞きました。』ってところも、たぶん青瀬さん自覚ないですよね」

「まったく」

「でもたぶん、ほんとに言ってますよ。青瀬さん、職場でも結構ひとり言多いですもん」

「……ま、丸尾さんじゃなくて?」

「青瀬さんもです。ってか総経本部みんなですけど。さすがに『前川ぶっ殺す〜』とは言ってないですけど、『ああ〜』とか『クソ〜』とか結構みんな大きな声で言ってます」

「飯野とか保科さんが言ってるのは聞こえてたけど、わ、私も……」

「はい。職場でああなんで、家で一人でいるときはもっとひどいこと言ってるんじゃないですかね」

「…………」

だんだん自分が怖くなってきた。こういう状況下で、信じられるのは自分だけと思っていたけれど、もはやそれさえも自信がなくなってきた。

「麦茶二本目もらいまーす」

了承の返事を待つ間もなく、仁菜ちゃんが冷蔵庫から新しいペットボトルを持ってきた。このとき、私の中である疑惑がぽっと浮かんだ。それは急速に膨れあがっていった。一人で抱えているのが苦しくなり、仁菜ちゃんに恐る恐るたずねた。

「私、まさか……まさか自分で気づかないうちに、前川のこと……殺したりしてないよね……？」

自分でもはっきりとわかるくらい、声が震えていた。

仁菜ちゃんはきょとんとした。そしてすぐにかぶりを振った。

「ないです」

「ほんとに……？」

「はい。だって部屋の掃除もごみ出しもろくにできないくらい疲れきってるのに、人を殺して見つからない場所に隠すなんて超めんどくさいこと、できるわけないじゃないですか」

言われてみれば、たしかにそうだ。

殺人って、ものすごい重労働だ。前川がいた頃の私は、ラップの白米をおにぎりの形に握る気力さえなかったのだ。そんな人間に、計画殺人なんてできるはずがない。

仁菜ちゃんの言葉を信じようと自分に何度も言い聞かせた。

＊

結局一睡もできないまま出社したその日の昼休み、自席で梅おにぎりを食べていると、仁菜ちゃんがスマホを差し出してきた。覗きこむと、不穏なネットニュースが表示されていた。

今日28日午前6時ごろ、東京都千代田《ちよだ》区北東部の路上において、女性がうつ伏せの状態で死亡しているのを通行人が見つけて通報した。遺体の状況から他殺とみられる。警視庁捜査一課は殺人・死体遺棄事件として捜査を進めている。

同課によると、亡くなったのは同区に住む姫野《ひめの》愛佳《あいか》さん（21）。背中を刃物のようなもので刺された跡があり、同課は何者かに刺殺された可能性があるとみて、詳しい死因を調べている。

「姫野愛佳で、『ヒメノア』……『ノアさん』……ってこと？」

仁菜ちゃんが、好奇心を抑えられない様子で頷く。

「場所は神田だけど……」

「ニュースにまだ写真が載ってなかったんで、フルネームで検索してみたんです。そしたらフェイスブック見つけました。彼女がノアさんで間違いありません」

直接会ったことはないが、知っている人が殺害されたということに動揺を隠せない。

「やっぱ前川まだ生きてるっぽいですね〜」

「……前川が殺したってこと？」

「その可能性が高くないですか。前川が失踪して二週間で、彼が好意を抱いていた女性が殺されたんですよ」

たしかにまったく無関係とは思えない。

例えば、前川がノアさんを誘拐・監禁していて、なんらかの隙にノアさんが逃げ出し、前川が衝動的に殺害した、とか。となれば、前川は現在関東近辺を逃走中ということだろうか。

もし前川が殺人容疑で指名手配でもされれば、我々の疑惑は晴れるのだろうか。もう周囲の視線に怯えずに済むのだろうか。

一人の女性が殺されたというのに、私の頭は自己保身ばかり考えてしまう。

「あっ、でも二人とも殺された可能性だって全然あるのか」

仁菜ちゃんが思い出したように言う。「前川を殺したことがノアさんにバレちゃって、口封じのためにノアさんも殺したとか」

「誰が？　なんのために？」

「さあ〜」

もしそのパターンなら、我々の容疑は晴らせない。被害者の数が増えて、問題が余計ややこしくなるだけだ。

「ねえ、不穏な会話が聞こえたけど気のせいかしら」

向かいの保科さんが、立ち上がって顔を出した。つられたように、その隣の飯野も顔を出す。

私は仁菜ちゃんと目くばせをすると、事件の概要を手短に伝えた。

途端に二人の顔からさっと色が失《な》くなった。いつのまに耳を傾けていたのか、丸尾さんも
「えぇっ」と掠れた悲鳴をあげた。

「それまじ？　ってかあの写真って今誰が持ってんの？」

飯野が問いながらこちらに歩いてくる。保科さん、大盛さんも後に続いた。

「はい私持ってま〜す」

仁菜ちゃんがデスクの一番下の引き出しを開けて、例のフォトアルバムを取り出した。

丸尾さんも加わり、全員で仁菜ちゃんを囲むように集まる。

前川とノアさんのツーショットチェキと、フェイスブックの『姫野愛佳』さんの写真画像を見比べる。

「……私でもわかるわ。たしかに同一人物ね」

保科さんが深いため息とともに言った。

「そっか。この子を殺したのが前川だとわかれば、僕らの疑いは晴れるんだね」

私と同じことを、大盛さんが言う。

「この人も前川も別の誰かに殺されていて、そいつが逃走中ってんなら、余計めんどうなことになりそうだけど？」

飯野が乱暴に吐き捨てる。仁菜ちゃんと同じ指摘だった。

面識がないとはいえ、人が一人犠牲になっているというのに、誰もその死を悼むことはない。

自己保身で頭がいっぱいなのだ。

自分のスマホとにらめっこしていた丸尾さんが、ふいに顔をあげた。

「このニュース、まだ死亡推定時刻とかは出てないけど、場所はけっこう人通りが多そうだよ」

「神田駅近くのふつうの住宅街ですもんね。路上で刺されて、誰にも気づかれず長時間放置ってことはなさそうですよね」

「発見・通報が午前六時ってことは、殺されたのは昨日の夜から今朝の間でしょうね」

私の言葉に、仁菜ちゃんの声が続く。

昨日の夜……思い出すだけで憂鬱だ。

午前一時過ぎに帰宅し、張り紙を見つけてパニック状態に陥り、仁菜ちゃんにアパートまで来てもらった。なんとか平常心を取り戻した頃には、すでに夜が明けていた。

「別に疑うわけじゃないけど、青瀬さん、昨日日付またぐ前に退勤してたわよね。それなのに、ずいぶん疲れた様子じゃない？」

疑うわけじゃないと前置きしていながら、保科さんの目は疑惑の念に満ちていた。

さすがに気分が悪くなり、昨夜の一連の出来事について、正直に打ち明けた。仁菜ちゃんが証言してくれたこともあって、疑いはすぐに晴れた。

丸尾さんがおずおず口を挟む。

「あの、ちなみにぼくは昨夜十時過ぎに退勤してるんだけどぉ……そのあと家に直帰してます。っていう、アリバイがあります」

「家に一人でいるってアリバイにならなくないですか〜」

「いや、ぼく母と二人暮らし」

「身内の証言って証拠能力として有効なのかしらね。もちろん誰もあなたのことを疑ってるわけじゃないけどね」

保科さんが鼻を鳴らす。「ちなみに私は深夜一時半に退勤して、そのあと川崎駅から自宅のある辻堂《つじどう》までタクシーで帰宅しています。ちゃんと記録として残っているはず。この間に神田まで赴いてお嬢さんを殺すのは物理的に不可能とわかるわよね」

「僕は今朝五時前に退勤して、始発で帰宅してます」

大盛さんも続ける。社宅住まいの彼は、近ごろ近所の目が気になるといって、仕事がそこまで詰まっていなくとも夜明けに帰ることが多い。

「俺に至っては帰ってもないっすね。パソコンは二時前に閉じてますけど、そのあと仮眠室で始業前まで寝てました」

飯野は私が入社したときから、部内で最も『帰らない』人間だった。一時期など会社に住んでいたといっても過言ではない。前川失踪から数日は他のメンバーと同様に日付をまたぐ前に帰宅していたが、今また以前の悪《あ》しき習慣を取り戻しつつあるらしい。

仮眠室は一階の休憩所に隣接している、四畳半の殺風景な和室だ。申し訳程度に寝袋とブランケットが用意されている。

「じゃあ、一応みんなアリバイはある感じですね〜」

仁菜ちゃんがどこかつまらなそうに呟く。一波乱起きることを期待していたような口ぶりだった。

「退勤時間はパソコンに自動で記録されるし、そもそも従業員出入口に監視カメラが設置されてるから、嘘はつけないものね」

保科さんが補足する。そのとおり、仮に姫野愛佳さん殺害に関して嫌疑をかけられたとしても、保科さん、大盛さん、飯野に関してはデータが身の潔白を晴らしてくれるだろう。

丸尾さんと私についてはどうだろう。

家族や特別仲のいい友人兼同僚といった身内の証言が、証拠として認められるのかどうか。

昨晩の自分について思い出すと、胸底を暗く重い影が這う。

深夜に帰宅して、玄関前である種のパニック状態に陥っていた。あの様子を住民に目撃されていたら、また「様子がおかしかった」「不審な動きだった」などと言って通報されていたりはしないだろうか。今回の件と関連付けられて、また警察に呼び出されないだろうか。

「大丈夫？　呼吸が変な感じだよ」

丸尾さんが心配そうに私の顔を覗きこんだ。知らぬ間に息があがっていたらしい。胸に手を当てると、心音が異様に早かった。

「青瀬、最近ガチでメンタルきてるよな。病院行ったほうがいいんじゃね」

飯野さえ心配してくるとは、よほど目に余る状態らしい。

「あー、うん。一段落したらね」

曖昧にはぐらかす。正直、今は医者にかかることすら、新たな疑いをかけられそうで怖かった。

昼休憩に出ていた人たちが、続々戻ってくる。時計を見ると、午後の始業まで五分を切っていた。何人かの社員が、遠巻きにちらちらと見てくる。総経本部メンバーが集まって何か話していると、もうそれだけで怪しく見えるのだろう。好奇の目にさらされること、あらぬ疑いをかけられること、それだけでひどく体力を消耗させられる。

「まあ、これに関しては続報を待つしかないよね。前川が殺人容疑で逮捕されることを祈って」

大盛さんの言葉に、一同頷く。チャイムが鳴る。ばらばらと各自の席に戻っていく。

いま、上司が殺人犯であることを、部下みんなが願っている。

異常な願望だが、この状況下ではいたしかたないだろう。ほかに、私たちが救われる方法はないのだから。

だが、前川による殺害だとして、なぜこのタイミングなのだろう。自身の失踪については、メールをしたためるほど入念に準備していたのだ。たいして、ノアさんは路上で刺殺して遺体はその場に放置している。突発的でずさんな犯行といえる。

それまで殺すつもりはなかったが、突如その必要性が生じたのか、何かのきっかけで衝動的に刺してしまったのか——。

後ろで、大きな咳払《せきばら》いが聞こえた。

振り向くと、年配の女性社員がいた。見覚えのある顔だが、名前が思い出せない。幾度となく大勢から向けられた、好奇と恐怖と嫌悪が混じった瞳の色。そんな目で見るなと腹を立てる気力もない。本当に、疲れている。

女性は居心地悪そうに、両手をしきりに揉み合わせている。皺の刻まれた広い額に、玉のような汗が滲んでいる。口紅の剝げた干からびた唇が何やらもごもご動いている。隙間から黄ばんだ歯がのぞく。鼻の下の深い溝にも汗が溜まっていて、今にもこぼれ落ちそうだ。

「……ていて、チャット入れたので確認してもらえます？　……青瀬さんっ？」

はっとする。なんの意味もなく唇を動かしていたのではない、私に何かを伝えようとしていたのだ。当たり前だ。

「すみません、承知しました」

全然聞こえていなかったが、条件反射でそう答えた。彼女は「よろしくお願いしますね」と頭を軽く下げて、ため息とともに去って行った。

その後も集中力が維持できず、機械的に手を動かしてどうにか業務を進めた。

「なぜ私がこんな目に遭わなければいけないのだろう」という答えのない問いだけが、脳内をあてどなくさまよっていた。

＊

十八時。終業のチャイムが鳴ったと同時に、仁菜ちゃんはパソコンを閉じた。次いで社用スマホの電源を切ろうと手を伸ばしたとき、着信が鳴った。彼女はおかまいなしに、電源を強制オフした。注意するべきなのだろうが、そんな気力は残っていない。

私の仕事は、いつもどおり終わりが見えない。

今日は会社に泊まろうかと考える。あの張り紙を思い出すと、アパートに帰るのが怖いのだ。

「青瀬さん、ちょっといいですか～」

通勤バッグを肩にかけた仁菜ちゃんが、私に耳打ちしてきた。すらりとした人差し指で、フロアの出入り口を指さしている。

「ん」

設備申請書の束をざっと見て担当欄に捺印《なついん》し、高速でチャット一件に返信を終え、立ち上がる。ぐわん、と視界が歪んで揺れた。

「わっ。大丈夫ですか〜」

「ちょっとめまいが」

久しぶりに立ち上がったので、思いきり伸びをする。上半身の至るところがぼきぼきと鳴る。腰がじいんと痛む。血管が脈打つように、こめかみのあたりが鋭く痛む。

軽やかな足取りの仁菜ちゃんの横を、なんでもないふうを装って歩く。ぎりぎり耐えられる程度に具合が悪いのが最悪だった。

仁菜ちゃんが、ぺたぺたと私の肩を触る。

「何ですか」

「ちゃんと生きてるかの確認です〜」

「はあ」

廊下で何人かとすれ違う。意味ありげな視線ばかり送られてくるが、本当に疲れていて傷つく準備もできていなかった。定時後まもなくなので、人通りがやけに多い。私たちを追い抜かして、わざわざ振り返って見てくる人もいた。なすすべもなく、澱《おり》のような不快感だけがたまっていく。

階段を降りて辿《たど》り着いたのは、一階の仮眠室だった。

「何、私を休ませようと思ってわざわざ連れてきてくれたの？」

「まっさか～」

古びた扉を開く。四畳半の和室の壁に、佐伯が寄りかかっていた。

「えっ？」

事態がのみこめない。

仁菜ちゃんが私の背中を押して、後ろ手で扉を閉めた。

かび臭い畳敷きの部屋に、ぽつんと三人。窓は閉めきってあるのに、室外機の音がごうごう響いてくる。

「佐伯さんがですね、青瀬さんが心配だから話したいって言ってて。私がこの場を設けてさしあげました」

薄暗い殺風景に似合わぬ、仁菜ちゃんの華やかな声。

佐伯は視線を床にさまよわせながら、頭の後ろに手をやった。

「ごめん、迷惑かもしれないけど、あまりにも具合悪そうで心配でさ……」

「いえ、迷惑じゃないですけど。なんでいつも仁菜ちゃん経由なんですか？」

「青瀬、ＬＩＮＥしても最近は既読すらつかないし、仕事中はとても話しかけられる雰囲気じゃないし」

「ああ、それはそうですね……。ごめんなさい」

返信が億劫なので、ＬＩＮＥは滅多に見ていない。緊急なら電話をかけてくるだろうし（と言いながら、着信も留守電も無視してしまっているのが現状だ)。

「まあ立ち話もなんですから座りましょー」

仁菜ちゃんに促されて腰を下ろす。三人で円になって向かい合う。

「ご心配ありがとうございます。体調はたしかにめっちゃ悪いですけど、本当に限界迎えたときは、ぶっ倒れて救急車で運ばれると思うんで。それまでは大丈夫です」

「そんな状態になるまで働き続けることを、大丈夫とは言わないよ」

「そうなんですけど……」

「有休、去年の分もフルで残ってるだろ? まず一日だけでも、休んでみたらどうかな」

「休んでも仕事がなくなるわけじゃないので。それに今は家にいても落ち着かないし、仕事してる時間は余計なこと考えなくて済むので……」

「だからって働きすぎだろう。今月の残業も八十越えるんじゃないか」

「まあ余裕で越えますね」

「は、はちじゅう……?」

仁菜ちゃんが口をぽかんと開ける。「一か月の残業が八十時間ってことですか……」

「私にとって八十は少ないほうだけど。多い時は二百超えるし」

「うわ～よく生きてられますね～。そんなに働くくらいなら死んだほうがマシですね～。……あ、ブラックサンダーどうぞ」

脈絡もなく鞄から取り出して、私と佐伯に渡してきた。佐伯はぺこりと頭を下げて、個包装をはがしながら、口を開いた。

「体調もそうなんだけど、俺は今朝のニュースのことも心配でさ。あの女性が殺害された事件、まだ犯人捕まってないだろう」

肩が震えた。

「その噂、営業部まで広まってる感じですか……」

佐伯が気まずそうに咳ばらいをした。

「ああ、フロア一帯というか、下の階のみんなも知ってると思う。グループチャットでその話題何度か見かけたし、倉庫とか廊下で喋ってるのも聞いたし」

「拡散スピードえぐいですね～」

仁菜ちゃんの声はどこかはしゃいでいる。

私は全然気づかなかった。疲れすぎていて、周りがろくに見えていない。

「……あれ、でもなんで殺されたノアさんと前川の繋がりを会社のみんなが知ってるの？　総経本部の誰かが情報漏らしたってこと？」

「はい、私で～す。昼休みのうちに派遣女子のグループチャットにたれこみました～。そしたらそっこー広まりました～」

「なんでそんなことしたの？」

「そのほうが青瀬さんたちの疑い晴らせるかなって。普通は『痴情のもつれで前川が姫野さんを殺して、逃亡したんだ！　総経本部のみんなは無罪だ！』っていう流れになると思うじゃないですか～」

口ぶりに、胸がざらつくような不安を覚えた。

「ならなかったと？」

「はい。むしろ、青瀬さんたちの疑惑がよけい深まった的な？」

仁菜ちゃんが「てへっ」とでも言いたげな軽い調子で首をかしげた。

「そ、そうなんですか……？」

視線を佐伯にスライドさせる。彼はブラックサンダーを静かに咀嚼しながら、ばつが悪そうに視線を落とした。

「正直に教えてください」

「……姫野さんに入れあげている前川に嫌悪感をつのらせたとか、二人に何らかの恨みを抱いていたとかで、総経本部の誰かが二人とも殺したんじゃないかって、そっちの方向で噂されてる」

佐伯の穏やかな声色に乗せられて、絶望が静かに身にしみていく。

「なんの根拠があってそんなこと言うの？　どういう思考回路してるの？　私たちみんなアリバイあるんですけど。って言っても、どうせ信じてもらえないんでしょうね」

苛立ちを抑えきれず、言葉を吐き出す。

前川の外面《そとづら》が異様に良いせいもあるだろうが、『失踪中の前川が女性を殺した』より『総経本部の誰かが二人を殺した』のほうが単純にスリリングでおもしろいせいだろう。野次馬たちが犯人当てゲームに興じているさまがありありと思い浮かぶ。

「やりきれない気持ちはよくわかるけど、下手に弁明したらハイエナに餌を与えるようなものだから、しばらくは静観するしかないと思うよ。ところで、警察は前川部長と姫野さんの関係については知ってるのかな」

　仁菜ちゃんと顔を見合わせる。

　ノアさんとの繋がりは、フォトアルバムから独自に辿ったものだ。前川は現在のところ『行方不明者』止まりだし、警察がそこまで詳しく調べているとは思えない。

「コンカフェの店員さんも前川の名前は知らないって言ってたし、警察に連絡したほうがいいかな。でも、それでよけい怪しまれたらどうしよう」

「ん〜、むしろ問われる前にこっちから情報提供したほうがよくないですか？　だってもし警察がコンカフェに聴取行ってたら、私たちが聞き込みに行ってたこと知られると思いますよ」

「……たしかに」

　私はスラックスのポケットからスマホを素早く取り出して、川崎警察署に電話をかけた。八幡巡査に繋いでもらい、二人に交流があったこと、それを知った経緯を手短に説明した。さすがに仁菜ちゃんがピッキングで引き出しをこじ開けたことが発端とは言えなかったが、他はつつみ隠さず話した。初めて聞いた情報だったようで、追加で質問等があればまた連絡するという。十分ほどやり取りをして、スマホの電源を切る。

　あれ。

　仁菜ちゃんがいつのまにか消えていた。

「金曜ロードショーがあるから帰るって」

　汲《く》み取ったように佐伯が答える。今日もう金曜だったのか。本当に日付の感覚がわからない。重たい憂鬱に始終支配されていて、休日も素直に喜べない。

『耳をすませば』だって。青瀬も好きだったよな」

「ああ、うん」

付き合ってたとき話したんだっけ。四、五年前のことをよく覚えてるな……。

「今も好きなの？」

「まあ、うん」

曖昧にはぐらかす。言われて思い出したくらいだし、映画はもう何年も見ていない。思考があっちこっちに分散して、二時間弱のストーリーに集中することができない。本も読めなくなった。目が滑って、活字を追えないのだ。心身ともにシビアな現実に侵されて、空想遊戯に身を委ねる余裕などなかった。

ろくに食事も睡眠もとれないし、寝ても悪夢ばかり見る。友達も恋人もいない。何もない。ずっと苦しいことしかない。

なんのために生きてるんだろう？　何が楽しくて生きてるんだろう？　仮に疑惑を晴らせて、元どおりの日常が帰ってきたとして、それで？

「……青瀬、大丈夫？」

「あっ、はい、すんません。仕事溜まってるんで、戻りますね」

立ち上がる。またためまいがする。側頭部に、血管が脈打つようなあの痛み。首の付け根がなんだか重い。ずっと重い。ため息とともに、呪詛のように言葉が流れ出た。

「私、結局仕事に逃げてるんですよね。働いてれば最低限の義務は果たせるし、業務中は他のこと考えなくて済むじゃないですか。クソみたいな現実を立て直したり変えたりする気力も勇気もないから、クソみたいな現実に甘んじるしかないんです。そういう生き方しかできないんですよ。病院行くのめんどくさい。有休とるのめんどくさい。転職めんどくさい。イレギュラー全部めんどくさい。ごみ捨てめんどくさい。ごはん炊くのめんどくさい。人付き合いめんどくさい。日常のあれこれもめんどくさい。生きるのめんどくさいでも死ぬのもめんどくさい。めんどくさいことぜんぶ放棄したなれのはてがこの私です。そんなカラカラに干からびた空っぽな器に、急に前川失踪だの殺人容疑だの騒音クレームだの特大級にめんどくさいのが雪崩《なだ》れこんできて、もうどうしたらいいかわかんないですよどうしたらいいんですかね」

喋り終えたそばから、なんの脈絡もなく弱音をぶちまけたことを、猛烈に後悔していた。詫《わ》びようと、佐伯の顔を見上げて驚いた。

佐伯の灰色がかった瞳に、わずかに光が見えたから。心なしか、口元も優しく微笑《ほほえ》んでいるようだった。

「いや、たくさん本音を話してくれたから嬉しくて」

「な、なんですか?」

「ええ……」

「ごめん、青瀬がこんなに苦しんでるのに」

「いえ。思うまま吐き出しただけで、ちょっと気持ち軽くなったので」

本当だった。喉の詰まったような感覚が少しだけすっきりしていたのだ。

「それならよかった。俺も仕事で辛いとき、青瀬に話聞いてもらえて救われたことがたくさんあったからさ。ほら、ラゾーナ川崎の屋外ベンチで缶コーヒーを飲みながらよく……覚えてる?」

「覚えて……ないですね」

「そっか……」

「はい……」

「……」

「……」

気まずい。勝手に帰ってった仁菜ちゃんの奔放さがうらめしい。

佐伯は気を取り直すようにふっと息を吐くと、視線を逸らしたまま言った。

「仕事、遅くなるんだったら車で迎えに行くし、家の前まで送ってくけど。姫野さんを殺した犯人が前川にせよ第三者にせよ、青瀬たちが周囲を嗅ぎまわってること知ったら、報復される恐れだってあるだろう」

そこまで頭が回らなかったので、指摘されてひやりとした。だが、どうにも危機感が湧いてこない。それに、散々おざなりな対応をしてきた元カレに、送迎役を頼むのは忍びない。

「結構です。仁菜ちゃんだって一人で帰ってったし」

「人通りの多い夕方と夜中じゃ訳が違うからさ。夜道をひとりは危ないだろう」

申し出はありがたいが、やはりめんどくさい。

「でも本当に大丈夫なんで。お気持ちだけ、はい、受け取っておきます。どうもありがとうございました」

半ば無理やり会話を打ち切る。

そのときがたん、と扉が揺れる音がした。思わず振りかえる。

佐伯は動けずにいる私の横を速足で通りすぎ、勢いよく扉を開けた。広い廊下に人影はなかった。

不穏な予感が胸をかすめる。

「誰かに聞かれてた感じですかね？」

「おそらく。ずっと扉に耳をそばだてていて、慌てて逃げたのだと思う。青瀬、そこでちょっとなんか喋ってみて」

佐伯はそう言って、部屋の外に出て扉をばたんと閉めた。

なんかと言われても……。

「あー、あー、あいうえお。あめんぼ。アメーバ。あめふらし。あーおーうー」

扉越しに佐伯の噴き出す声がした。

扉を開けると、佐伯はにやけた口元を手で覆い俯《うつむ》いた。

「ごめん、笑ってる場合じゃないのに」

「こちらこそすみません、語彙《ごい》が貧弱で。あまり大きな声は出してませんが、ばっちり聞こえていたみたいですね」

「うん。いつからいたのかわからないけど、会話の内容をすべて盗み聞きされた可能性もある」

「誰ですかね」

「誰でもありうるな」

「ですよね……」

会社のほぼ全員が、前川騒動をおもしろがっている。さかんに噂し、新たなネタと刺激を欲している。顔も知らない無関係な人が、ゴシップ欲しさに聞き耳を立てていたっておかしくはない。

「本当に平気？　今日くらい早引けしたらどう？」

「いや、大丈夫です。仕事……たくさん残ってるんで」

「俺に手伝えることは？」

「ないです」

はっきり断ると、佐伯はようやく諦めたようだ。

「うん、わかった。何かあったら、ってか何かなくてもいつでも連絡してください」

「はい、ありがとうございます」

喫煙所で煙草《たばこ》を吸うというので、佐伯とは一階の踊り場で別れた。

一人になると、心細さより快適さが勝った。

佐伯がというより、人が苦手だ。疲れる。気疲れせずテキトーに喋れるのは仁菜ちゃんくらいだ。次点で丸尾さんか飯野。

佐伯はなぜあんなに親身になってくれるのだろう。

長年交際していたならともかく、たぶん半年も付き合っていない。たぶん私から一方的に振った。付き合ってた頃の記憶はほとんどない。直後に飯野と付き合って、それがまあまあ楽しかったから、思い出がほぼ上書きされている。スマホを変えたので、佐伯との写真は一枚も残っていない。

彼はまだ私のことが好きなのだろうか。

一連のごたごたが解決したら、ひょっとしてまた交際を申し込まれるのだろうか。私と同じく総合職だから、順当に行けば年収一千万は超えるだろう。結婚して専業主婦になれば、労働から解放される。

でも、それで？

解放された先に何があるのか。そもそも結婚も出産もしたくない。では他にやりたいことがあるのかと問われると、何もないのだ。

やりたくないこと嫌なことは数えきれないほどあるのに、やりたいことはまったく思い浮かばない。

下を向いたままフロアに戻った。

総経本部デスクの淀んだ空気と、見慣れた死んだ顔たちを見ると、なんだか心が落ち着いた。

午前零時をまわった。総経本部以外は、とうに明かりが消えている。

薄暗がりの静寂の下、キーボードを叩《たた》く音とため息、たまに雑談。コーヒーとコピー用紙のにおいが混じる。

私はひょっとするとこういう時間を、心のどこかで気に入っているのかもしれない。

保科さんがばたんとパソコンを閉じ、唸り声とともに立ち上がった。

「私帰るわよ。青瀬さんまだやるの？」

「仙台工場への支給品発注残ってるんで、それやったら帰ります。お疲れさまです」

「うわー、青瀬まだいたのかよ」

飯野が驚きの声をあげる。

「そっちこそ」

「俺は毎度おなじみ始発コースだよ」

皮肉っぽいやけっぱちな口調。

「僕もまだまだ帰れそうにないな」

大盛さんのため息。

「毎夜毎夜やんなっちゃうねえ……ウンウン」

丸尾さんの貧弱な声。

「私帰るわよ」

保科さんが再び宣言して、めずらしく一番に帰って行った。静けさの中に「お疲れさまです」がこだました。

一時間ほど経《た》ち、いよいよ眠気と疲労が限界を迎えた。意識が頻繁に飛び、身体が何度もがくんと傾く。

もういいや。帰ろう。

ウィンドウもシステムも並行していくつも立ち上げているせいで、業務終了からパソコンを閉じるまでにやたら時間がかかる。デスクトップはアイコンで埋め尽くされている。フォルダ分けが面倒になり、エクセルもＰＤＦもとりあえず『デスクトップに保存』を繰り返していたら、いよいよ始末がつかなくなった。

「あがりまーす」

自分でもわかるほど声に力がない。「おつかれー」と、返ってくる声も生気がない。フロア一帯がみごとに死んでいる。だが退廃極まれりのこの時間帯が一番落ち着くのであった。

仄暗《ほのぐら》い階段を降りていると、後ろから声をかけられた。

「青瀬さん、送ってくよ。ぼくも帰るからぁ」

丸尾さんだった。私と同じ戸塚《とつか》区に住んでいる。荒天の日は送ってもらうこともあったが、今日の天気は凪《な》いでいる。

「いいんですか？　遠回りになっちゃいますよ」

「たいして変わらないよ。それに、あの殺人事件の犯人が前川だったらって思うとね、夜中に一人は危ないでしょ」

そのわりに、保科さんはあっさり見送っていた。

「もしかして、営業の佐伯さんから頼まれました？」

丸尾さんはわかりやすく相好を崩した。

「ビンゴビンゴ。彼、見た目どおり優男《やさおとこ》だよねぇ。青瀬さんのこと、すごく心配していたよ」

「もうとっくに別れたんですけどね」

「まだ好きなんじゃないのぉ。若いっていいねぇ」

もう若くもないのだが。

疲労がピークだったので、ご厚意に甘えて送ってもらうことにした。

会社を出て、道路の向かいにある従業員用駐車場まで歩く。この時間なので人気《ひとけ》はない。遠くで車の行き交う音がかすかに聞こえる。

重ねて礼を言い、助手席に乗り込む。真新しいシート、芳香剤のカモミールのにおい。車がゆっくりと動き出す。

国道に出ると、まばらな車通り。極彩色のネオンが、疲れた目にいたく沁《し》みる。

姫野さん殺害について、続報がないか調べたが、依然犯人特定につながる手がかりは見つかっていないという。

スマホをしまおうとしたとき、着信が鳴った。

飯野からだった。

「はい、青瀬です」

「俺だけど。えっと、今どこ？」

声がわずかに焦燥を帯びている。

「どこって……丸尾さんの車。送ってもらってる」

「二人とも無事？」

「ん？　とくになんもないけど」

「そう。ならよかった」

安堵《あんど》の声。すぐそばに大盛さんもいるようで、「なんもないって」と伝える声が聞こえた。

「なんかあったの？」

「や、ついさっき仮眠とろうと思って一階おりたらさ、廊下の窓が一箇所だけ開いてたんだわ」

うっすらと鳥肌が立つ。毎日きまって二十二時頃、守衛さんが必ず戸締まりを確認している。

中からは開けられるが、外からは開けられない。今日、四階事務のフロアで二十二時以降に残っていたのは総経本部の社員メンバーだけだ。階下の物流・倉庫メンバーはどんなに遅くとも二十時にはあがっている。

そのため開けたとしたら総経本部の誰かだが、開ける理由が見つからない。

つい考え込んでいると、返事を待たずに飯野が続けた。

「んで、これは俺の思い込みかもしんねーんだけど、なんか背後を誰かが通ったような気配したんだよな」

背中に冷たいものが走る。

「泥棒とかかも」

「こんな小汚ねえおんぼろの雑居ビルに？」

「むしろ、ボロくてセキュリティガバガバだから……」

「守衛が鍵をかけ忘れたとかでもない限り、外からは開けられないんだぜ？　つまり中にいる誰かが開けたってこと」

そうだった。ついさっきそういう考えに至ったはずなのにもう忘れていた。

「でも誰が、わざわざ窓なんて……」

「大盛さんと話したんだけど、前川じゃねーかって」

「はっ？」

「前川、失踪した日からずっと会社に隠れて住んでんじゃねって話」

前川が、会社に、住んでいる？　失踪した日から今日まで、ずっと？

二の句が継げずにいると、電話越しに飯野の砕けた笑い声。

「ハハ、冗談半分だよ。ま、とにかく青瀬が無事ならよかったよ。念のためそれ確認したかっただけだからさ」

「そっちは平気なの?」

「おう。俺と大盛さんも今日は一緒にあがることにしたわ。なんか気味わりいし。じゃあな」

「うん……」

私の様子がよほど深刻だったのか、通話を切ると丸尾さんがすぐに問うてきた。

「なんかあったの?」

手短に話すと、丸尾さんはたいして深刻に受け取らなかったようで、なよっとした笑みを浮かべた。

「考えすぎだよぉ。単に守衛さんが鍵かけ忘れてただけでしょ」

「そ、そうですよねー……」

曖昧な笑みを浮かべながら、仮眠室での佐伯とのやり取りを盗み聞きされていたことを思い出し、心のざわめきが止まなかった。

◆

桜はとうに過ぎ、青葉が瑞々しく光り、空の青が澄んでいる。初夏。まだ初夏。とても気が滅入る。桜とともに散りたかったなんて、詩的なことを本気で思ってしまう。まぶたにかかるくらい伸びた前髪がわずらわしい。冬にかけた縮毛矯正がとれ始めて、毛先がうねってきている。そろそろ美容院に行かなきゃまずい。でも行きたくない。じっと椅子に座っているのが、最近ますます困難だ。

ところで、死ぬほど憂鬱だ。

昨日もまたやらかした。はっきりと、誰の目から見てもわかる間違いをした。指摘されて咄嗟《とっさ》に、極度の寝不足のせいだと主張した。朝礼で表彰されたばかりで、わたしが優秀だと印象付けられていたおかげか、おおむね皆納得していたように思う。

けれど時間の問題だ。

また大きなミスを一度、二度、と重ねてゆけば、メッキは一息に剝がれ落ちてしまうだろう。その瞬間を想像するだけで、恐ろしくてたまらない。

赤い電車はいつも通りやってくる。

飛び込む勇気も引き返す勇気もなく乗り込む。

彼女を横目で見ながら、定位置に腰を降ろす。

薄手の黒いトレーナー、浅い色のジーパン、赤いスニーカー。寄り添い合ったり、そっぽを向いたりしている寝ぐせの束。希望も絶望もなんにもない、ただひたすらに緊張感のない寝顔。

どこの世界でどう生きたら、朝の電車であんな無防備でいられるのだろう。

わたしもそっちの世界に飛び込んでみたい。

なんて、ずっと思っていたら、あっという間に降りるべき駅に着いていた。

電車は定刻どおり止まって、ぎこちなく扉が開いて、何人か降りていって、吐き出されたのと同じくらいの数が乗り込んできて、そして閉まった。ふたたび走り出した。

わたしはなんでか、降りることができなかった。

不思議と落ち着いた気分のまま、わたしは彼女の観察を続けた。変わり映えしない、ゆったりした彼女の寝姿を、現実から目を逸らすように一心に見ていた。

そこから四個先の駅のアナウンスが流れた頃、彼女はぱっと目を覚まして、勢いよく立ち上がった。そのとき、リュックからシャンと鈴の音が鳴った。

名前しか知らない小規模な駅で、扉が開いて彼女は降りた。

わたしは無意識に立ち上がっていた。

ホームに降り立ち、改札を抜け、シャン、シャン、と鈴を鳴らす彼女の背中をまっすぐ追っていた。

第四章

ぴぃぃんぽぉおん。

ぴぃぃんぽぉおん。

夢うつつの中、ノイズめいた不協和音がこだまする。

次いで、かすかに何かねじる音。擦《こす》れる音。

ガチャッ。ガタッ。どさっ。

「青瀬さーん！　おはようございまーす！　生きてますかー！　死んでますかー！　どっちですかー！」

ベッドから飛び起きた。ほぼ同時に、仁菜ちゃんが顔を出す。

「何事？」

「こっちのせりふですよ～。何度電話しても繋《つな》がんないし、しょうがないから迎えにきてあげたんです」

急に飛び起きたせいで頭がガンガンする。重たいまぶたを擦りながら、スマホを手に取る。

間違いなく土曜日。そして時刻は午前十時過ぎ。

で、目の前に着飾った仁菜ちゃん。

「ちょっと待って……突っ込みどころが多すぎる……。えっと、まず……なんで勝手に人ん家あがりこんでんの？」

「だって何回鳴らしても出ないし〜、青瀬さんがこの前大声出すなって言うから、配慮してピッキングしてあげたんです」

配慮してピッキングってなんだよ。ってか結局叫んでたじゃん
「短絡的だし非常識すぎる。ってか結局叫んでたじゃん」

「青瀬さんドアチェーンしてないのよくないですね〜。防犯意識が足りませんね〜」

「不法侵入者に言われたくない」

「でも起きたんならヨシ！　さあ、パパッと支度しちゃってください」

「なんの？」

「決まってるじゃないですか〜。旅館『ゆきね』一泊二日の小旅行！　はやく準備してください」

「あ」

喉《のど》の奥から鈍い声が漏れた。すっかり忘れていた。

「ほんとは九時に横浜駅前で待ち合わせだったのに〜」

「うっわ。それはガチでごめん、ガチで忘れてました。ごめんなさい」

さすがに申し訳ない気持ちが上回り、慌ててベッドから這《は》いずり出る。洗面所へと向かう。

「とりあえずシャワー浴びるから……あれ、私昨日風呂入ったんだっけ？」

「私に聞かないでください。でも髪ありえないくらいボサボサだから、たぶん洗って乾かさないまま寝たんじゃないですか〜」

「そっか。ならいっか」

言われるとそんな気もしてきた。洗面所からUターンしようとする私の前に、仁菜ちゃんが立ちはだかる。

「朝シャンしてブローしてちゃんと整えてくださ〜い」

「なんで？」

「佐伯さんのためです」

「なんで佐伯さん？」

「なんでもです」

——いやな予感がする。

＊

仁菜ちゃんにクローゼットを引っ掻《か》き回されセレクトされた水色のシャツワンピースを着て、家を出た。ワンピースは新品タグ付きのままハンガーに吊《つ》るされており、いつ買ったのかも覚えていなかった。休日はいつも寝間着で過ごしているので、かちっとした首回りしかり、ぱきっとした着心地しかり、どうにも落ち着かない。

曇り空だが、湿度は低くからっとしている。強い風と蟬《せみ》しぐれがどこか清々《すがすが》しい。

アパートから徒歩二分のところに小さな有料駐車場があって、そこに見慣れたシルバーグレーのレクサスが停《と》まっていた。

運転席に座っていた佐伯が、私たちに気づいたようで手招きをしている。

なぜここに彼が……。

困惑する私に、仁菜ちゃんが無邪気な笑顔を向けた。

「『ゆきね』まで送ってもらうことにしました〜」

「いやいや、さすがに図々《ずうずう》しすぎでしょ。人の休日をなんだと思ってんのよ」

「本人たっての希望です〜。どうしてもイヤなら電車移動に変えますけど〜？」

言われてはたと口を噤《つぐ》む。電車で長距離移動は気が重い。車で現地まで送ってもらえるなら、こんなに楽なことはない。

「……いや、本人がいいなら、送ってってもらう」

「はい決まりで〜す」

私の手首をパッと摑《つか》んで歩いていく。

「ありがとうございま〜す」

仁菜ちゃんが後部座席のドアを開けながら、元気よく礼を言う。私も後に続いて礼を述べ、車に乗り込んだ。

「どういたしまして。冷房寒くないかな」

「ばっちりで〜す」

「青瀬は？」

「ちょうどいいです」

人通りの少ない路地を、静かに走り出す。

ゆったりとしたシートに背中を沈めると、抗《あらが》えないほどの眠気に襲われて、無意識に目を閉じていた。


「青瀬さ〜ん！」

降りそそぐ声。頬にあたる風。澄んだ自然のにおい。ぱっと目が覚めた。

仁菜ちゃんの背後で、青葉がさらさら揺れている。

「もう着きましたよ〜」

「着いたって……えっ？」

背もたれに沈んでいた身体《からだ》を起こす。開け放たれたドアの向こうを見渡すと、見慣れた駐車場だった。スマホを確認すると、正午を過ぎていた。

「うわ、完全に爆睡してた」

「少しは疲れとれた？」

佐伯がシートベルトを外しながら振り向く。

「はい、おかげさまで」

「ならよかった」

穏やかな笑顔。湧きおこる罪悪感。遅刻した上、乗せてもらった車で瞬間寝落ちをかますなど、無礼にもほどがある。

「すみませんでした本当に……」

「気にしないで」

優しさが身にしみて、自分の不甲斐《ふがい》なさにいっそう嫌気がさした。

車外に出ると、爽やかな風がワンピースの裾《すそ》をはためかせた。思いきり伸びをする。全身の関節が呻《うめ》く。なだらかな山々に囲まれて、見上げると雲一つない快晴の空。

「青瀬さ〜ん、佐伯さ〜ん！　早く〜！」

声のするほうを振り向くと、仁菜ちゃんが旅館の門前で手を振っていた。

『ゆきね』は全八十室の大規模な旅館である。伝統ある数寄屋《すきや》造りで、紺瑠璃《こんるり》と葡萄《ぶどう》色《いろ》のステンドグラスをあしらった、美しい飾り窓が印象的だ。創業は昭和初期までさかのぼるという。

「素敵なところだね」

佐伯が私の隣を歩く。大きめの黒いリュックサックを背負っている。

「あ、佐伯さんも泊まる感じですか？」

「うん。二人のことが心配だし、リフレッシュも兼ねてね」

「へえ……えっと、お部屋は……？」

おそるおそるたずねる。佐伯はシャツの胸ポケットからスマホを取り出した。

「えっと、十畳の和室みたい。『湯ったり一人旅プラン』っていうのを予約したんだ。ゆったりのゆが湯船の湯になってるよ。青瀬たちは？」

「どうでしょう、全部仁菜ちゃんにお任せしたので」

私はそっと胸を撫《な》で下ろした。仁菜ちゃんのことだから、勝手に佐伯と私を同室にしてはいまいかと、内心気がかりだったのだ。

それにしても、旅館のチェックインは十五時と聞いているが。

まだ十三時前だが、いいのだろうか。

案内されたとおりエントランスでスリッパに履き替え、仁菜ちゃんのいる受付に向かう。吹き抜けの広やかなロビーに、他の客のすがたは見えなかった。

私と佐伯の到着を待って、仁菜ちゃんはぱっと口を開いた。その横顔は好奇心に満ちていた。

「あの～私たち今日泊まる者どもです」

もっと言い方あるだろ。

「ようこそお越しくださいました。チェックインは十五時からですが、先にお荷物を――」

「あ、えっと～、女将《おかみ》の山田《やまだ》春代さんにご挨拶《あいさつ》させてほしいんですが」

応対していた女性従業員が、困ったように視線を横に向けた。彼女の隣に立っている男性従業員もまた、困った表情を浮かべている。

「あの、何か？」

「……女将は昨日から休暇をいただいております」

昨日。姫野愛佳さんの殺害が判明した日だ。なんとなく胸騒ぎがする。

「体調不良か何かですかね」

仁菜ちゃんの問いに、曖昧にかぶりを振る。

女性従業員は、逡巡《しゅんじゅん》した様子ののち、消え入りそうな声で告げた。

「いえ、身内に不幸がございまして。一週間ほどお休みをいただく予定です。申し訳ございません」

仁菜ちゃんが受付台のへりに指先をのせ、軽く身を乗り出した。

「春代さんの娘さんって、もしかして、昨日都内で殺害された姫野愛佳さんですか？」

女性従業員の肩がびくっと震えた。

「申し訳ございませんが、お答えしかねます」

だが狼狽《ろうばい》した様子で、それが事実なのは明らかだった。

我々は警察でもなければ関係者でもないので、問いただす権限は持ち合わせていない。元より、彼女自身がこれ以上は聞いてくれるなというオーラを全身から発している。

「あの、チェックインは十五時からですので……。よろしければ、こちらの小田原ぽかぽか散策マップをご参考に、観光されてはいかがでしょうか」

ぎこちない笑みを浮かべ、カウンター横の小冊子を手渡してくれる。

仁菜ちゃんはそれを受け取りながら、視線は彼女から離さない。

「何かトラブルがあったりしたんですかね～。噂《うわさ》レベルでもかまわないので、情報ありませんか?」

「申し訳ありません、わかりかねますので」

「でも――」

「すみません、ありがとうございました」

佐伯と私の声が重なる。ぺこりと頭を下げ、ほぼ無理やり仁菜ちゃんの腕を引いて、踵《きびす》を返す。

「なんでですか～。押したら行けそうでしたよ」

「そもそも押すのがだめなんだってば」

「探偵ニナですよ?」

「しがない会社員三井仁菜でしょ」

頬《ほお》をふくらます仁菜ちゃんを連行して、入口に向かう。

「どうする？　二時間あるし小田原城でも行ってみようか」

佐伯の提案にかぶさるように「あの」と声がかけられた。

三人ほぼ同時に振り向くと、先ほど受付にいた男性従業員が立っていた。仁菜ちゃんと同い年くらいだろうか、長身でやや小太り。愛嬌《あいきょう》のある垂れ目と丸い鼻。唇にどこか軽薄な笑みを浮かべて、そわそわしている。

「さっきの話なんですけど、私、ちらっと耳にはさんだことがありまして」

好奇心に満ちた無責任な声。日常業務に退屈して、どこかスリルを求めているような雰囲気だった。会社の野次馬連中を思い出し、私の胸はさざ波立った。

「なんでしょう？」

「女将は長年悩んでいたそうです。娘さんが、客の男につきまとわれて困ってるって」

仁菜ちゃんが目をすうっと細める。真剣な眼差《まなざ》しで、いつもより大人びて見える。

「その客の男って、体格のいい三白眼の中年男性だったりします？」

「いや、そこまではわからないですね。ただ『客の男』としか聞いてないので」

「そうですか～。あの、確認ですけど娘さんって姫野愛佳さんで合ってますよね？」

「周りの話聞いた感じですと、そうですね。私はその場にいなかったんですけど、昨日の早朝に警察から電話がかかってきたみたいで、女将はすぐ自宅に戻ったそうです」

「女将さんも、普段は神田のアパートで愛佳さんと二人で暮らしてたんですか？」

「いや、ほぼこっちに住み込みで、月に二～三回あっちに帰るくらいだったと思います」

「愛佳さんがこちらに来ることは？」

「ぼくは見たことないです。去年だか一昨年の冬、別れた旦那さんと娘さんが泊まりに来てたみたいな話はちらっと聞きましたけど」

「あれっ？　春代さんって未亡人だった気が……」

私がつい口を挟むと、男性従業員は明らかに「やっちまった」という顔をした。

「あっ、すみません。そう、そういう設定です」

「設定？」

聞き返すと、彼はまた口元をにやけさせた。

「とくに年配のお客様とか、お金を多く落としてくれる方は、女将の熱心なファンが多いので。実際は十年以上前に旦那の浮気が原因で別れただけらしいです」

たしかに、未亡人という設定は、あの楚々《そそ》とした幸薄そうな美人をより際立たせる。それにしたって、存命の人間を死んだことにするのはどうかと思うが。

「なるほど商売上手ですね～」

仁菜ちゃんは素直に感心していた。佐伯はその横で、居心地悪そうに俯《うつむ》いている。ゴシップに浮つかない姿勢に、私の中でひそかに好感度があがった。

「持田《もちだ》くん、ちょっと」

先ほどの女性従業員が、すり足で近寄ってきた。「チェックアウトの対応お願いします」

受付に視線をやると、いつの間にか二組の客が待っていた。

持田は明らかにつまらなそうな表情を浮かべ、小さく頭を下げた。

「今の話は、他言無用でお願いいたします」

「了解で〜す」

仁菜ちゃんの腑抜《ふぬ》けた応答に満足そうに頷《うなず》くと、彼は早足で去って行った。口約束など信用するなよと、忠告してあげたい気分だった。

「口の軽いだめな大人は、どんな組織にも一人はいますよね〜」

「情報絞り取っておいて、ひどい言い草だな」

「だって事実じゃないですか〜」

「ここで立ち話は迷惑だし、とりあえず車戻ろうか」

佐伯の気の利いた一言により、旅館を出て車内に戻った。

背もたれに身を預けるとたちまち睡魔に襲われるので、我慢して姿勢を正す。

「女将は山田春代さんで、娘が姫野愛佳さん。元夫の苗字《みようじ》が姫野ってことかな」

「おそらくそうだろうね」

私の素朴な疑問に、佐伯が相槌《あいづち》を打つ。運転席に座り、上半身をこちらに向けている。「母親と何か確執があったのか、苗字を元に戻すのが面倒だったのか」

「単純に『姫野』がよかったんですよ。私も『山田』と『姫野』だったらぜったい姫野を選びますもん。だってレベチでかわいいじゃないですか」

「そんなちゃちい理由ある？」

「ちゃちくないです。女子にとってはすごーく大事なことです」

「あ、そう」

私は山田のほうがいい。「姫野さんに付きまとってた男って誰だろうね。十中八九、そいつが犯人だよね」

「青瀬と三井さんの見立てだと、前川の可能性が高いんだろう」

「見立てというか、願望ですね……。前川が殺人犯として捕まれば、総経本部のメンバーが前川を殺したという疑惑を晴らすことができるので」

「警察もその線で見てるだろうし、殺人の容疑者として、前川周辺を入念に捜査していると思うけど……。何が言いたいかというと、せっかくここまで来たんだしさ、事件のことはいったん忘れて観光でもしない？」

佐伯に賛成。下手に動いて余計に疑われるような事態は避けたい。あとは警察の力を信じて、待ちに徹したい。

「いいですね。仁菜ちゃん、どっか行きたいところある？」

「『蛍を見る会』の山に登りましょう」

「ねえ話聞いてた？」

「観光がてら行ってみたいんです。話でしか聞いたことないので」

「なんの変哲もない、ただのダルい山だよ」

「でも行ってみたいです。総経本部で行ったことないの私だけじゃないですか？　仲間はずれみたいでさみしいです」

「まあ、日ごろ運動不足だしハイキングも良いかもね」

佐伯まで同調するので、仕方なく山へ向かうことになった。『蛍を見る会』というのはもちろん便宜上の名前で、五年にわたる夜間徘徊《はいかい》において、一度も蛍を見たことはない。

ゆきねの駐車場を出て右に曲がり、二車線道路を十五分ほど歩くと一本の横道がある。ゆるやかな上り坂だ。左手には古い民家が、右手には草の生い茂る山。足元のコンクリートは湿っていて、枯葉や青葉が張りついている。

さらに十五分ほど歩くと、ようやく山の入り口が見えた。黒ずんだ古い看板に『N区ハイキングロードはこちら』と書いてあり、その先に急勾配の木の階段が続いている。

「ふむ。意外と本格的ですね〜」

「仁菜ちゃん、本当にそのヒールで登るの？　『蛍を見る会』のときは、みんなジャージと運動靴持参だったよ」

言いながら、馬鹿みたいだよなあと思う。なんで温泉旅館に泊まり行くのに、登山セットなど持っていったのか。なぜ誰も疑問を呈することなく、ロボットのように前川に従っていたのか。

「大丈夫で〜す。三重《みえ》のばあちゃん家の裏庭もこんな感じで、毎年登ってるんで」

そう言って、足元を覆う雑草などお構いなしに、すいすい階段を登っていく。動作は軽やかだが、華奢《きやしや》な背中がふらふら揺れて、どうにも危なっかしい。言って聞く相手ではないので、仕方なくそのあとに続いた。最後尾に佐伯がつく。彼がいてくれて本当によかった。安心感が違う。

人一人しか通れないほどの細道がしばらく続くため、迷いようがない。仁菜ちゃんがずんずん登っていく。その後ろを仕方なくついていく。前日雨が降ったせいか、足元は少しぬかるんでいる。うっかり滑って転んだら命さえ危ぶまれる。

「どのくらい登るんですか〜？」

「さあ。体感五年だけど実際は三十分くらいかな。熱帯夜、やぶ蚊の羽音と前川の鼻息をBGMに、ヘッドライトの灯《あか》りを頼りに黙々と練り歩く……」

汗の蒸れたにおい、湿った靴下の感触、額に張り付いた髪の毛のわずらわしさ。今も鮮明によみがえる。

「すっごいクソみたいなイベントですね！　呼ばれなくてよかったで～す」

仁菜ちゃんが容赦なく正論をかます。後ろから佐伯の控えめな笑い声。

五分ほどで登りは終わり、平坦《へいたん》な道を歩いていく。頭上を木々が覆い陽《ひ》は射さないが、気温は高い。徐々に背中に汗が滲《にじ》んでいく。

我々が入山した入口の反対側に、別の入り口があるらしいのだが、今のところ誰ともすれ違っていない。行楽シーズンでもなければ観光名所でもなんでもないので、日中であってもほとんど利用者はいないらしい。

仁菜ちゃんの呆《ほう》けたようなため息がのびる。

「これどこがゴールですか～？　なんか飽きてきました～」

「ゴールっていうかまあ、頂上のちょっと開けたところに祠《ほこら》があんのよ。そこで折り返し」

「ソフトクリーム売ってますか？」

「ないよ」

「かき氷は？」

「なんもないってば。こんな過疎地で商売やる馬鹿いないよ」

「え～つまんない。青瀬さんのケチぃ～」

「私に八つ当たりするな」

また後ろで佐伯の穏やかな笑い声がした。

仁菜ちゃんがたびたびぶうたれつつも、足は動かし続けていたので、ほどなく頂上に着いた。

便宜上、頂上と呼んでいるだけで本当の山頂が別にあるのかもしれないが、いちおう平たい開けたスペースになっている。レジャーシートを敷けば五人くらい座り込んで昼食をとれるだろう。

木々の隙間から、小田原の遠景を見下ろすこともできる。

苔《こけ》むした岩間に小さな古びた祠が立っていて、中には表情の窺《うかが》えぬ小さな地蔵が佇《たたず》んでいる。汗ばんだ額に涼やかな風が吹く。降りそそぐ蝉しぐれを聞きながら、どことなく清々しい思いがした。

日中に、仁菜ちゃんと佐伯と登るなら、こんな何もない山も悪くないな。

そんなことを少し思った。

「片道およそ二十五分だね。いい運動だ」

時間をはかっていたらしい、佐伯が伸びをしながら言った。

仁菜ちゃんは、顎《あご》に右手を添えてわざとらしく考え込むようなポーズをしていた。

「どうしたの?」

「ん〜ないのかな〜」

「何が?」

「総経本部のメンバーが、前川を殺した可能性です」

急に現実に引き戻された。蟬しぐれの音が遠のき、額に滲んだ汗がわずらわしく感じる。

「……せっかく山頂だし、小田原城でも探さない？」

「前川が失踪した週には、『蛍を見る会』があったわけですよね」

私の提案を無視して、仁菜ちゃんはおかまいなしに話を続ける。「今登った感じ、道を踏み外したら転落して一発アウトみたいなところが何箇所かありましたよね。ってことは、仮に前川を殺そうとした場合、事故を装ってここから突き落とすのが最も合理的ですよね」

「まあ……たしかに皆でよくそういう話はしてたよ。山登りのとき、事故に見せかけて前川殺そうぜー、みたいな」

いきいきとした飯野の声が昨日のことのように思い出される。飯野だけではない。保科さんも大盛さんも丸尾さんも……そして私自身も、そんなことを憂さ晴らしに話していた。話すだけではなく、具体的に妄想することもあった。

「けど、実際に行動に移すのはまた別でしょ」

「でもでも、仮に前川を総経本部の誰かが殺すとしたら、普通はここで殺しませんか？　絶好の機会じゃないですか。あえて他の場所で殺すメリットありますかね」

「それは……ないとは思うけど。えっとつまり仁菜ちゃんの推測だと、総経本部のメンバーが前川を殺すとしたら『蛍を見る会』を利用するはずである。よって、前川はまだ生きている。もしくは、たとえ死んでいたとしても、殺したのは総経本部のメンバーではない。で、ＯＫ？」

「はい」

「それを確かめたくてわざわざ山登りしたの？」

「そうです。人を落として殺せる山か確認したかったんです」

「はあ。なんて物騒な」

「姫野さんの件と合わせても、やっぱり前川はまだ生きてる可能性が高いですね」

「……あ、そういえば前川、会社に住んでるかもって……」

「へっ？」

昨晩、一階廊下の窓が開いていたという飯野から聞いた話を伝えると、二人ともまた考え込むような仕草になった。仁菜ちゃんなど、一笑に付すかと思っていたので意外だった。

「言われてみると、隠れる場所ならたくさんある気がする」

葉擦れの音が冴《さ》える中、佐伯が真剣な面持ちで言うので驚いた。

「本気で言ってます？」

「うん。一階の書庫室とか、仮眠室とか、裏手の喫煙室とか、普段人が足を踏み入れない場所がいくつかあるだろう。誰にもバレずに身を潜めることだって、できなくはない」

「いいですねそれ。わくわくします〜！」

「どこが？　恐ろしくて寒気がするわ」

そのとき、胸ポケットに振動を感じた。スマホが鳴っている。

警察からだった。

「どうしたの、青瀬」

スマホを眺める私の顔が、よほど蒼《あお》ざめていたらしい。佐伯が心配そうにたずねてくる。

「なんか、また警察から電話」

つとめて軽い口調で伝えようとして、失敗した。声が思いきり裏返っていた。

さすがの仁菜ちゃんも、不安そうな表情を浮かべる。

重たい指先で通話ボタンをタップすると、すっかり聞き慣れてしまった八幡巡査の声がした。

「休日にすみません、少しお伺いしたいことがございまして」

「はあ……」

「急で申し訳ないのですが、本日川崎警察署までお越しいただくこと可能でしょうか」

「えっ。旅行中なんですが……。っていうか、急になんでですか？」

「前川さん失踪の件で、至急伺いたいことがございまして」

「なんですか？　今言っていただけますか？」

「ちょっと現物を見ていただきたいんです。えーと……休日が難しいようでしたら月曜日以降はいかがでしょうか？」

「じゃあ行きます」

「はい？」

「今から行きます」

食い気味に伝えて通話を切った。二日間もモヤモヤを抱えたまま過ごすなんて耐えられなかった。

「青瀬さん、どこに行くんですか」

「川崎警察署。呼び出しくらった」

「えっ、なんでですか」

「こっちが聞きたいよ。今から行くから、悪いけど――」

「いやいや、任意聴取だろう？　休み明けでいいじゃないか。せっかく旅行に来たんだし、警察の都合に合わせる必要ないよ。本当に深刻な用件であれば、向こうからこちらに出向いてくるはずだよ」

佐伯が冷静に諭してくるが、私の心には届かない。こんな精神状態で旅行など楽しめるわけがない。

引き留めてくる佐伯と仁菜ちゃんをどうにか断って、来た道を猛スピードで戻っていく。

頂上でひと息ついていればいいのに、仁菜ちゃんも佐伯も後ろをぴったりとついてきた。

何度も断ったが、佐伯がどうしてもと譲らないので、車で川崎警察署まで送ってもらうことになった。仁菜ちゃんは、「お二人の分も楽しんでおきま～す」と言って、宿に残った。

二人きりの車内は驚くほど静かだった。道中、佐伯が二、三言話しかけてきたが、私の耳には入ってこなかった。

膝《ひざ》に置いていた両手のこぶしに、自然と力が入る。

脳裏に浮かんだ前川の顔面を殴りつける。

毎秒毎分毎日消えてくれと願っていた男がせっかく消えてくれたのに、どうして余計に苦しめられているのだろう。

あの男。

いったいどこに行ったんだ。健康体でも死体でもゾンビでも、なんでもいいからさっさと出てきてほしい。もちろん極力死体で出てきてほしい、犯人セットで。それで綺麗《きれい》さっぱり終わってほしい。これ以上私を苦しめないでほしい。

*

川崎警察署が、馴染《なじ》みの場所になってしまった。

聴取室の雰囲気にはいつまでも慣れない。慣れたくない。身体を硬くしたまま、貧弱なパイプ椅子に腰かける。ぎいと嫌な音がする。

八幡巡査と向かい合う。多忙のせいか、若いのに白髪が目立つ。今までと違うのは、その隣に警部補を名乗る長谷川《はせがわ》という初老の男性がいること。そして、無機質なスチール机の上に、青いケースが載っていること。中には、なんらかの押収物とみられる、くたった衣類がまとめられている。

今までと明らかに違う様子に、また胸の鼓動が高鳴った。

軽く挨拶を済ませると、長谷川警部補は手早く本題に入った。

「こちらは、前川さんの自宅から押収したものです」

「はあ」

八幡巡査が、軍手をはめて衣類を広げた。機敏なはずの動作がなぜかスローモーションに映る。分厚いガラス越しに覗《のぞ》いているかのように、現実感がない。

「こちら、ご存知《ぞんじ》ありませんか?」

一点目は、明るいグリーン系のネルシャツ。古着だろうか、全体的にくたって袖元は色褪《いろあ》せ、相当の使用感がある。二点目は、白地のTシャツ。胸元に赤い文字で『LIVE　FOREVER』。こちらも裾がほつれ全体的にくたくただ。

両方ともどこかで見たような気がするが、よくあるデザインだし、確信が持てない。

「……よくわかりません」

「青瀬さんのものではないですか？」

「はい？　違いますけど」

想定外の質問に、気が動転する。

前川の自宅から押収された衣服が、私の物であるはずがないだろう。

長谷川警部補は私を見据えたまま、指先で八幡巡査に何か指示を出した。八幡巡査は小さく頷くなり、手元のグレーのファイルから、一枚の写真を取り出した。

「こちら、青瀬さんですよね？」

「あ……」

示された写真は、旅館『ゆきね』の前で撮影された、総経本部メンバーの集合写真だった。前列右、保科さんの隣で引きつった笑みを浮かべる私。明るいグリーン系のネルシャツを羽織り、中に赤い英字がプリントされた白地のTシャツを着ていた。

「こ、これ、いつの写真ですか？」

「四年前の七月二十日です」

八幡巡査が簡潔に答えた。

言われてみると、こんな服を持っていたような気もする。わからない。思い出せない。自分の私物を思い出せないなんておかしいことなのだろうか。でも本当に思い出せない。

長谷川警部補が、私の目をまっすぐ見ながら問う。

「この写真で青瀬さんが着ているものと、前川さん宅から押収されたこちらの衣服。同じものだとは思いませんか？」

「言われてみると……というか、事実として提示されると、そんな気もしてきます……」

「ご自身が着ていた服なのに、思い出せないのですか？」

「あんまり意識してないので……、自分が、どういう服着るかとか」

「今、青瀬さんの自宅にこちらの洋服はありますか？」

「わかりません。帰ってから、確認してみます」

「後ほどＤＮＡ採取させていただいてもよろしいですか。そうすれば、青瀬さんのものかどうか、こちらで判断できますので」

「はあ……。えっと、これがもし私のだとしたら、なんなんですか……。なんで私の服が、前川の家から出てきたんですか？」

「それを我々が伺いたいのです。何か心当たりはありませんか？　こちらの服が、あなたから前川さんの元に渡った経緯について」

「いや、ないです……」

「では、前川さんが青瀬さんに気づかれないように盗んだと？」

「それはないと思いますけど……、でも、私からあげたりとかはしてないはずなので……」

考えれば考えるほど、訳がわからない。

「この写真は、社員旅行の際に撮られたものですよね？　この旅行から帰宅した段階では、こちらの洋服は青瀬さんの元にあったわけですよね？」

「さあ……たぶん……」

長谷川警部補が呆《あき》れたように短く息を吐く。

「たぶんってなんですか」

「四年も前のこと覚えてないですよ……」

「いや、ご自身のことですよね。あなた、この服を着て出かけたんですよ。帰宅後になくなってたら気づくでしょう、普通は」

社員旅行から帰宅した後のスーツケースなんて……。平日に片す余裕ないから、次に開けたのはおそらく翌週末だろう。一週間後にスーツケースを開封して、中の洗濯物を洗濯機に放り込んだとして……そこから洋服が消えていたとして、私は気づいただろうか。たぶん、気づかない。旅行のときに盗まれていた可能性を否定できない。だが、前川が私の着古した洋服を盗む意図がわからない。

「……私にはよくわかりません。いつもすごく疲れてて、頭がちゃんと回ってないので……」

「でも毎日休まず働く元気はあるわけですよね。で、休暇の今日だって旅行に行かれてたんでしょう？」

「いや、だから……いや、もういいです。とにかく、私にはわかりません。洋服を盗まれたとは思えないですけど、自分からあの人に渡すとかはもっとありえないので」

「前川さんから、好意を感じたことは？」

吐き気がするほど気持ち悪い質問だった。

「ないです。ありえないです。ごみを見るような目で見られて、理不尽なパワハラをずっと受けてきたんですよこっちは」

「でも愛憎相半ばするなんて言葉もありますしね」

「そういう次元じゃないんです。徹底的に理不尽に憎まれてたんですから。あの、もういいですか？　寝耳に水もいいところだし、もうほんと勘弁してほしいんですけど……」

自分でもはっきりとわかるほど、私の声は悲憤に満ちていた。

八幡巡査が口を開こうとしたが、長谷川警部補が制止して身を乗り出した。煙草《たばこ》の匂いでむせそうだった。

「青瀬さんあなた、何か隠してませんか？」

「何も隠してないです」

「『思い出せない』とか『よくわからない』とか、曖昧な表現が多く、歯切れがずいぶん悪いじゃないですか。八十過ぎのうちの母親だって、あなたほどは物忘れ激しくないですよ」

なんの権利があって、この男はこんなにも私を苦しめるのだろう。

「それより、捜査はどうなってます？　姫野愛佳さん、殺害されましたよね。前川の仕業じゃないんですか？　警察が前川を見つけられないせいで、私たちがどれだけ苦しめられてるかわかりますか？」

「それを突き止めるために、今こうしてあんたに話聞いてるんでしょうが。青瀬さん、前川さんとは本当にただの上司と部下の関係でしたか？」

「……どういう意味ですか、それ」

「恋愛関係にあったのではないか、ということです。そうであれば、前川さんの家から青瀬さんの私物が見つかったのも、青瀬さんがわざわざ姫野愛佳さんの元勤務先を訪ねてまで真相を探ろうとしていたことも、いろいろと辻褄《つじつま》が合うんですよね」

長谷川警部補の言葉を反芻《はんすう》した。言葉が輪郭を帯びた瞬間、喉元を熱いものが急速にこみあげてきた。堪《こら》える間もなく、それは口元からとめどなく放出された。

人前で嘔吐《おうと》したのは初めてだった。

警察署の洗面所で口を念入りにゆすぎながら、なかなかその場を動くことができなかった。霞《かす》んだ鏡に映る自分の顔が、まるで他人のように思えた。人生に疲れた、見知らぬ、くたびれた女。

ただ苦しむだけのこんな人生に、いったい何の意味があるのだろう。

吐《と》瀉物《しやぶつ》がどう処理されたかわからぬまま、聴取室に戻ることなく警察署を後にした。長谷川警部補の姿はなく、見送ってくれたのは八幡巡査だけだった。

『前川と恋愛関係にあった』という言葉のあまりのおぞましさに吐いてしまったのだが、もしかすると警察はまったく見当違いの解釈をしたかもしれない。だが弁明する余裕も体力も、残っていなかった。

空はまだ明るかった。

今何時かわからない。胸ポケットのスマホを見ればわかるが、取り出す気力がなかった。呆けたまま、エントランスの階段を降りる。

「青瀬」

階段を見下ろすと佐伯のすがたがあった。

「えっ」

私は慌てて駆け下りた。「佐伯さん、まだいたんですか?」

もっと言いようがあっただろうに、とっさに出てきた言葉はそれだった。

佐伯は私を警察署まで車で送ってくれたあと、『ゆきね』に戻ったとばかり思っていた。

「あんなに思いつめた様子の青瀬、放っておけないよ」

「も、もしかしてずっとここで待っててくれたんですか?」

「うん。ずっとって言っても一時間も経《た》ってないよ」

「いやいやいや……」

「車で家まで送ってくよ。電車よりずっと楽だから」

「ありがとうございます」

申し訳ないという気持ちより、助かったという気持ちのほうが強かった。

裏手の駐車場に停めてあった車に乗り込む。少し迷って、後部座席にした。車がゆっくりと動き出す。

車内はしばらく静寂だった。私はヘッドレストからはみ出た佐伯の後頭部をぼーっと見つめていた。中央はほとんど禿《は》げて白い頭皮がのぞいていた。無意識に指先を伸ばしかけて、慌てて引っこめる。

やがて控えめなボリュームでラジオが流れた。

「何も、聞かないんですね」

「青瀬が喋《しゃべ》りたかったら聞くし、喋りたくないなら聞かない」

「仁菜ちゃんは？」

「『ゆきね』にいるよ。たぶん一人でも楽しめるタイプだし、気にしなくて大丈夫じゃない」

「佐伯さん、『ゆきね』に戻らないんですか？」

「戻らないよ。今から戻っても、夕飯の時刻に間に合わないし。事情は説明してあるから平気」

「ごめんなさい、私のせいで」

「いやいや、俺が好きでしたことだから。気にしないで」

「相変わらずお人好《ひとよ》しですね。……せっかく仁菜ちゃんと二人きりになれたのに」

ぽつりと、口をついて出た。一瞬、間が空いたあとで「え？」と佐伯の声。困惑の色が滲んでいた。

「それって、どういう意味？」

「そのままの意味ですけど。佐伯さん、仁菜ちゃんのこと狙ってるでしょう」

「ありえないよ。どうひねくれた見方したらそうなるの」

「だって私をクッションにして、仁菜ちゃんと親しくなろうとして」

「逆だろう。青瀬のことが心配だから、三井さんを通して、できるだけ青瀬の支えになろうとしてる」

「じゃあなんで仁菜ちゃんを通すんですか」

「前も同じこと聞いてきたよね。青瀬、俺からの連絡ぜんぶ無視するだろう。電話は出ない、LINE送っても返事来ない、会社で話しかけても上の空」

「それは……」

弁解の余地も何もなく、黙り込んでしまう。

「悪気がないのわかってるから、別にかまわないよ。ただ、誤解を招いていたら悲しいからきちんと伝えておく。三井さんのことはどうとも思っていない。俺は、四年前に別れてから今もずっと青瀬のことが──」

「ごめん、それ以上は言わないで。困る」

とっさにそう告げると、佐伯は小さく息を吐いた。

「わかった」

「こっちから問いただしたくせに、すみません」

「大丈夫だよ。それどころじゃないのに、こっちこそごめん。忘れてください」

聖人君子だ。自分が逆の立場だったらこんな対応できただろうか。絶対に不可能だ。どうしてこんな優しい人と別れてしまったのだろう。いや、そもそもどうしてこんな人格者と付き合えたのだろう。私はなぜこんな誘導尋問じみた問いを投げかけたのだろう。佐伯の本心を聞いて安心したかったのだろうか。ということは、私もまだ佐伯のことが好きなのだろうか。

思考はぐるぐる回り、一向に出口は見当たらない。

色恋沙汰に頭を使っている余裕なんてないのに……。

県道に差しかかった。ゆるやかな渋滞が続いている。ちょうど良かった。車から降りたくなかった。背もたれに身体を沈ませる。

警察署での出来事を相談しようと思っていたが、この心地よい雰囲気に浸っていたくて口を噤んだ。すべて忘れて、このまま永遠に揺られていたかった。

だが平穏は束の間《つかのま》だった。渋滞がほどなくして解消されると、あとはするする車は進み、十八時過ぎには自宅に到着した。

アパート前まで送ってもらい、一人になった途端、また無慈悲なリアルが襲いかかってきた。見上げると、何の変哲もないくすんだ小さなアパートが、夕闇をしたがえて巨大な要塞のように見える。

両耳を塞ぐ蟬たちのわななき。むき出しの腕にまとわりつくような熱風。音を立てないように、スーツケースを抱えたまま廊下をそろりそろりと歩いていく。

自宅へと続く短い廊下に、幸い他の住民のすがたは見えない。両腕に力が入り、自然と早足になる。こめかみや生え際から、ぽつりぽつりと汗が滴る。

「あ……」

扉の数歩前というところで、足がぴたりと止まった。蟬たちの声が消え、背筋に冷たいものが走った。

扉に張り紙されているのが見えたのだ。ぬるい風にかすかに揺れている。

反射的に後ろを振り返る。誰もいない。私は早足で扉の前まで向かい、上一箇所をセロハンテープで雑に止められた張り紙をもぎ取り、おぼつかぬ手で鍵を開けて急いで家の中に入った。

鍵を閉めて、チェーンロックをかける。

埃《ほこり》の舞う玄関にへたりこみ、長いため息をつく。

見ないわけには、いかなかった。

Ａ４のコピー用紙にワープロの文字。

出ていけ出ていけ出ていけ出ていけ出ていけ出ていけ出ていけ出ていけ出ていけ出ていけ
出ていけ出ていけ出ていけ出ていけ出ていけ出ていけ出ていけ出ていけ出ていけ出ていけ
出ていけ出ていけ出ていけ出ていけ出ていけ出ていけ出ていけ出ていけ出ていけ出ていけ
出ていけ出ていけ出ていけ出ていけ出ていけ出ていけ出ていけ出ていけ出ていけ出ていけ
出ていけ出ていけ出ていけ出ていけ出ていけ

文字ががたがたと振動する。左右にぶれて崩壊する。紙を持つ私の両手が尋常ではないくらい震えているのだ。また呼吸が苦しくなる。喉が重くつかえたように、息が吸えない。死ぬかもしれないという恐怖が胸を襲う。

スーツケースをそのままに、靴を脱ぎ捨てて、四つん這いで居室に向かった。両手だけではない、身体が芯から震えている。汗にべっとり濡れたまま、冷房をつけることもせず、ベッドに倒れ込んだ。仰向《あおむ》けになり、両手を胸の下で組んで、深呼吸を繰り返す。

三十分ほど経っただろうか。ようやく発作のようなものが収まった。恐る恐る、上半身を起こす。両手のひらを眼前にやる。震えは止まっているが、うまく力が入らなかった。

床に放られたコピー用紙に視線を落とす。

いったい誰が、こんなものを。

ここ数日は、相当気を遣って生活してきたはず。……いや、仁菜ちゃんがいろいろやらかしていたかもしれない。そうは言っても、こんな卑怯《ひきょう》なことをされる謂《いわ》れはない。

この前の警告メッセージは、手書きだった。別人によるものだろうか。それとも、筆跡から足がつくことを恐れて、ワープロに変えたのだろうか。パソコンにわざわざ同じ文字を連打している姿を想像すると、恐怖よりも滑稽さが勝った。

「勝手にやってろバーカ」

投げやりに言い放つと、少しだけ気が楽になった。

思い出したように暑くなってきた。ベッドまわりを見渡すが、エアコンのリモコンが見当たらなかった。ベッドの隙間や仕送り段ボールの狭間《はざま》など探し続けて、途方に暮れた頃、枕の下にあるのを見つけた。

いつもこうだ。すぐ失《な》くす。見当はずれの場所を散々探し回ったすえ、しょうもない場所で見つける。いつも決まった場所に置いておけば、探す手間もなくなるのに。わかっているのに、できない。こういうことの積み重ねで、時間を相当浪費している。

ベッドから降りて、不快な警告文をぐしゃぐしゃに丸めて壁に向かって放り投げた。

警察署で言われたことを思い出して、ハンガーにかかった洋服を一枚ずつ見ていく。

例のネルシャツもTシャツも見当たらなかった。足元に視線を移す。洋服や冬物寝具やカーペットが、ぐちゃぐちゃに混ざり合った布の山。大きく息を吐いて、覚悟を決めてかき分ける。

た。

埃と黴《かび》のにおいに、何度もせき込んだ。三十分ほど格闘したが、あの服は見当たらなかった。

雪崩《なだれ》を起こした布の山をそのままに、冷えたベッドに倒れ込む。

枕の位置が悪いのか、冷風が顔面に直撃する。うつ伏せになって、どうにか思考をめぐらし

前川宅から押収された服が、本当に私のだとしたら。

どう考えても、私から渡したなんてことはありえない。

ということは、前川が盗んだということだ。

――なんのために？　脳裏に真っ先に過《よぎ》ったのは、中学生の頃、クラスで一番かわいい子のスクール水着が盗まれた事件だった。……いや、気持ち悪すぎる。考えたくない。っていうかありえない。そもそも、そういう目的なら、ネルシャツやTシャツなんか選ぶわけがない。でも、警察が押収したのがその二つだったというだけで、下着とかも盗まれていたのかも――。だめだだめだ。何の目的で盗まれたのか考えるのはやめよう。あまりにも精神的ダメージが大きすぎる。また吐いてしまう。

問題は、いつ盗まれたのかということだ。

蛍を見る会のときに盗まれたならまだしも、それ以降だとしたら、前川が私の家に侵入して、盗んだということになる。

ぞおっと身震いがして、足元のタオルケットを引っ掴む。そのとき小窓が目に入った。あのとき仁菜ちゃんが指摘してくれなかったら、おそらく今も開けっ放しであっただろう窓……。

たとえば、ここから入ることは無理でも、何か長い棒状のものを差し入れて、本棚の上に置

いてある鍵を引っかけたか。あるいは、単純に戸締まりをし忘れていて、玄関から侵入されたか。

盗まれたのは、本当に衣服だけだろうか？

予備鍵を盗まれて、知らぬ間に合鍵をつくられていたとしたら。

飯野が予想していたように、前川がまだ生きていて、会社や私の家を拠点に、身を隠しているとしたら。

心拍数が急速に跳ね上がり、じっとしていられず、ベッドから飛び起きて玄関に向かう。チェーンロックがかかっていることを確認する。

心を落ち着けようと、冷蔵庫を開けて麦茶のペットボトルを取り出した。……空だ。なんで空のペットボトルを捨てずに冷やしたままなのか。自分に腹が立ったが、今捨てるのは面倒なので、そのまま冷蔵庫に戻した。

仕方なく戸棚からグラスを取り出し、水道水をそそいで一気飲みする。生ぬるいカルキ臭い水が喉をもったりと流れていく。

疲れる。呼吸をするだけで疲れる。思考がうまくまとまらない……。

静寂の中に、ヴー、ヴー、とスマホが鳴る音が聞こえた。

スーツケースの上に置きっぱなしにしていたスマホを手に取った。また警察かとひやひやしたが、仁菜ちゃんからだった。

「もしもし」

「仁菜でーす。元気ですか〜？」

電話越しでも伝わるハイテンション。ほっとするような、やかましいような。

涙が出るくらい、羨《うらや》ましいような……。

「状況と声の感じで察してほしい」

「でも普通に電話出られてるってことは、逮捕とか勾留とかはされなかった感じですよね。よかったですね〜」

「よかったのハードルが低いな。前川の家から私の服が見つかったり、大変だったんだから……」

「えっ、なんですかそれ〜」

声がいっそう華やぐ。私の悲劇をエンタメとして楽しんでいる。腹立たしいが、このくらい軽いノリのほうが打ち明けやすいのも事実だった。さすがに嘔吐したことは伏せたが、簡潔にすべて伝えた。

だが次に口を開いたとき、仁菜ちゃんの声音《こわね》はいつになく冷静だった。

「青瀬さん、ちゃんとチェーンロックかけてます？」

「かけた。さっき確認したばっかり」

「小窓も含めて部屋の扉ぜんぶ閉めてます？」

「大丈夫だよ。何、急に声のトーン低くして。ちょっと怖いんだけど」

「クローゼットとか、トイレとかに、前川が隠れてたりしませんか？」

足元からさあっと血の気が引いた。

クローゼットはさっきひっくり返したから大丈夫だ。

腕をめいっぱい伸ばして、向かいのトイレの扉を勢いよく開ける。——大丈夫、誰もいない。怖くなって、電話は繫《つな》いだまま、冷蔵庫やらベッドの下やら浴槽やら一通り確認したが無事だった。

「大丈夫、誰もいない」

「ならよかったです」

「怖がらせないでよ」

「私は本気で心配だったんですよ。姫野さんを殺して逃走中の前川が、青瀬さんのとこに潜伏してるんじゃないかって」

「なんで……？　気がちっとも休まらないんだけど……」

「う〜ん、なんでかはちょっとわかんない。あっ、そうだ青瀬さん！」

突然、張りきった声。嫌な予感がする。「次出社したとき、前川探ししましょうよ」

「やだよ」

「なんでですか〜。会社も隅々まで探して、それで痕跡がなかったら、ちょっとは安心するんじゃないですか？」

「万が一、本当に前川がいて、鉢合わせたらどうすんのよ」

「じゃあ警察に頼んでみます？　『会社に前川が住み着いてる可能性が高いので、探してください』って」

長谷川の憎たらしい顔と、とげとげしい態度がまざまざと浮かぶ。

「それは……」

「名探偵ニナにお任せください」

ろくなことにならないのが、容易に想像できてしまう。

「仁菜ちゃ――」

「あっ、これから飲みなんでそろそろ切りますね～」

「え？『ゆきね』にいるんじゃないの？」

「はいっ。さっきお土産屋さんでナンパされちゃって～、これから飲みに行くんです～」

「はあ……」

「相手、四つも年下だし学生なんですよね。ちょっとはお金出したほうがいいのかな～。どう思います？」

「年下の学生でしょ？私だったらおごるけど」

「え～。でも全っ然イケメンじゃないんですよ。ふかしたじゃがいもみたいな顔なんですよね。丸じゃなくて細長いほうの。キングダムでしたっけ」

「メークインじゃないかな」

「そうです、それです～」

「好きにすれば」

と呟《つぶや》いて、呆れて通話を切ろうとしたら先に切られた。

……疲れた。

疲れたのに心が軽くなっているから悔しい。仁菜ちゃんと話すといつもそうだ。

全身の強張《こわば》りが和らぐと、急速に眠気が襲ってきた。上半身をだらんとさせて、そのままベッドに寝転がる。夢うつつの中で、佐伯の顔を思い出し、お礼のＬＩＮＥを打とうとした。だがまぶたの重みに耐えられず、数瞬で深い眠りに落ちた。

強烈な喉の渇きで目が覚めた。いつの間にかエアコンを消していたようで、全身汗びっしょりだった。

皺《しわ》くちゃのシャツワンピース、泥土のついたくるぶし丈の靴下。シーツに手のひらを押し当てると、じんわりと湿っていて気持ちが悪い。

「なんで風呂入らず寝たんだよ私は」

苛立《いらだ》ちから独り言《ご》ちる。昨夜の自分が恨めしい。

枕元に置いたはずのエアコンのリモコンが見当たらないので、仕方なく窓を全開にする。清爽な夏の風がぐんと入り込んでくる。前川の顔が脳裏をよぎり、ものの数秒で怖くなって閉め切った。

冷蔵庫から麦茶のペットボトルを取り出す。見ずとも重さでわかる。空だ。なんで空っぽのペットボトルを冷蔵庫に……ああ、昨日も同じことを考えた気がする。仕方なく、流しに放置してあったグラスに水を注いで、鼻をつまんで一気飲みした。

シャワーを浴びようとクローゼットで着替えを漁《あさ》っているとき、玄関のチャイムが鳴った。身体が一瞬で硬直する。無意識に息を殺す。インターホンの音とスマホのバイブがトラウマになっている。

もう一度チャイムが鳴る。

出たくない。怖い。冷や汗が額から首筋から、だらだらと流れ出る。殺していたはずの荒い息が、震える唇からこぼれだす。

がんっ。がんっ。がんっ。ぴぃいんぽぉおん。ぴぃいんぽぉおん。がんっ。がんっ。がんっ。

扉を激しく叩《たた》く音、耳障りなチャイムの音。

「青瀬さん！　青瀬さん！　いらっしゃるんでしょう！　まだ居留守使いますか！」

抑揚のない若い男性の声。

誰だ。警察でもない。会社の同僚でもない。しかし、どことなく聞き覚えがある。

もう無視し続けるほうが怖くなって、私は小さく呻《うめ》きながら、転げるように玄関まで走り、勢いよく開けた。

「青瀬ですがっ」

よほど切羽詰まった形相だったのか、目の前のスーツの青年はわずかに驚いた表情を見せた。でもそれも一瞬だった。すぐに口を真一文字に正し、冷酷な面差しを私に向けた。

「こんにちは、本物件の責任者を務めております喜多島です。退去勧告の件で先日伺いました。覚えていらっしゃいますでしょうか」

名前を言われて、ぼんやりと思い出す。先週だったか、先々週だったか、大家の高齢女性とともに訪れたこのアパートの責任者だ。

「はい……。あの、あんなふうにドア叩いたり叫んだりしなくても……」

「そうしなければ、出なかったでしょう。昨日も居留守を使われてましたか」

「はい？　決めつけないでください。昨日はずっと出かけていたんです」

「そうでしたか。土曜日に伺うと念押ししたのに、了承の旨お返事いただいたのに、約束をほっぽってお出かけになられていましたか」

「そんな約束した覚えは――」

いや、したかもしれない。私が完全に忘れているだけかもしれない。

確信が持てず黙り込むと、喜多島は軽蔑したように鼻を鳴らした。

「まあ、こんなことを話すために来たわけではないですから。退去の是非について伺いたいのです」

「出て行きます」

そう答えた途端、喜多島の顔に張り付けたような笑みが浮かんだ。唇が歪《いびつ》に歪《ゆが》んで、不自然な猫なで声になる。

「迅速なご判断、大変助かります。いつ頃、退去可能でしょうか?」

「二か月……二か月以内には、必ず」

なんの根拠もなく答えると、喜多島から淀《よど》みなく退去の流れについて丁寧な説明がなされ、私はただ上の空で頷いた。

およそ三十分後、喜多島が去った。何も頭に入らないまま、手元に分厚い書類だけが残った。一枚目を取り出してみる。黒い文字の羅列。ぐにゃぐにゃと曲がってみえた。

封筒をクローゼットに放り投げて、自分の身体はベッドに放り投げた。うつ伏せになってべっとりシーツに張り付いて、いっぺんも動けなかった。

それから一日寝たきりだった。

＊

目が覚めたとき、窓の外はくすんだ青だった。ぬるい頬《ほお》に湿ったシーツの感触。枕元に手を伸ばしてスマホを手に取る。午前四時過ぎ。――月曜日。仕事だ。

重い身体を起こして、服を脱ぎながら風呂に向かってシャワーを浴びた。少しだけ頭が冴えた。

せっかく早起きしたことだし、満員電車を避けるために、早めに会社に行こう。そう思った。思っただけで身体は動かず、結局床に寝転んでぼーっとして、いつもの時間に慌てて家を出た。

今日はいちだんと暑い。人の波に揉《も》まれながら電車のドアから這い出し、汗まみれで改札口を抜けた。道ゆく女性のほとんどは日傘を差していた。ちらほら男性も差していた。

私もたしか、入社二年目くらいまでは日傘を使用していた気がする。今は日焼け止めすら塗っていない。だが通勤以外でほとんど日光を浴びないから、肌は年中青白い。

始業十分前に職場に着いた。フロアの扉を開けたところで、遠目に違和感を察知した。

私のデスクに、小規模な人だかりができている。

飯野、保科さん、大盛さん、丸尾さん……総経本部のメンバーだ。仁菜ちゃんはまだ来ていない。

早足で向かう。

「おはようございます。どうかされました？」

私の声に、皆一斉にこちらを向く。どことなく不安げな顔をしている。

「これ」

飯野が私の机を指さした。視線をやると、中央に見知らぬスマホが一台置いてあった。メタリックの青いプラスティックケース。機種はiPhone、おそらく最新モデル。

「……これ、私のじゃないけど……」

「前川のスマホだ」

「はっ？」

思わず声が出た。

「びっくりだよねぇ。ぼくが最初に気づいたんだぁ」

丸尾さんが苦笑を浮かべる。

「い、いつ頃ですか？」

「八時過ぎかなぁ」

「本当に前川のですか……？」

「間違いないわよ。右下に『M・M』って特徴的なフォントでイニシャルが入ってるでしょう」

保科さんが断言する。腕を組んで険しい顔をしている。言われたとおり、右下部に洒落《しゃれ》た字体でイニシャルが彫られている。前川の私物にきまって刻まれているやつだ。

ほどなくして、説教部屋で怒鳴りつけられたとき、このスマホで頭を何度かはたかれたのを思い出した。

「私の机に、今朝、前川のスマホが置かれていた。……ということは？」

救いを求めるように、全員の顔を見渡した。

「わかんねーけど、前川がここに来て置いていったって考えんのが妥当じゃね？」

その映像が脳裏によぎり、ぞおっと身震いがした。

「な、なんのために？」

「さあ。てっきり死んだもんだと思ってたのによ」

飯野がふてくされた顔で吐き捨てる。

「一階の窓が開いてた日あったよね。あれってやっぱり前川だったのかな」

大盛さんが沈鬱な面持ちで呟く。そう言えば先週丸尾さんに送ってもらったとき、そんな出来事があった。飯野のめずらしく焦ったような声と、対照的にゆったり構えていた丸尾さんの表情を思い出す。

「じゃあやっぱり、姫野さんを殺して逃亡中の前川が、ここを拠点に行動してたってこと？」

「つつーことじゃね？　なんで青瀬のデスクにスマホ置いてったかは謎だけど。他にこんなことするやついねーだろ」

中身を確認するのが手っ取り早い。だが遠巻きに見つめながら、誰もスマホに触れようとしない。私も触りたくない。

「おはようございま～す」

幼児向けアニメのキャラクターみたいに、底抜けに明るいポップな声。

「仁菜ちゃん……」

「大丈夫ですか～青瀬さん。ゾンビ化してますよ～」

前川のスマホを指さして、手短に説明する。仁菜ちゃんの目が途端に輝き、その手は躊躇《ちゅうちょ》なくスマホに伸びた。

「ちょっ、触っちゃまずくない？　なんか証拠品的なやつでしょ、これ」

「でも気になるじゃないですか～」

仁菜ちゃんはスマホを手にとってすぐ、白い頬をむっと膨らませた。「ちぇ～、充電切れてる」

まもなく始業のチャイムが鳴った。皆ばらばらと自席に戻っていく。

保科さんが仁菜ちゃんのほうを振り向いて言った。

「三井さん、あなた手つけたんだから責任持って警察に引き渡してちょうだいよ。今日中に必ずよ」

「は～い」

「何かわかったら必ず皆に共有してちょうだいね」

「は～い」

仁菜ちゃんはパソコンを立ち上げるより先に、充電器に前川のスマホを差した。見るからにうきうきしている。

「それさ、常識的に考えたら発見した時点で警察に届けるべきだよね」

「そしたら中身見られないじゃないですか～つまんな～い」

「私の席に、行方不明者兼、殺人犯かもしれない男のスマホが置いてあったんだよ？　わけわかんないけど、冷静に考えてこの状況やばくない？」

「前川が失踪してからずっとやばい状況ですよ。今に始まったことじゃないんで、今さらひるむのは野暮というものです」

「そうだけど……なんでよりによって私の席に」

「前川から青瀬さんへ、冥途《めいど》の土産じゃないですか」

「私死ぬの？　ってかあいつの私物なんていらないよ」

こんな軽口叩いている場合じゃないのに。悠長に充電なんかしてないで、早く警察に通報するべきなのに。私も仁菜ちゃんも、頭のねじがぶっ飛んだのだろうか。……仁菜ちゃんは元々か。

他の総経本部メンバーだってそうだ。こんな異常な状況下において、いつもどおり淡々と仕事をしている。――いや、さっき仁菜ちゃんが言っていたみたいに、狂った日常が地続きのせいで、感覚が麻痺《まひ》しているのかもしれない。

まったく気持ちを切り替えないまま、業務を開始する。

新着メールがすでに五十通近く来ていた。工場は休日出勤もままあるため、ほとんどが地方拠点からの不具合や納期問い合わせだ。『重要度：高』でもたいした用件でなかったりするし、『件名：〇〇について』みたいなそっけないメールが緊急案件だったりするから、地道に一件一件確認していくほかない。

「青瀬さん、すみません」

振り向くとなんとなく見覚えのある、四十代前後の女性。

「品証の川辺《かわべ》ですけど。仙台工場製造部Aの是正リストの集計、青瀬さんが担当ですよね。出していただけますか?」

「えっと……あ、電子データで金曜に送ったと思うんですけど」

「はい。それは受け取ってます。いつもどおり紙でも提出いただきたくて」

「いや……紙でも出したと思うんですが」

「うーん、受け取っていたら忘れるはずないんですけどね」

「えー……。出した気がしたけどな……」

どこかに挟まっていないか、パソコンの横に山積みの書類をばらばらめくるが見当たらない。ファイルラックに手を伸ばしたとき、弾みで机の下に膝がぶつかって、がたっと派手な音がした。その瞬間、川辺さんは怯《おび》えたように後ずさった。

「あ、出していただいてるなら大丈夫です、すみません」

「後で印刷して持っていくので——」

「いや大丈夫です。こっちで印刷するんで、すみませんでしたっ」

逃げ去っていく後ろすがたを見つめて、私は長いため息をついた。同じようなことが、少し前にもあった気がする。なんの根拠もなしに、勝手に怯えて逃げていく。被害妄想もはなはだしい。

苛立たしさを紛らわすように、深呼吸を繰り返して再びデスクに向かう。

視線を仁菜ちゃんのデスクにやる。充電中の前川のスマホが目に入る。

あれがここにあるということは、意図は不明だが前川は生きていて、ここに来たということだろう。そして彼は、姫野さんを殺害した逃亡犯という可能性もある。危険人物が野放しになっているということだ。

もしかしたら、今この瞬間にも前川が職場にあらわれて、刃物でも振りかざして暴れ回ったりするかもしれない。警察への通報が遅れたことによって、また新たな被害が生まれるのかもしれない。

——別にそれでもいいや。むしろ、そのほうがいい。

私たちを加害者だと疑ってきたやつらが、無責任な好奇心で苦しめてきたやつらが、泣きわめきながら逃げまどう姿を想像すると、胸がすく思いだった。

安全地帯の野次馬どもめ。あんたらも地獄を味わえばいい。

いつの間にか歯を食いしばりながら、そんなことを考えていたら、ふいに視界に優しい色が灯《とも》った。向かいの通路を過ぎる佐伯が、微笑《ほほえ》みながら優しく手を振ってくれたのだ。

途端に、私は自分の軽薄な妄想が恥ずかしくなって、視線を逸《そ》らして小さく手を振り返した。

二十分ほどして、隣の仁菜ちゃんが前川のスマホに手を伸ばした。背もたれに沈んで、声ともつかぬ呻き声をあげる。

「んあぁ〜」

「何」

「前川のスマホ、鍵がかかってます〜」

「そりゃそうでしょ」

「たぶん人類の八割は浅はかにも自分の誕生日をパスコードにしています。さて青瀬さんに質問です。前川の誕生日はいつでしょうか？」

「知らない。知りたくもない」

「ん〜。しょうがないから私の誕生日でチャレンジします」

「無謀」

電話が鳴る。本社経理部から、再三督促されている差し戻し伝票の件だった。本日中に再提出する旨回答して、電話を切る。

「青瀬さん」

困惑したような声で、仁菜ちゃんが私を呼んだ。どことなく不穏な予感がする。

「何」

「……ちょっと来てください。話があります」

立ち上がると、仁菜ちゃんは有無を言わさず私の手首を軽く摑んだ。

「昼休みにしてくれる？　今仕事中だから」

「それどころじゃないんです」

切羽詰まった声に急《せ》き立てられるようにして、仕方なく席を立つ。まだ始業から一時間も経っていない。

仁菜ちゃんの背中を追って、フロアを出て廊下をひた歩き、階段を早足で降りていった。

「ねえ、急にどうしたの」

「人がいないところで喋ります。ここ全方位地獄耳なので」

「急ぎの案件めっちゃ溜《た》まってんだけど」

「青瀬さんは、ダンプに轢《ひ》かれて全身血みどろになっても会社に行くんですか？」

「さすがに休むよ」

「これは精神血みどろ案件です。業務なんて二の次です」

「……やめてよ。ねえ、なんかやばそうなら早く警察に――」

私のことなどおかまいなしに、仁菜ちゃんは一段とばしで階段を駆け下りて行く。人気《ひとけ》のない場所に行くまでは、聞く耳を持たないようだ。

到着したのは、仮眠室だった。

さすがに始業一時間足らずで仮眠をとる猛者《もさ》はいないため、当然室内は無人だった。六畳間の殺風景な和室。相変わらず、染《し》みついた煙草と埃の臭いが不愉快だ。

扉をそっと閉めて、対角線上の壁際に二人並んで腰を下ろす。ここで、ようやく仁菜ちゃんが口を開いた。

「パスコード、解除できたんですか」

「まじで。え、もしかしてホントに仁菜ちゃんの誕生日だったたの？」

「いえ……適当に『１２３４』で打ったら当たりました。それでですね、パスコードを解除して表示されたのは、ホーム画面ではなく、こちらのメモ帳の画面だったんです」

差し出されたスマホを手に取る。メモ帳に黒い文字の短文。


青瀬へ。　日頃より色々と不愉快な思いさせてしまいすみません。私は死をもって償いま

す。先立つ不孝をお許しください。　前川

「はあっ？」

あまりに不可解な文面に、思わず大きな声が出た。

お前みたいなモンスター、産んだ覚えねえよ。突き抜けるような怒りの後に湧いてきたのは得体の知れない恐怖だった。これはいったい何を示すのか。明らかに遺書の文言だが、なぜ私宛に。

「それと、カメラロールにこんな写真が載ってました」

私の手からスマホを回収すると、仁菜ちゃんはめずらしくばつの悪そうな顔で再び私に差し出した。

受け取ってすぐ、喉の奥から悲鳴が漏れた。

――カメラロール一覧に、私の写真がたくさん載っていた。

会社の廊下を歩く後ろすがた。ラップに包んだ白米を片手で頬張るすがた。自販機の前で猫背になっているすがた……。カメラロールの正方形の羅列の、三分の一はゆうに占める。そのどれも隠し撮りされたようで、ぶれがひどかったり、半目だったり、ベストショットにはほど遠い。

盗撮されていたという気持ち悪さはもとより、私はそこに写っている自分に激しいショックを受けた。

「……え、私ってこんな顔してんの……え……ひどくない？」

「実物はここまでひどくないですよ。前川の写真のセンスが絶望的に悪いです」

『ここまでひどくない』ということは、まあまあひどいということだ。仁菜ちゃんの瑕疵《かし》のないしゅっとした横顔を見ながら、胸の奥に言い知れぬ苦しみがわだかまる。

仁菜ちゃんがカメラロールに戻って写真をスクロールすると、空や山を写した風景写真や、和食を中心とした料理の写真が目立った。前川にも自然を美しいと思う心や、ごはんを美味《おい》しいと思う心が備わっているのかと思うと、どことなく奇妙な感じがした。

「わあ、綺麗な人」

仁菜ちゃんが感嘆の声をあげる。紺色の着物を着て微笑む、うりざね顔の美しい女性。

『ゆきね』の山田春代さんだよ」

「おお～、これが噂の……」

「この写真、さっきのカメラロールにあったっけ？　私が見逃してただけ？」

「いえ、この人の写真だけ、別にアルバムがつくってあったんです」

そう言って仁菜ちゃんは、画面左上を指さした。たしかに、アルバム名が『春を呼ぶ』となっていた。『春を呼ぶ』で春代さん。これを前川がつけたのかと思うと、いたたまれない気分になる。

カメラロールには、春代さんの写真がずらりと並んでいる。いくつかは不意討ちで撮られたような写真もあったが、ほとんどはカメラ目線で微笑んでいる。

「青瀬さんの写真とはえらい違いですね」

「本当、なんなのあれ。わざと悪い瞬間を狙って撮ったみたいな。消していいかな」

「だめですよ。なんかの証拠になるかもしれないし」

「証拠って、なんの……」

スクロールしていくと、ほとんどが旅館で撮られたものだったが、何枚かは私服すがたの写真もあった。新幹線のグリーン車で、駅弁を食べながら笑っている写真。窓ガラスにカメラをかまえる前川がぼんやりと写っている。

「プライベートでも春代さんと交流があったんだ。前川の一方的な好意だと思ってたのに……。例えばだけどさ、春代さんが前川と再婚しようとして、娘の愛佳さんが大反対してこじれた可能性は？　コンカフェの店員さんの話だと、前川が愛佳さんと話してるとき、結構おどおどしてる感じだったらしいじゃん。再婚を認めてほしくて、お金をたくさん使ったり、下手に出て懇願したりしてたとか」

「認めてもらえなくて激昂《げきこう》して、衝動的に殺害したってことですか？　さすがに短絡的すぎませんかね。そもそも、再婚するにしても成人した娘の許可が必要とも思いませんし」

「そっか……」

発言は納得させられるもので、かつ、言葉選びもスマートだった。そのことに、何かつかえたような違和感を覚えた。「仁菜ちゃん、なんか別人みたい」

「え？」

「喋り方とか、いつももっとふにゃふにゃしてるのに。それに『激昂』とか『短絡的』とか、そんな難しい言葉知ってるんだ？」

きょとんとしていた仁菜ちゃんは、次の瞬間、ぱあっと満開の笑みを浮かべた。

「探偵ニナモード発動中で〜す！」

「あっそう……」

探偵を演じることによって知力や語彙《ごい》力まで上がるとは考えづらいが、突っ込むのも面倒だった。本音を言うと踏み込むのがちょっと怖くて躊躇した。

「どうですか〜？　さまになってますか〜？」

「ああ、はいはい……。それで、これどうしたらいいの。意味不明だけど、気持ち悪くてしょうがないけど、前川は私のことずっと盗撮してて、しかも前川の自宅から私の私物が押収されてて、そんで今朝こうして、私宛の遺書が書かれたスマホがあって……明らかに前川は加害者側の人間だよね？　こいつ、絶対なんかやらかして逃げてるよね？」

「青瀬さん。カメラロールの一番下までスクロールして、最新の写真を確認してください」

私の問いには答えず、やはりいつもより落ち着いた声色でそう告げた。

「はあ」

言われたとおり、全体のカメラロールに戻り、一番下までスクロールしていく。最後の一枚は暗色で、遠目には何が写っているのかわからない。だが、なんとなく薄気味悪い思いがした。好奇心に突き動かされるように、写真をタップする。

——画面いっぱいに映る、アスファルトの濃い灰色の地面。右上部から生えるように、折れそうなほど細い脚。映っているのはふくらはぎから下で、厚底の白いスニーカーを履いている。街灯の白い明かりに照らされて、アスファルトに赤黒い染みが点々としていた。

流血して倒れた女性を、見下ろすように撮影した写真。

身体が芯から震えて、脂汗が額に滲んだ。

「これ……殺された姫野愛佳さん……？」

「おそらく。撮影場所と撮影日時が、報道されていた情報とおおむね一致しています」

「……な、なんでそんな冷静なの？」

仁菜ちゃんの表情はまったく冷静だった。やはり何か、別人じみている。

「青瀬さんに見せる前に確認したので」

「だからって……これ……だって、死体……でしょ？　前川が殺したあと撮ったんでしょ？　やばいじゃん、やっぱ前川じゃん。ってか早く警察に――」

立ち上がろうとする私の右腕を、仁菜ちゃんが引っ摑んだ。思いのほか強い力で驚く。

「痛いよ。はなして」

「ごめんなさい。でも青瀬さんこれチャンスじゃないですか」

仁菜ちゃんが私にぐっと顔を近づけた。見開かれた目の奥に不自然な光が宿っている。得体の知れない感じがする。

「チャンスって、なんの……？」

「青瀬さん。これ本当に前川だと思いますか？」

「はっ？」

「誰かが前川に罪をかぶせようとしている可能性は？」

「……いや、死体の写真、見たでしょ」

「真犯人が前川を殺害してスマホを奪い、後日姫野さんを殺害したときに、前川に罪をかぶせるために彼のスマホで撮影した可能性は？　だってこの死体の写真、どうして全身じゃなくて一部分しか写してないんですか？　地面の影のシルエットから、別人だとばれるのを防ぐためではないですか？」

息継ぎもなく畳みかけてくる。室内はしんとして、二人きりの静寂。私は退路を塞がれたようで、苦し紛れに視線を逸らす。

「そんな可能性の話したら、きりがないじゃん……」

「きりなくないんです。青瀬さん私、もう一つ見せたいものがあるんです」

返事をするより先に、私の右手首を再び摑んだ。つられるように立ち上がる。

「書庫室に向かいましょう」

有無を言わせぬ口調だった。仮眠室を出ると、廊下に見覚えのある女性社員二人組がいて、私たちのほうを見て大仰な仕草で耳打ちした。

私の手を引いてぐんぐん廊下を進む仁菜ちゃんの背中に、言葉を投げかける。

「勤務中だよ？　こんなのとっくに探偵ごっこの範疇《はんちゆう》越えちゃってるし、早く警察に通報して仕事戻ろうよ、ねえ」

「大丈夫です青瀬さん。私が証明してみせますから」

何を言っているんだ？　言葉が通じていない気がする。唯一仁菜ちゃんといるときは気が楽だったのに、今では言い知れぬ不安が薄膜を張っているようで、手を振り払って逃げ出したくなる。だが、恐怖に射すくめられたように逆らえない。

仁菜ちゃんに連れられて、突き当たりの廊下を曲がると、説教部屋もとい書庫室がある。前川に散々詰められた嫌な思い出がよみがえってくる。

仁菜ちゃんは書庫室の扉を勢いよく開けた。先客はいないようで消灯していた。電気を点《つ》けると、長方形の室内にずらりと集密書架が整列している。窓はなく、こもった古紙のにおいがする。

仁菜ちゃんは後ろ手に扉の内鍵をガチャリと閉めた。

「なんで閉めたの」

「青瀬さんこっちです」

私の腕を引っ張って、彼女は一番奥の書庫まで移動した。十年以上前の書類が保管されている、もはや誰も使用していないであろうスペースだ。

すぐ隣にある棚を指さして、彼女はにこりと笑った。

「ここ、開けてみてください」

電動式の操作ボタンを押すだけで、自動的に動く仕組みだ。ボタンに指先を触れようとして、なぜか躊躇してしまう。

ぴっちりと閉じている書架の隙間。その奥に、何か禍々《まがまが》しいものが潜んでいるような錯覚にとらわれる。

「……ここ開いたらさ、びっくり箱みたいに前川が飛び出してくるとかないよね?」

「あはははははっ。大丈夫ですよ～青瀬さん。こんな隙間に生きた人間は入れないですよ」

静寂の室内に笑い声が弾《はじ》ける。残響が、背中を冷たくなぞるようだった。

「じゃあ、まあ……」

壁に隣している、右側の書架のスイッチを押した。すーっと書架が横にスライドしていき、人一人通れるスペースが空いた。

当然だが、人のすがたはない。

蛍光灯に照らされて、淡い埃の舞う薄暗い通路。どうにも不穏な気配を拭いされない。

「右下の書架が丸々空いてますね？」

背後から、上ずった仁菜ちゃんの声。なぜだか首筋がぞわりとする。

書庫はＡ４ファイルが収まる高さの棚が七段あって、他の棚は隙間なく書類が詰まっているのに、手前の右下の棚だけ何も入っておらずぽっかりと空いていた。

「たしかに、空いてるけど」

ふいに足元がぱあっと照らされた。だらんと下げた右手の指先に固くて冷たいものが触れた。

「見てほしいのはその棚の天井部分なんです。暗くて見えづらいので、これで照らしてみてください」

渡されたスマホはライトが点灯していた。有無を言わせぬ口調、狭い通路を塞ぐようにぴったり背後についた仁菜ちゃん、胸の奥で疼《うず》く好奇心……私はスマホを受け取ると、その場にしゃがみこみ、空の棚に頭を突っ込むようにして上部を覗《のぞ》き込んだ。暗くて見えづらいが、何かぼんやりと黒い染みが浮かんでいる。心臓がどくんと跳ね上がる。恐る恐るスマホの明かりで照らすと、黒とも茶ともつかぬ乾いた歪な染みが、広範囲に付着している。身の毛のよだつ思いがした。

「これって、血……？」

私の声は掠《かす》れていた。

「どうしてこんなところに血がついてるんだろうって思いません？」

すぐ真後ろから声がして、振り向くと仁菜ちゃんは私の背後にかがんでいた。瞳の奥は深く暗いのに、声はやけにはしゃいでいるのが奇妙だった。

答えられずにいると、仁菜ちゃんは私の手からスマホを抜き取って、今度は通路の床を照らした。ライトグレーのフロアタイルは、古びてくすんではいるものの、先ほど見た血痕のようなものは見られない。

「なんもないけど」

仁菜ちゃんは指先をフロアタイルにぺたりと押し当てて、ゆっくりと撫でるように何往復かさせた。それから、その指先を私の目の前にやった。

「見てください。塵《ちり》や埃はほとんどついてないでしょう」

「はあ」

「ここもそうです」

続けて、空っぽの棚の下部を同じように触った。「上の部分には血痕のようなものがついているのに、下の部分には血痕はおろか塵や埃さえ積もっていないんです。他の場所は違うんですよ」

そう言って、通路の中くらいまで進んで、床をスマホのライトで照らした。

「埃がうっすら積もってるのわかります？」

「う〜ん……？」

「かがんで指でなぞってみてください」

言われたとおりフロアタイルを指先でなぞる。うっすらと、灰色の埃が指の腹に付着した。

「書庫室自体が滅多に利用されませんし、とくにこの棚はほとんど誰も使ってないと思うんです。埃が積もってしまうほどに。なのに、この手前の床と棚だけはぴかぴかなんです。どう思いますか？」

「……普通に考えたら、誰かがここを汚しちゃって、掃除をした後だからだと思うけど……」

「そうですよね。何で汚しちゃったと思います？」

初めに見せられた、棚の上部の染みを思い出す。ほとんど誘導尋問だ。

「……血？」

「ぴんぽーん。青瀬さん、私ここで誰かが前川を殺して、そこの棚にいったんしまっておいたと思うんです。集密書架なんて、閉じてしまえば誰にも見えないでしょう。死体を完璧に処理するまでのほんの数日、一時保管場所としては、うってつけだと思いませんか」

あまりに現実味を欠いた言葉に、思考が麻痺したような感覚に陥る。空っぽの棚の幅は、おそらく百四十センチ程度だ。前川は百八十センチ近くある。

「……幅足りないでしょ」

「折り曲げればぎりぎり入ると思いますよ。それで、押し込むときに潰れちゃって、上のほうに血がこびりついたと思うんです。でも、犯人はそこに気づかなかった」

狭い棚にみちみちに詰まった前川を想像してしまい、全身に悪寒《おかん》が走った。

「誰かが、前川を殺して、死体をここに隠したと思ってる？」

「はい」

「……誰がそんなことするわけ？」

「灯台下暗しってやつですかね。前川のことを殺したがってる人間なら、身近にいるじゃないですか」

「保科さん、飯野、大盛さん、丸尾さん……私？　そりゃ息吐くように殺したいと言い合う日だって数えきれないくらいあったよ。あったけどさ、実際に手を出すのは別……」

言いかけて、口ごもる。本当にそうだったろうか。

ほんの少しのきっかけさえあれば、私は前川を殺していたかもしれない。

額の汗を拭いながら、仁菜ちゃんの顔をじっと見つめた。

「……私のこと、疑ってるの？」

「いえ、青瀬さんに人を殺して隠し通す能力はないですから。二年間そばで仕事をしてきて十分にわかります」

煽《あお》られている気さえしたが、掘り下げるのも野暮だった。

「じゃあ、私と仁菜ちゃん以外の総経本部メンバーの誰かが、前川を殺して、姫野さんのことも殺したと思っている？」

「その方向で調べを進めています。昨日、私出社して、半日がかりで会社中を調べたんですよ。それで、あの染みを発見したんです。今朝、青瀬さんの机に前川のスマホが置いてあったことで、いっそう疑いが深まりました。真犯人は前川が姫野さんを殺して、自殺したことにしようとしてるんですよ。だからほら、わざとらしく遺書なんか残して」

こんなことを喋っているのに、仁菜ちゃんの声色は不思議と明るい。

憑《つ》かれたように淀みなく喋る……。

だが言っていることは、まったく突拍子もないこと、というわけではなかった。

この説教部屋で、自分が前川から怒鳴られていたときのことを思い出す。悦に入り説教を続ける前川の、ふいをついて、例えば手に持っていたノートパソコンで、その顔面を思いきり叩く。想像するだけで、気持ちがいい。

呻き声をあげ、倒れ込む前川の首を思いきり絞めあげる。気づいたら彼は絶命している。私はその場に呆然《ぼうぜん》と立ち尽くし、やがて正気に返る。自分が人を殺《あや》めたことに対しての絶望より、こんなやつを殺したせいで人生が終わってたまるかという想《おも》いが勝る。なんとかして、犯行を隠そうと決意する。一番奥にひっそりとたたずむ集密書架の棚。前川の遺体をそこまで引きずり、ずっと閉ざされていた書架を開ける。手前の右下に収まっている書類を他の棚に移動させ、空っぽになった場所に前川の身体をどうにか折りたたんで詰める。力任せに詰め込んだせいで遺体に傷がつき、血が天井部にこびりつく。だが気づかないまま、書架を元どおりにしてその場をあとにする——。

こんこんっ。

強めのノックの音がした。仁菜ちゃんは特段慌てた様子もなく、書架のボタンを押して元の位置に戻すと、

「いったん引き上げますか」

扉のほうに歩いて行った。

いや、仁菜ちゃん、絶対そんなキャラじゃなかったじゃん……。

華奢な背中を目で追いながら、私は動揺を隠せなかった。

「ってか、待ってる人いるし早く開けないと」

なんだかこれ以上知らない仁菜ちゃんを見ているのが嫌で、私は早足で彼女を抜かすと、内鍵を手早く開けた。

勢いよく扉を引くと、心配そうな顔をした佐伯が立っていた。

「わぁ、佐伯さん」

驚いて思わず名前を呼ぶと、口調がおかしかったのか佐伯は小さく笑った。

「ごめん、驚かせるつもりなかったんだけど」

「営業部の佐伯さんが書庫室に用事ですか～？　とんでもなくめずらしいですね～」

後ろから仁菜ちゃんがひょこっと顔を出す。声色も表情も、いつもの仁菜ちゃんに戻っている。さっきのはいったいなんだったのか。

「ちょっとね、過去の契約事項を確認したくてさ。入って平気かな？」

「どうぞ～。出るとき電気消していってくださいね～」

「了解」

佐伯はとくに私たちが内鍵を閉めていた理由を追及することもなく、書庫室の中へ消えた。

明るい廊下に出ると途端に日常が戻ってくる。

「あーヤバ。二十分以上経ってんじゃない、これ」

「佐伯さんずっとあそこで待ってたんでしょうね。青瀬さんが心配で仕方ないみたい」

「どういうこと?」

「だって、ドアノブを引く『ガチャッ』って音がしなくて、いきなりノックの音が聞こえてきましたよね。ってことは佐伯さん、内鍵が閉まっていることをあらかじめ知ってたんですよ。青瀬さんのことが心配で、私たちのあとをつけてたってこと。それで、私たちが書庫室に入って鍵を閉めるところまで把握していた。それからずっと扉の前で待ち伏せしていて、あまりにも遅いので不安になって、ノックしたんじゃないですか?」

すらすらと淀みない口調に、どこかシャープで翳《かげ》りを帯びた声色。

「それって探偵ニナモード?」

引きつった笑顔でそうたずねると、仁菜ちゃんは肯定も否定もせず、花が咲いたような笑顔を見せた。

どうしよう。

この二年間、誰よりも長い時間を一緒に過ごしてきたのに、彼女の正体がわからなくなってきた。

＊

席に戻るとデスクトップにいくつも付箋が貼られていた。離席しているのをこれ幸いとばかりに、督促のメッセージが書き連ねられている。

置きっぱなしのスマホに、三十分足らずで着信が四件。

ため息とともにマウスに手を伸ばすと、向かいの保科さんがデスクトップの隙間から視線を向けてきた。

「ねえ青瀬さん、それ中身確認したんでしょう？　どうだった？」

反射的に、視線だけ仁菜ちゃんに向ける。彼女は含み笑いで人差し指を口元にかざした。

「……あー、なんかパスコードかかってて見られませんでした」

仁菜ちゃんに従う必要はないのに、とっさに嘘《うそ》をついていた。保科さんは、怪しむように目を細めて、同じように怪訝な顔の飯野と目くばせをした。

「本当に？　本当にパスコードなんてかかってたの？」

「はい」

「それにしてはずいぶん長いあいだ席外してたじゃない。どこで油売ってたのよ」

「どうにか解除できないか、休憩室で仁菜ちゃんとずっと試してたんです」

「あらそう。前川の誕生日でもだめだったの？」

「えっ……」

なぜ私が前川の誕生日を知っている前提で話をしているのだろう。

「十二月十二日ですよね？　だめでした〜」

フリーズする私の横で、仁菜ちゃんがさらりと答えた。

あれ、仁菜ちゃん、さっき私に前川の誕生日聞いてこなかったっけ……。

「そうなの。……あ、じゃあ青瀬さんの誕生日『１１１１』は？　だって青瀬さんのデスクに置いてあったんでしょう？」

保科さん、私の誕生日まで知ってたんだ。五年も一緒にいれば、何かの拍子で知ることもあるのだろうか。

「試したんですけどだめでした～。他にもめっちゃいろんな数字しらみつぶしに入れたんですけど全然だめでした」

「そう、残念ね。警察には通報したの?」

「はい、もちろんです」

私がNOと返答するより先に、仁菜ちゃんが答えた。「定時後に私が警察署まで届けることになりました～」

「大丈夫なの? 三井さん。あなた警察署まで迷わず行ける? そんな重要な証拠品を、あなたが届けるなんてちょっと心配だわ」

「そしたら保科さんついてきてくれますか～?」

「……忙しいのよ、派遣のあなたと違ってね」

そして会話は打ち切られた。

仁菜ちゃんは頬を小さくふくらませて、手に持っていた前川のスマホを足元の鞄《かばん》に投げ入れた。

やることは山積みなのに、思考がまとまらなくて集中できない。書庫室の異変など知らされなければ、仁菜ちゃんの空想じみた推理など聞かなければ、もっと単純に考えられたのに。

ひとまず頭を使わずにできるデータ入力作業を淡々と行いながら、並行して仁菜ちゃんにチャットを入れる。

青瀬：仁菜ちゃん、前川の誕生日知ってたんじゃん。
三井：青瀬さん巻きこみたくて知らないふりしました☆　すみませーん
青瀬：はあ。保科さんも知っててびっくりしたんだけど
三井：青瀬さんの誕生日がーーーー、前川の誕生日がー2ー2、丸尾さんの誕生日が0ー0ーって話題で、ちょっと盛り上がったじゃないですか
青瀬：いつ？
三井：2か月前くらい
青瀬：私いた？
三井：総経本部のメンバーみんないました
青瀬：そっか。

そう聞かされても、全然思い出せない。疲れていて心ここにあらずだったのかもしれない。いや、疲れているのはみんな一緒だ。四十代の保科さんでさえ覚えていたのに、私は……。記憶力が悪いというか、そもそも人の話を聞く気がないというか。自分で自分に呆れてしまう。そろそろラリーを打ち切って、業務に集中しなくちゃと思うのに、仁菜ちゃんからまたチャットが入る。

三井：今朝、私が披露した推理は内緒でお願いしますね　二人だけのひみつです！

青瀬：スマホ、絶対に今日中に警察持ってくよね？　当たり前だけど、書庫室の血痕っぽいのも絶対警察に言うべきだよ。重要証拠になるかもしれないんだから。
三井：追々了解で〜す
青瀬：追々ってどういう意味よ
三井：ふふ　とりあえず私に任せてください
青瀬：悠長なこと言ってる場合じゃないんだよ。今こうして通報を渋ってる間に、新たな被害者が出るかもしれないんだよ。
三井：真犯人は前川を犯人に仕立てあげて、逃げおおせようとしてるんです。新たな被害者なんて出ませんよ
青瀬：それ仁菜ちゃんの勝手な推測でしょ……
三井：とりあえず私がちゃちゃっと解決してみせるんで、青瀬さんは親船に乗った気持ちでいてください
青瀬：それを言うならおおぶね

……文字を打ちかけて、はたと立ち止まる。あれ、『大船』だけじゃなくて『親船』とも言うんだっけ。気になってウェブで調べてみたら、やはり『親船に乗ったよう』とも言うようだ。知らずに間違いだと指摘しようとした自分が恥ずかしくなって、自然に頬が熱くなった。送信する前に気づいてよかったと、胸を撫で下ろす。

「了解」と打ち直して、ひとまず会話を打ち切った。ほぼ同時に、飯野からチャットが入った。

飯野：大丈夫？
青瀬：何が
飯野：戻ってきたとき顔面すげーこわばってたから
青瀬：まじか。ただの寝不足なんで大丈夫です。
飯野：そ！　無理すんなよ
青瀬：b

また電話がかかってきて、システムからの出力データをそのまま送ってほしいというごく簡単な依頼なのに、全然頭に入ってこなかった。

どうして皆、淡々と仕事を進められるのだろう。

あくびを重ねながらも、超高速でキーボードを叩き続ける丸尾さん。その横顔に、小声で問いかけてみる。

「あの……これ、本当に大丈夫なんですかね。前川のスマホだとわかった時点で、警察に言うべきだったんじゃ」

「んん？　通報はしたんだよね？」

保科さんに聞こえないよう、耳打ちをする。

「まだなんです、実は」

丸尾さんは呆れるでもなく、いつものように力ない笑みを浮かべた。

「まあ、今日中に警察に届けるなら、それでいいんじゃないのぉ」

「行方不明者だし、姫野さんを殺害した容疑者かもしれないんですよ」

「う〜ん、まあねえ。そうだねぇ……本当にまずい事態になったら、警察のほうからこっち来るでしょ」

そんなにのんびり構えていていいものなのだろうか。これ以上やり取りしても変わらない気がして、私は業務に戻ることにした。

仁菜ちゃんの言うとおり、誰かが前川と姫野さんを殺して、その罪を前川に着せようとしているとしたら。

それはいったい誰なのだろう。

そんなことを大胆にやってのけて、こんなふうにいつも通り仕事を続けられるものだろうか。

それに、前川のスマホに入っていた私の盗撮写真。前川の自宅から押収された私の服。

あれらにはいったいどういう謎が隠されているのだろう。

何もわからないまま、仕事はどんどん膨れあがり、ろくに消化もできぬまま時間だけが過ぎていった。

＊

定時のチャイムとともに、仁菜ちゃんはいつもどおり席を立った。

「お先に失礼しまーす」

そうして早足で去っていく。

私は清掃業者の入門許可証半期分に、ひたすら電子署名をしていた。個人名簿での管理はやめて、一枚のエクセルシートに集約すべきだと数年前から思っているが、いまだ実行に移せずにいる。そんな業務ばっかりだ。

ちらりと視線をやると、仁菜ちゃんはもう扉を出ていくところだった。

軽やかなステップ、ふわっと揺れる柔らかい髪。

いいな。身軽でいいな。

私はなんだ。指先はキーボードの上を忙しく這いずりまわり、骨ばった尻は固い椅子に沈み込んで、しょぼついた両目は不健康な光を放つウィンドウに呑《の》み込まれるよう。身体全体に重しがかかったように身動きがとれず、本当にパソコンの地縛霊みたいだ。

仁菜ちゃんが退勤してから三十分足らずで、大盛さんがのそっと立ち上がった。すでにパソコンを閉じて、右肩にリュックを担いでいる。

「すみません、ちょっと具合悪いんでお先失礼します」

前川騒動以降やつれはじめ、最近は体重減少に拍車がかかっていたが、今日はいっそう顔色が悪い。一日を通して、ほとんど言葉を発していなかった気がする。

「お疲れさまです。お大事にー」

弱々しく丸まった背中に声をかけて見送った。

そのほんの十数秒後だった。

「ああああああああああっ」

腹の底から吐き出すような、長いため息が聞こえてきた。それは獣の断末魔とも聞こえる、どこか人間ばなれした唸《うな》り声だった。

声の主は大盛さんだった。

出入口付近で、だらんと両腕を下げてうなだれている。

ざわついていたフロアは一瞬で凍りつき、私を含め、ほぼ全員が彼の背中に視線を向けていた。

「ふううう。はああああ。もういいよ。もういいってば……」

大盛さんはくたびれた声で呟くと、周囲の様子を気にするそぶりもなく、よたよたと廊下に消えていった。

名状しがたい恐怖に支配された室内は、彼が消えてからもしばらくはしいんとしていた。

だが、誰かが噴き出したのをきっかけに、またいつもの雑談交じりの室内に戻っていった。

「大盛さん、大丈夫ですかね……」

私が呟くと、飯野が呆れたように息を吐いた。

「今さらメンタル逝ったっぽいな」

「前川のスマホが出てきたんだから、前川本体が出てくる希望も湧いてきたのに」

「そう単純な問題でもねーだろ」

「ねえ、飯野はどう思うの？　前川のスマホ、誰が私の机に置いたと思う？　もしかしてだけど、大盛さんが何か知ってたり――」

「今ここで推論並べても不毛よ。どうせ明日以降にでも警察から嫌ってほど話聞かれるんでしょうから」

保科さんが忌々しげに口を挟む。

「また任意聴取されちゃうのかなぁ。やだなぁ。しかもぼくスマホ第一発見者だよぉ」

丸尾さんがまた気弱な声を出す。

「ねえところで青瀬さん、あの子ほんとうに警察行ったわよね？」

「行くって言ってました」

「口だけなら何とでも言えるでしょう。念押しして確認したほうがいいわよ。いろいろちょっと足りない子でしょう三井さんって」

「はあ、まあ……」

否定も肯定もできず、曖昧に濁す。

「しっかりしなさいよ。教育係なんだから」

「わかりました」

そろそろ教育係は免除してほしい。というか、私を介さず直接言えばいいのに。

大盛さんの奇声じみたため息が神経に障ったようで、保科さんは明らかに苛立《いらだ》っていた。

キーボードを叩く音が乱暴になっている。

――保科さんが前川化したらどうしよう。

本元が消えようが前川イズムは脈々と受け継がれ、末端の私は永遠に苦しみから逃れられないのではないか。そして、いずれ私も前川の精神を引き継いでパワハラの権化《ごんげ》へと変貌していくのではないか。

そんなおぞましい想像が、どうにも拭いされなかった。

＊

二十一時を過ぎると、総経本部以外は全員帰宅し、フロアは薄暗い静寂に包まれた。

一時間前からぽちぽちと、営業部の顧客名簿を作成している。シートを更新するだけなので仁菜ちゃんに任せたら、元データを抹消された上マクロを解除された。そのために一からつくり直している。

参照データが紙をスキャンしたものなので、コピペできないのも地味に辛《つら》い。

画面を何十往復もして、さすがに目がかすんでくる。締め付けるような鈍い頭痛と、額が熱を帯びたようなだるさ。

大盛さんのすがたを思い出す。途端に頭が冴えて、胸の奥が窄《すぼ》まるような恐怖に襲われる。

自分がああなったらと思うと心底寒気がする。

壊れる前に帰ろう。

山積みの課題をぎゅうぎゅうに押し込めたまま、パソコンを閉じる。

「すみません、あがります」

残っているのは保科さんと飯野だけだった。丸尾さんはいつの間にか帰宅していた。

二人は画面から目を動かさずに、「お疲れさま」と口先で唱えた。

常夜灯だけがついた誰もいない廊下を歩くと、言い知れぬ心細さがつきまとった。一階の廊下まで降りて、後ろを振り返る。書庫室の扉の奥、見えないはずの前川の遺体がなぜか鮮明に思い浮かんで、振り払うように従業員出入口まで走った。

小道を抜けて路地裏を進む。

数歩進んだところで、後ろからゆっくりと車がつけてきた。

危険を感じてとっさに歩くスピードを上げる。だが、車は私のすぐ横につけて、それから運転席の窓がすうっと開いた。

「青瀬」

耳馴染みの良い落ち着く声。私はすぐさま歩みを止めた。

「佐伯さん」

「送ってくよ」

「おお。ありがとうございます……」

頭があまり働かず、ためらいもなく後部座席に乗りこんだ。車に少し揺られてから、あれ、と思い直す。

「佐伯さん、とっくに上がってましたよね？」

「そうだね。八時くらいまで粘ったんだけど、もうやることもないしいったん引き上げたんだ」

「……ずっと駐車場にいたんですか？」

「うん。プライムビデオに『第9地区』入ってたから、それ観《み》てた。青瀬好きだったよね。今も好き？」

「ああ、はい……」

曖昧に頷く。タイトルを言われても、ぴんと来ない。これも交際当時、何かの折に話したのだろうか。もはや佐伯のほうが、私よりも私に詳しい。

「あの、もしかして私のこと待っててくれましたか?」

問いかけたあとすぐ、なんて自意識過剰な問いだろうかと、小恥ずかしい気持ちになった。

「うん。心配だったから」

佐伯はいつもどおり落ち着いた声色で、さらりと返した。

なんて答えればいいんだろう。ひとまずお礼を言えばいいのか。いや、さっき「ありがとうございます」って言ったばっかだし……。

「……総経本部メンバーみんな結構メンタルやられてて、大盛さんとかガチでやばそうです」

沈黙のすえ苦し紛れに、大盛さんに話題をシフトした。なんだかどんどん会話が下手になっている気がするが、これが佐伯に対してだけなのか、そもそもコミュニケーション能力自体が低下しているのか、判別がつかない。

「青瀬もずっとしんどいでしょ」

「そうですね。私もずっとしんどいですね……」

話題を大盛さんにシフトしたはずが、また私に戻ってきてしまう。

「俺でよければ、本当にいつでも、何でも相談してほしい。頼ってほしい」

「はあ……」

こんなのなんて返事すればいいの? まったく思い浮かばずに、半笑いで濁す。

仁菜ちゃんがいてくれたらいいのに。そうしたらずっと気楽なのに……。

「疲れてるでしょ。寝たほうがいいよ。あと三十分くらいかかると思うから」

「わかりました。お言葉に甘えて私は眠りに入ります。おやすみなさい」

助かったと言わんばかりに食い気味に返すと、佐伯はおかしそうに笑って「おやすみ」と返してくれた。

眠気はすっかり覚めていたが、ゆったりしたシートに身体を沈めて目を閉じた。

私の頬は熱かった。夜が暗くてよかったと思った。

＊

翌日、大盛さんが自宅のクローゼットで首を吊って死んでいるのが見つかった。

旅館『ゆきね』の冷凍室から、前川の頭部が見つかったのは、それから二日後のことだった。

■パワハラ泥沼復讐《ふくしゅう》殺人　真の悪人は誰か？　―前編―
時事れいわオンライン
記者：沼田《ぬまた》陽子《ようこ》

今月1日、プライム上場の大手・株式会社大溝ベアリングの社員O氏が、自宅で首を吊って自殺しているのが発見された。

現場に残された遺書には、行方不明となっていた上司Mさん（46）と、先月路上で刺殺体となって発見された女性Hさん（21）を殺害したことが述べられていた。

捜査の結果、県警はO氏の犯行であると結論付け、被疑者死亡のまま書類送検した。

また、Mさんの遺体処理を手伝ったとして、Hさんの実母であり、旅館経営者のY容疑者を死体遺棄の罪で逮捕した。調べにたいし、全面的に容疑を認めているという。

◇通称〈説教部屋〉の会社書庫室にて数時間缶詰め叱責パワハラ三昧　限界を迎えたO氏は衝動的に……

殺害されたM部長は、O氏の直属の上司にあたる。二人は総務経理統括本部という少数精鋭の部署で、十年以上ともに働いていた。M部長はいわゆる昔気質の熱血タイプで、暴言や体罰など行き過ぎた指導も珍しくはなかったという。

二人が勤務する川崎の自社ビルには、ほとんど利用されることのない書庫室があり、M部長が部下を何時間も缶詰めにして叱責する〈説教部屋〉として使われていた。


「当時M部長の下には六人いて、派遣の一名をのぞく全員が〈説教部屋〉で詰められた経験があるはずです。書庫室の前を通り過ぎるとき、中から罵詈雑言や何かを叩く音が聞こえてくることが、しばしばありました。M部長がいないところでこっそりと、部下同士『いつか殺してやる』なんて冗談交じりに喋っているのを耳にしたこともあります。でも、まさか本当に起きるとは……」（同社社員）

事件が発生したのは7月13日の21時ごろ。

M部長は帰り際、勤務中のO氏を説教部屋に呼びつけ、およそ二時間にわたり罵詈雑言《ばりぞうごん》を浴びせ続けた。

「『能なし』『自殺しろ』『死んで詫《わ》びろ』など繰り返し怒鳴られた。鼻をひっつかまれて思いきりひっぱってねじられた。そのとき左耳が急にキイーンとなって聞こえなくなり、気づいたときにはM部長を押し倒していた」（O氏の遺書）

O氏の怒りは収まらず、倒れたM部長に馬乗りになり、首を絞めて殺害。集密書架の一段にスペースをつくり、そこに一時的に遺体を隠した。その後何食わぬ顔で職場に戻り業務を再開している。この際、M部長のスマートフォンから、「失踪宣言」なる文言のメールを、自分を含めた関係者宛に送信し、偽装工作をはかっている。

「私は別の部署なので見ていませんが、M部長独特の言い回しで、失踪することを告げるメールだったそうです。実際にその翌日からM部長は来なくなったので、ちょっとした騒ぎになりましたね。まさか、すでに殺されていて、しかも遺体が書庫室に隠されているなんて思いもしませんでしたよ。今考えただけでもぞっとします」（同社社員）

しかし川崎の職場で殺されたM部長の遺体は、三週間後に、小田原の旅館の冷凍室で見つかった。しかも、発見時に残っていたのは頭部だけだった。それ以外はすべて、Y容疑者の手によって細かく切断され、近くの山林を流れる川に少量ずつ流されていたことが判明している。

「殺した次の日の深夜、全員の帰宅を確認後に、書庫室に隠していたMの死体を担いで廊下の窓から外に出た。トランクに死体を入れて、旅館『ゆきね』まで車を走らせ、Yさんに死体の処理を依頼した」（O氏の遺書）

Yはなぜ死体処理に協力したのか？

Yの実娘・Hさんはなぜ殺されたのか？

さらに、独占取材により初めて明かされる衝撃の事実については後編の【着服脅迫パワハラの裏で　M部長を苦しめた左遷部署の実態を探る】で——


淡々と文章を追っていた私の目は、『左遷部署の実態』のところでぴたりと止まった。瞬時に、血の気が引いて息苦しくなった。

慌てて右上の『×』をクリック。ウェブサイトを閉じて、乱れた呼吸を整える。

手元の名刺に、視線を移す。

株式会社時事れいわ　記者　沼田陽子

今朝自宅前で待ち伏せされ、いかにもゴシップ好きそうな派手な中年女性に、この名刺を押しつけられた。名前をネットで調べたら、この記事が引っかかった。

三文記事、三文記者め。

ぐしゃっと右手で捻《ひね》りつぶして、ゴミ箱に捨てた。

「おはようございま〜す」

始業のチャイムとほぼ同時に、仁菜ちゃんがやってきた。

「青瀬さん大丈夫ですか〜？　顔色がいつも以上に悪いですよ」

「ちょっとね」

元気だな仁菜ちゃん。

もう二週間前に遡る。昼休みに大林部長から総経本部メンバーのみ会議室に呼び出され、大盛さんが亡くなったことを知らされた。みんなが呆然とする中、仁菜ちゃんだけがなぜか恨しそうな顔をしていて、それに気づいた私は身震いがしたほどだった。

会議室を出て「大丈夫？」とたずねると、「逃げられた」と一言呟いた。あの時の仁菜ちゃんの横顔も声色も、まるで別人のようだった。

それから二、三日のうちに徐々に事件の真相が明らかになっていった。衝撃の連鎖で当時の記憶は曖昧だ。社内が始終騒然としていたことだけは覚えている。

混乱が収束せぬまま夏季休暇に入り、それが明けると、周囲は少しずつ日常を取り戻し始めた。仁菜ちゃんも、いつの間にか元どおりになっていた。

「逃げられた」という言葉の真意は、未《いま》だに聞けていない。

そして、私は気づいてしまった。

前川が死のうが、犯人が捕まって容疑が晴れようが、私の地獄は終わらないという事実に。

始業から五分も経たぬうちに、後ろから声をかけられた。

「青瀬さん、清掃業者の入門許可証まだ出してもらってないんですけど」

若い女性が、侮蔑するような目で私を見下ろしている。たしか総務部の派遣社員だ。

「すみません、今日中に――」

「昨日も同じこと言ってましたよ。期限切れてるし督促三度目なんで、いい加減お願いしますね。今日の定時までに必ず出してください」

「はい、すみません……」

「形だけの謝罪とかいいので。とにかくお願いしますね」

当てつけのように大きなため息をついて、足早に去っていく。

見下されている、はっきりと。

あれほどまでに私を腫物《はれもの》扱いし、怯えていた人たちは、身の潔白が明らかになった途端、対応をがらりと変えた。事件前に戻ったというより、むしろ、以前よりずっと当たりが強いと感じるのは気のせいだろうか。

これ以上嫌な思いをしないためにも、業務に集中したいのに。

先ほどの記事が脳裏にちらついて離れない。

マウスを握る手は無意識に検索ウィンドウを開き、『大溝ベアリング　青瀬』と入力してエンターキーを押していた。

私を特定するような情報は何も出てこない。今朝検索して確認したばかりなのに、常に不安で仕方がない。

大盛さんの犯行が明るみに出たとき、全社員が招集され、所長から直々に各種メディアに対する緘口令《かんこうれい》が敷かれた。それなのに、今朝の記事みたいに、取材に応じている社員がいるのだ。

頭から掃《はら》おうとすればするほど、気になってしかたがない。検索履歴から、先ほどのウェブページを開いて、〈後編〉をタップした。

■パワハラ泥沼復讐殺人　真の悪人は誰か？　―後編―

時事れいわオンライン

記者：沼田陽子

◇着服脅迫パワハラの裏で　M部長を苦しめた左遷部署の実態を探る

M部長の死体処理に手を貸したY容疑者は、小田原の大型老舗旅館『ゆきね』の名物美人女将。『ゆきね』は大溝ベアリングと業務委託契約を結び、小田原工場に週五日、日に約百食の弁当を提供していたという。

「しっかりボリュームがあって、コンビニよりうまくて、栄養バランスのとれた弁当が四百円で買えるので、大体みんなそれ食ってましたね。工場の食堂はずいぶん前に潰れちゃって、近くに飲食店もないし」(同社小田原工場社員)

利用者から大好評だったこの弁当が、今回の悲劇の一因となってしまった。

『ゆきね』と契約を結び、発注を出していたのが件《くだん》の総務経理統括本部だったのである。注文書の発行はO氏が行い、発注承認を行っていたのがM部長だった。Y容疑者はM部長容認のもと水増し請求を行い、十二年間でおよそ四千万円の不当利益を得ていたという。

M部長はY容疑者にたいして長年にわたり特別な感情を抱いており、水増し請求による着服も、旅館経営の資金繰りに苦慮していたY容疑者にたいして、M部長から持ちかけた話だった。これにとどまらず、娘のHさんが勤める飲食店に通い詰め、大金を落とすなどして、外堀を埋めようとしていたM部長。二十歳以上年下のHさんからの無理難題な要求にも、平身低頭こびへつらって応じていたという。

彼の最終目的は、Y容疑者との結婚だった。

「ここ数年は脅迫まがいに結婚を迫られ、できないなら着服した四千万円を返せと凄まれ、逃げ場がないと感じた。生理的に無理なタイプだったので、(M部長との結婚は)ありえない。水増し請求については、O氏も黙認していることを知っていたので、すがる思いで彼に相談した。そこで彼自身もM氏のパワハラに長年苦しめられ続けていて、殺意を抱いていることを知った。そこから、二人でM氏の殺害を計画するようになった」（Y容疑者の供述より）

だが、具体的な殺人計画を練る前に、O氏がM部長を衝動的に殺してしまう。死体の処理に苦慮したO氏は、殺害した翌日の夜、会社の書庫室に隠しておいた遺体を車に積んで、『ゆきね』まで車を走らせた。

M部長の遺体を目の当たりにしたY容疑者は――

「来るべきときが来たという感じ。殺す想像はずっとしていたけど、自分でやる勇気はなかったので、（O氏が）やってくれて助かったという気持ち。二人で相談して、解体してビニール袋に入れて、冷凍室に保管した。その後の処理は全部私がやった。ばれないよう毎日少しずつ細かく切断して、山間の崖下にある川に投げ捨てた。だが、どうしても頭部を細断する勇気がなくて、ずっと捨てられず困っていた」

その後、M部長が突然店に来なくなったことを不思議に思ったHさんがY容疑者に相談し、Y容疑者が真相を打ち明けた。詳細はまだわかっていないが、真相を知ったHさんが、口止め料として実の母親であるY容疑者に多額の金銭を要求し、トラブルになった模様。

「娘から大金を要求され、出せないなら警察に通報すると言われパニックになった。O氏に相談したところ、私よりずっと動揺してしまい、たぶん（M部長を殺害したときと）同じように、衝動的に娘のことも殺したのだと思う」

O氏はHさんのSNSやY容疑者の発言等から彼女の行動パターンを把握し、深夜にこっそりと職場を抜け出して路上で待ち伏せ、殺害したものとみられる。殺害後には会社に戻り退勤ログを残すなどの偽装工作を行っていたこともわかっている。

さらにO氏は、Hさん殺害の罪をM部長にかぶせ、M部長は自殺したことにできないかと模索し始めた。しかし、防犯カメラの映像からHさん殺害にO氏が関与していることを疑った警察からたびたび聴取を受け、逃げられないと絶望した。M部長にたいする恨みつらみを書き連ねた遺書を残して、自ら命を絶った。

以上がことの顚末である。

パワハラ、着服、脅迫……M部長の悪辣《あくらつ》ぶりが目立ち、世間では、O氏に同情する声も少なくない。しかし、同じ職場で働いていた社員は、こう話す。

「総務経理統括本部は、名前だけ聞くと立派なイメージですけど、その実態は左遷部署です。使えない社員の掃き溜めで、仕事は簡単な雑用ばかり。

M部長は前の部署でのパワハラが原因で左遷されてきたが、普通に仕事はできる人。いっぽう、O氏含む部下は、何も問題は起こしていないものの、あまりにも仕事ができずに島流しされてきた人たち。M部長は積極的に他部署の会議にも顔を出したり、不出来な部下たちの失敗をかばうために、他部署の人には常に丁寧・低姿勢を貫いていました。にもかかわらず、部下たちはミスを繰り返し、M部長を一方的に悪役に仕立てて愚痴ばかり。

M部長にはM部長の苦悩があったと思うんです」（同社社員）

O氏含め、部下たちの月の平均残業時間はおよそ百時間で、過労死ラインをゆうに超えていた。だが、超過分を『自己啓発活動のため』として、残業時間には含めていなかった。

こうなると、働く環境自体にも問題がありそうだが――。

「あの部署の人たちは、普通の人なら一時間で終わる仕事を一日かけてやるんです。残業が増えるのは不可抗力でしょう。部長や会社を恨む前に、自分たちの能力のなさを恨むべきです。ただ仕事ができないだけで、何か問題を起こしたわけでもないので、解雇するわけにもいかず、会社側も相当対応には苦慮しているはずですよ。かくいう私たちも、任せた業務がいつまでもあがってこなくて、途方に暮れています……」（同社社員）

読み終えたあとも、画面から目を離せない。ひどい耳鳴りがして周囲の雑音が聞こえなくなる。胃がひねり潰されたように痛む。

早くページを閉じて、業務に戻らなきゃ……。

早く……。

「青瀬さん！　電話鳴ってるわよ」

保科さんの声がピシャリと耳を打ち、周囲の音が戻った。けたたましく鳴るスマホを慌てて手に取る。

「はい青瀬です」

「おお、橋本だけど」

名古屋工場の橋本さん。粘っこい下卑た声色に、スマホを握る手に自然と力が入る。

「大盛さん亡くなってからもう二週間くらい経つ？　相変わらず大変そうだねー」

「ご心配ありがとうございます。最近は落ち着いてきたので大丈夫です」

「YouTubeとかでいろいろ言われてんの見てる？　俺ビックリしちゃってさ、みんなあることないこと騒ぎ立ててるでしょ」

「はあ、ネットはあまり見ないようにしてるので……」

嘘だ。毎日毎日、強迫観念に駆られたように自分の名前をネットで検索している。だがそんなこと、他人に悟られたくないし打ち明けたくもない。

「それならよかった。あんま気にして病まないようにな！　たしかに青瀬はよくやらかすけど、ちゃんと真面目にがんばってんの俺は知ってるからさ。俺だけじゃなくて、名古屋工場のみんなね」

「すみません、ありがとうございます」

「なんかあったらいつでも連絡してよ。あと安全靴のチェック表明日までにお願いね。んじゃー」

「はい。ありがとうございます、失礼します」

すぐに通話を切り、うなだれる。手に汗が滲んでいる。

心配してもらえてありがたい、とは到底思えない。私の悲劇を楽しんでいると、声の調子でわかってしまう。

「大丈夫ぅ？」

丸尾さんが見かねたようにたずねてくる。橋本さんとは違って、きちんと心のこもった声音。

「大丈夫です、すみません」

「無理しないでね。景気づけに、これどうぞ」

そう言って小袋を差し出してくれた。どこのメーカーかわからない、古めかしい赤い包装のビスケット。

「ありがとうございます。いただきます」

総経本部のメンバーは、沈みかけの船に乗り合わせた運命共同体だ。たいして周囲の人間は皆、船を沈没させようと襲い来る荒波に等しい。誰のことも信用できない。

もらったビスケットを頬張ったら、意外と粉っぽくて口の中がぱさぱさになった。

アイスコーヒーが飲みたい。そういえば家を出てから、水分を一切摂取していない。

席を立って出口に向かう。短い通路のあいだで、何人かとすれ違う。みんなが私を見ている気がする。

〈いっぽう、O氏含む部下は、何も問題は起こしていないものの、あまりにも仕事ができずに島流しされてきた人たち。〉

〈あの部署の人たちは、普通の人なら一時間で終わる仕事を一日かけてやるんです。残業が増えるのは不可抗力でしょう。部長や会社を恨む前に、自分たちの能力のなさを恨むべきです。〉

記事の内容が脳裏にまざまざとよみがえり、胸が苦しい。

すべて解決したはずなのに、何も解決していない。

むしろ日増しに生きづらくなっている。

自販機スペースに誰もいなくてほっとした。

缶コーヒーを選ぼうとして、指先がボタンの前でぴたりと止まる。上のほうにスライドさせて、ミネラルウォーターを選んだ。

本当はコーヒーが飲みたいのだが、飲むとトイレが近くなる。トイレに行って個室に入っているあいだに女子集団がやってきて、私の陰口を始めるのを想像すると恐ろしい。だからなるべく水分はとらないほうがいいし、トイレは極限まで我慢しなくちゃならない。

「よおゾンビ」

横から物騒な声をかけられた。飯野だ。最近ずっと顔色がいいし、姿勢もなんだかしゃんとしている。

「青瀬ずっと元気ねえじゃん。大盛さんが死んだのはたしかにショックだけどよ、そろそろ切り替えねーと自滅するぞ」

大盛さんの死を知ったときは本当に苦しくて、数日間はろくに睡眠もとれなかった。だが慣れとは怖いもので、二週間も過ぎれば、その衝撃も悲しみも薄れていった。

「大盛さんのことはもう大丈夫だよ。いない状態に慣れちゃったし」

「あー、むしろ悲しいっつーよりは恨めしいか」

「いや、一歩間違えれば私が前川のこと殺してたかもしれないし……。もちろん、自殺なんてしないでもっと早く自首してくれればと思ったりもしたけど、今はただ安らかにいてください、という感じ」

「ふーん、気持ちの整理はついてんだな。で、なんでそんな顔死んでんの」

「飯野は見てないの？　ネット記事」

「だいたい見てる」

「私たちひどい言われようじゃん。よく飄々《ひょうひょう》としていられるね」

「別に名前とか卒アルとか曝《さら》されたわけでもねーし。そのうちもっとでけー事件起きて、あっという間に風化すんだろ」

「そういう問題じゃなくてさ……あんなふうに書かれたら、ふつう傷つくでしょ」

「あそこまで書かれんのは心外だけど、ある程度は的を射てるっつーかさ。俺の営業成績がクソで、営業部から総経本部に左遷されたのは事実だし。ま、仕事できねーっつっても青瀬ほどじゃねえけどな」

「ひっど」

「はは、冗談。ま、あんま考えすぎんなよ」

飯野は私の肩をぽんと叩くと、軽い足取りで去って行った。

そうか。そんなもんか。そのくらいの気の持ちようでいいのか。

心が少し軽くなって助かった。

いずれにしても、私に逃げ場はない。

自分が使えない人間だと、これではっきりとわかってしまった。だからなおさら、ここにしがみつくしかないのだ。何のスキルも専門的な知識も持たず、まったく仕事のできない役立たず。転職したところで、今以上に良い会社に入れる可能性なんて無に等しい。新卒カードで運よく手に入れたこの立場をなんとしてでも死守しなければ、私は本当にだめになってしまう。プライドずたずたの今、『国立大卒大企業勤務』という肩書だけが、私の唯一の拠り所なのだ。

周囲の視線が怖くて、俯いたまま廊下を歩く。

前から来るのが誰か、足音でわかった。

「お疲れさま」

予想したとおり、穏やかな声が降りそそぐ。

身体が自然と強張る。聞こえないふりをして通り過ぎようと思ったのに、気づいたら顔をあげていた。慈愛に満ちた瞳と目が合った。

「佐伯さん、お疲れさまです……。すみません、ずっとＬＩＮＥ送っていただいてると思うんですけど、私読んですらなくて……」

しどろもどろに言い訳を連ねる。佐伯に限らず、誰にたいしても返信するのが億劫《おっくう》で既読をつけることさえ放棄してしまっている。

「大丈夫だよ。こっちこそ気を遣わせてごめん」

優しく言ったあと、視線を逸らしたまま遠慮がちに続けた。「あのさ、伊豆《いず》とか房総《ぼうそう》半島とか、日帰りで行ける観光スポット見つけたんだ。自然がきれいで、美味しいものが食べられる場所。車出すから、週末よかったら一緒に行けないかなと思って」

「すみません、結構です」

「何も喋らなくていいし、車でずっと寝てるだけでもいいし、あ、三井さんを誘って三人でも──」

「佐伯さんは、浮き輪です」

「え？」

きょとんとした声。私は考えがまとまらぬまま一息に告げた。

「総経本部のメンバーは、沈みかけの船に乗り合わせた運命共同体で、噂や陰口言ってくる人とか野次馬とかマスコミとかは全部、私たちを沈没させようとする荒波で、佐伯さんは……浮き輪なんです。荒波に浮かぶ、永遠に届かない救助用の浮き輪」

「……役に立たないってことかな」

「違います。うまく言えなくてすみません、お気持ちはありがたいんですけど、すごく感謝してるんですけど、本当に今はすみません」

目頭が熱くなってきて、まずいと思った。何度も頭を下げてその横を通り過ぎる。

「何があっても、俺はずっと青瀬の味方だから」

背中に優しくて力強い声が届いた。振り返らず、涙を拭って自分の席へ戻った。

佐伯と向き合う勇気がない。周囲の陰口もネットの悪評もきっと知っている。役立たずのクズだと周囲から思われている私を見られるのが、恥ずかしいし恐ろしい。

雑念に支配されてほとんど集中できないまま、どうにか業務をこなしていく。

会社を辞めたら完全に終わる。今の肩書を失ったら、私には何もなくなってしまう。どうしたって、この場所にしがみついていなければならない。

死の恐怖さえ覚えるほど心拍数があがるたび、喉に異物が詰まったように息苦しくなるたび、私は他のメンバーの顔を見渡す。

飯野はしっかり元気そう。保科さんは淡々としている。丸尾さんは弱々しく、でもゆったりと構えている。仁菜ちゃんはいつもどおり暇そうに仕事して、雑談するときは天真爛漫な笑顔を見せる。

大丈夫。

ちゃんと、仲間がいる。

沈みかけのこの船は四面楚歌《しめんそか》で行き先もわからないけど、同じ傷を負った運命共同体の仲間がいる。だから私は大丈夫、大丈夫。

何度もそう言い聞かせて、どうにか今日をやり過ごす。

*

二十三時ごろに帰宅し、大雑把にシャワーを浴びて、ベッドにダイブした。不安なことが次々に頭に浮かんで、眠いのに寝られない。天井を見つめてぼーっとしていたら、トラウマになりつつあるインターホンのチャイムが鳴った。

恐怖に硬直したのも束の間、扉越しに「仁菜で〜す」という間の抜けた声。

ベッドから這い出してのろのろと玄関に向かう。うんざりするのと同時に、心の奥底で少し喜んでいる自分がいる。

扉を開けると、右手にスーパーの袋を提げた仁菜ちゃん。紺のTシャツにグレーのスウェットパンツ、ビーサン。スタイルが良いのでさまになっている。

「青瀬さんこんば――」

ばかでかい声で挨拶し始めたので、慌てて腕を引いて玄関に通す。音を立てないようにそっと扉を閉める。

「こんな時間にどうしたの？　夜道は危ないよ」

「大丈夫です〜。佐伯さん呼びつけて送ってもらいました。いま下に待たせてます」

「図々しすぎるよ」

「いいんです。佐伯さんは、青瀬さんに関することならとにかく何でもしたいんですよ。むしろ私に感謝してると思いますね〜」

「はあ。もう……」

応じる佐伯も佐伯だが。「それで、ご用件は？」

仁菜ちゃんはわざとらしく咳払《せきばら》いをすると、きらきら澄んだ瞳で私を見据えた。

「青瀬さんに質問です。自分にとって不都合だけど正しい世界と、自分にとって好都合だけど間違った世界、どちらを選びますか?」

急にたずねてきて、なぜこんな難問を浴びせてくるのだ。

「どちらを選ぶ気力もないよ」

「どっちか絶対選んでください」

「……自分にとって好都合だけど間違った世界」

情けないなと思いつつ、仁菜ちゃんに虚勢を張る必要もないので、正直に答えた。

「う〜ん残念です。それでは青瀬さん、明日はお休みすることを推奨します」

「は?」

「私が明日、青瀬さんにとって不都合だけど正しい世界を見せることになってしまうので」

「ごめん。ちょっと言ってる意味がわからない」

「私このままじゃ悔しくて終われないので、明日勝負に挑むのです。勝利した暁には、青瀬さんが見たくない世界が見えてくるので、明日はお休みすることを推奨するんです」

「よくわかんないけど、会社は行くよ。絶対。這ってでも行く。一日休んだら一生行けなくなるもん」

「そうですか〜」

仁菜ちゃんは頬をわざとらしく膨らませたあと、いたずらっぽく笑った。それから右手に提げていたビニール袋を私に差し出した。反射的に受け取ってしまう。

「じゃあこれ、慰謝料です」

「慰謝料？」

「明日青瀬さんが傷つくことを見越しての、あらかじめ慰謝料です」

「あらかじめ慰謝料……？」

「アディオス！」

ぽかんと口を開けて佇む私を置き去りに、仁菜ちゃんはさっさと去って行った。

袋の中身は玉ねぎだった。

まったく訳がわからなかった。

◆

早朝の白い光を浴びながら、わたしは彼女を尾行している。

のんびり歩く後ろ姿。寝癖が風に煽られて、あっちこっちいって壊れたメトロノームみたい。

十メートルくらい距離を置いて、その背中を追う。

人影まばらな朝の住宅街。静かな路地にシャンシャン鈴の音が降っている。俊足で歩く会社員たちとたまにすれ違う。彼らは鈴の音なんて気にしない。というか、たぶん聞こえていない。まっとうで正しい世界の大人たち。

いっぽう猫背の彼女の靴底は削れたようにすり減って、よく見ると右の靴の裏にガムっぽいのがひっついている。トレーナーの裾がほつれてポツポツ穴が空いている。とぼけたネズミのマスコットが、リュック脇でぷらんぷらん揺れている。

そしてシャンシャン鈴が鳴っている。

大の大人があんなヘンテコでだらしなくていいのだろうか。

今から引き返せば間に合うのに、なぜわたしの足は彼女のあとを忠実に辿っているのだろうか。

もしかして、何か尋常ならざる世界の一端に触れてしまうのではないのだろうか。不安ばかり堂々めぐり、なんの答えも出せぬまま、無意識下の意志に引っ張られるように進んでいく。

五分ほど歩くと、曲がり角のコンビニ脇に古びた自販機があった。彼女は赤いラベルのコーラを一本買って、キャップのあたりを指先でつまんでぶら下げたまま、また歩き出した。数メートル進んだところで、プシュッと開けてぐいっと飲んだ。

歩く速度を落として、調子はずれな鼻歌をうたっている。

自由気ままな放浪者のよう。

わたしはじぶんの窮屈な制服とローファーを見下ろしながら、なんだか無性に羨ましくなった。

細い路地を抜けて二車線の大通りに出て、ずいぶん歩いた。気づいたら額にうっすら汗が滲んでいた。

人生で初めてワイシャツの袖を腕まくりした。首元を締め付けていた第一ボタンを外した。こんなことでびっくりするくらい気分が良くなった。わたしもコーラを買っておけばよかった。

もうどう引き返しても学校には間に合わない。来た道を覚えているかも怪しい。

どう言い訳しよう？

電車に乗っているときに、具合が悪くなって引き返したとか？

そんなこと今までなかったのに、勘繰られないだろうか？

にわかに鼓動が速くなる。

不安を無限に巡らせながらも、足はまっすぐ彼女についていく。狭い路地はいつの間にか歩行者が増えている。駅に向かって歩くまっとうな人たちの波に逆らって、彼女はどんどん進んでいく。

そして、こぢんまりとしたクリーム色のアパートの手前で、ふいに立ち止まった。鈴の音がかすかな余韻を残した。それにならってわたしも足を止めた。

ふたりの距離、およそ七メートル。

彼女は突然、こちらを振り返った。

わたしは油断していた。

見開いた目と、ばっちり目が合ってしまった。

第五章

翌日、朝からぱらぱら小雨が降っていた。昨日あんなに暑かったのに、一転して秋の訪れを予感させる冷たい風が吹いていた。

いつも以上に緊張して職場に向かったが、いつもと変わりなく業務が始まった。

「ねえ、なんで玉ねぎ？」

ふとたずねると、仁菜ちゃんは得意げに微笑《ほほえ》んだ。

「玉ねぎの花言葉をご存じない？」

「知らないね」

「『不死』なんです。青瀬さんには、どんな辛《つら》いことがあっても不死鳥のごとく何度でもよみがえってほしいという願いから、玉ねぎをプレゼントしました」

「えっと……突っ込みどころが多すぎて、ごめん、放棄します」

「気に入ってくれましたか？」

「とくにコメントはないよ。だって玉ねぎだよ」

なんだ。こんな調子か。仁菜ちゃんの奇行は初めてでもないのに、変に身構えて損をした。

だが、油断したのとほぼ同時に、人事部長の大林さんから不穏なチャットが入った。

@総経本部メンバー
重要な話があります。すみませんが、昼休みに会議室Aにご参集ください。

私を含め、みな了承の旨返信をする。

「なんかすっげー嫌な予感しかしねー」

飯野がため息交じりにぼやく。まったく同感だが、今すでに地の底まで落ちているというのに、今よりもっとひどい状態に落ちるなんて、想像もつかなかった。

「なんだろーね、これ」

何気なくたずねると、仁菜ちゃんは頬杖《ほおづえ》をついたまま意味ありげに微笑んだ。

「ふふ。なんでしょうね」


昼休みのチャイムが鳴る。急ぎの発注手配を済ませ、急いで会議室Aに向かった。

入室すると、すでに全員が揃《そろ》っていた。

不思議なことに、ロの字型に机が並ぶ一番奥、ホワイトボードの横には仁菜ちゃんが立っていた。大林部長はというと、下座にちょんと腰を下ろしている。

丸尾さんに手招きされて、その隣に座る。向かいに飯野と保科さんが、怪訝《けげん》な顔で座っていた。

「は～い、全員集まったので始めたいと思いま～す。皆さんこのたびはお集まりいただきありがとうございま～す」

しいんとした狭い室内に、仁菜ちゃんのやけくそみたいにポップな声が響く。

なぜだか私は鳥肌が立った。

保科さんが、すぐ眉をひそめる。

「あなたには呼ばれてないわよ。招集したのは大林部長でしょ」

困ったような笑みを浮かべて、大林部長は軽く会釈《えしやく》をした。

「すみませんね。実は三井さんに依頼されて、便宜上僕から招集をかけさせてもらっただけなんです」

「あらやだ。どうしてそんな騙《だま》すような真似《まね》したのよ」

「だって皆さん、私が呼んだって来ないでしょう」

いつもより低くシャープな声で仁菜ちゃんが答えた。反論されるとは思っていなかったようで、保科さんは面食らったような顔になる。

「それは――」

「私が低学歴だから？　派遣だから？　馬鹿っぽいから？　全部ですね。まあ、この期《ご》に及んでそんなことはどうだっていいです。私は事件の真相について、二つの仮説をお披露目したいだけなので」

「事件の真相……？」

飯野が苦虫を嚙《か》みつぶした表情で問う。たいして、仁菜ちゃんはあくまで笑顔だった。

「はい。時間も限られているのでちゃちゃっと済ませますね。まず一つめ～」

仁菜ちゃんは口角をキュッと上げたまま、背後のホワイトボードに黒マジックで文字を書きはじめた。

仮説①　飯野・保科・丸尾は、大盛の犯行を知っていて、隠蔽工作に協力していた。

室内の空気が、いっぺんに張りつめた。愛らしくポップな字体が、文面の不穏さを余計に際立たせている。

まさか。

にわかには信じられず、私は半笑いで周囲を見回した。

だが静寂だった。

飯野や保科さんは真っ先に反論しそうなものを、気まずい沈黙が生まれてしまった。丸尾さんに関しては——横顔を窺《うかが》えば一目瞭然だった。両手で口元を覆い、明らかに狼狽《ろうばい》している。

「……突拍子もなさすぎて咀嚼《そしやく》すんのに時間かかったわ。証拠は？」

飯野が背もたれにゆったりと身を預けて、挑発するようにたずねた。

「いい質問ですね〜」

仁菜ちゃんが満面の笑みを浮かべる。いつもと同じなのに、うっすら恐怖を感じるのはなぜだろう。

「一番わかりやすいのは、スマホですね。青瀬さんの机に置いてあった前川のスマホ。あれ本当は、パスコードなんてかかってなかったんです」

「えっ？」

張りつめた空気の中、私だけ馬鹿みたいに声を出してしまった。

「かまかけてパスコードがかかってるって言ったら、ふふ、皆さん豆鉄砲喰《く》らったような顔してましたよね。パスコードなんてかけてないはずなのに変だぞ、って表情で飯野さんと保科さんは目くばせしてましたね」

「思い違いよ。証拠ないでしょう」

保科さんが睨《にら》みをきかす。仁菜ちゃんは怯《ひる》まない。

「前川の最初のメール『失踪宣言』は、報道のとおり大盛さんが前川になりすまして打った文章です。きちんと前川文法を履修していて、必ず文頭は一字下げ、句点のたびに改行しています。でも残念、署名の『前川』が抜けています。はなまるはあげられません。

次に送られてきた、『私は殺されました』という容疑者告発メール。こちらは、事実として前川以外の誰にとってもデメリットしか存在しないことから、当初の推測どおり、本人が事前作成して送信予約したものでしょう。

そして最後。スマホのメモ帳に書かれた遺書は、一字下げも句点改行も守られていませんが、署名はきちんとしてありますね。読点が極端に少ない特徴的な文体、保科さんが書いたものとお見受けしました」

「こじつけもいいところね。証拠もないくせに」

保科さんが不愉快そうに吐き捨てる。視線はずっと下を向いている。

仁菜ちゃんがそこまで細かいところを見ていたのかと、私は困惑したまま動けなかった。

「飯野さん、前川の生存をほのめかすために、『会社の窓が開いていた』なんて嘘《うそ》ついて、青瀬さんに電話したことがありますよね。あのあと、社内を捜索しましたか？」

「しねーよ。勤務中だし、そういうのは警察の領分だろ」

「私のピッキングで鍵を開けて、前川の自宅に不法侵入して証拠を集めようと提案したのは、飯野さんでしたよね。犯罪を犯してまで前川の所在を探ろうとしていたのに、行動として矛盾していませんか？」

「めんどくせーな。残業で疲れてて頭まわってなかっただけだよ。三井さんこそ矛盾してんだろ。いつももっと馬鹿っぽい喋《しゃべ》り方してんのに、急にかしこまってなんだよ。こえーよ」

ふてくされて悪態をつく飯野。ぞんざいな口調だが、視線はせわしなく空をさまよっている。

「丸尾さん、ずっと黙ってるけど大丈夫ですか～？」

仁菜ちゃんから唐突に問われて、俯《うつむ》いていた丸尾さんの肩がビクッとはねた。

「丸尾さん。前川のスマホが見つかったとき、しきりに自分が第一発見者だとアピールしてましたね。でも変ですよ。散らかった青瀬さんの机は両サイドとも書類が山積みで、丸尾さんの席からじゃ、真ん中に置かれた前川のスマホなんて見えるはずないですもん」

「それは……その……」

「状況証拠とも言えない無理やりなこじつけばっかり、よく披露する気になったわね」

しどろもどろの丸尾さんに耐えかねたように、保科さんがぴしゃりと言った。

「では他に何で判断しろと？　警察でもないずぶの素人が、物的証拠なんて都合よく集められるわけないじゃないですか」

「ねえ急にどうしたのよ。派遣のくせにずいぶん生意気な口きくじゃない」

「手なずけていたはずの駄犬が嚙みついてきて驚きましたか?」

「ちょっとあなた本当に――」

ぱん、と強く手を打ち鳴らす音が聞こえた。飯野だった。

「前提として、これも仮説だけど。三井さんの言うとおり、俺たちは、大盛さんが前川と姫野さんを殺したことも、『前川が姫野さんを殺して自殺した』というエピソードに仕立て上げようとしていたことも知っていた。でも実際に手を下したのは大盛さんだし、俺らは殺人にも死体の処理にも一切関わっていない。隠蔽工作には関わったかもしれないが、物的な証拠は一切ない。そして事件は解決している。今さら俺らを断罪できると思うのか?」

仁菜ちゃんは、心外そうに頬を膨らませた。

「皆さん勘違いしてますね〜。私は断罪したいなんてこれっぽっちも思ってないですよ。警察に通報するつもりもありません。ただ私の仮説をお披露目したいだけなんです。だから会議室を出たら、もうこの話はおしまいで〜す」

混じりけのない声色《こわいろ》で告げられると、場の空気がわずかに緩んだ。私は状況を把握するので精一杯で、ただ成り行きを見守ることしかできなかった。

「そういうことなら、三井さんの仮説は正しいってことで良いよ。さっさと終わらせてーからな。で、もう一つは?」

ずっと俯いていた顔をあげて、飯野が冷静な口調で促した。平常心を取り戻したのか、単に余裕ぶっているだけなのか、私には判断がつかない。

仁菜ちゃんは満足そうに頷《うなず》くと、再びホワイトボードに向きなおった。

仮説①に馬鹿みたいに大きなはなまるをつけてから、新たにペンを走らせた。

「実はこっちが本命で〜す」

仮説②　飯野・大盛・保科・丸尾は、本当は『蛍を見る会』で前川を殺害し、その罪を青瀬に着せるつもりだった。

私の名前が書かれた途端、心臓がぎゅんと跳ねあがった。つま先から痺《しび》れるような感覚がして、血の気が引いていくのがわかる。

書かれた文章を幾度も反芻《はんすう》して、理解はできないが把握はできた。

唇が小刻みに震えて、そこから言葉がぽろぽろ零《こぼ》れ落ちた。

「な、何これ……ははっ……いくらなんでも無理ありすぎでしょ……」

だが私の言葉が止《や》むと、室内は水を打ったように静まり返った。嫌な汗がだらだらと流れて、凍りついた背を濡《ぬ》らした。

飯野と保科さんは難しい顔をして俯いている。丸尾さんは額に手を押し当ててうなだれている。大林部長は、ばつが悪そうに下唇を噛んで床を見ている。

なんでよ。なんで誰も何も反論しないんだよ。

地獄みたいな沈黙を破ったのは、仁菜ちゃんの落ち着き払った声だった。

「本仮説に至った理由を説明しますね。報道にあったとおり、大盛さんは、春代さんとかなり前から、秘密裏に前川の殺害を計画していました。社外に協力者がいたわけです。

私、あの告発メールが流れてきた時点でひっかかってたんですよ。なんの根拠もないのに、あんなメールを用意する人っているのかなって。部長は日頃から、みなさんに殺されると思っていたんじゃないですかね。だから、あれはひっかけや冗談なんかじゃなく、部長が殺されるとしたら、その犯人はあの五人の中にいるんじゃないかなって。でも青瀬さんが犯人でないことは私はわかっているので、残るは四人ですよね。

さらに、毎年恒例の『蛍を見る会』で決行される、山道の夜行ハイキング。暗い細道を一列になって、懐中電灯の明かりを頼りに無言で練り歩くだけの、地獄みたいなイベント。冗談交じりに『前川を突き落として殺そうか』なんてことも仰《おつしや》ってましたね。

私、先日実際に現場を見に行ったんですよ。青瀬さんと佐伯さんと一緒に。

ここから転落したらまず助からないだろうってポイントが、いくつもありました。

わかりますよね。会社で殺してわざわざ小田原まで運ぶよりよっぽど、『蛍を見る会』を利用して殺したほうが合理的なんです。でも大盛さんはそうはしなかった」

「だから、それは堪忍袋の緒が切れて、後先考えず衝動的に殺しちゃったからだろ。大盛さん本人が、遺書にそう書いてたじゃねーか」

飯野が視線だけ仁菜ちゃんにぎろりと向けて、反論した。

「そ……そうだよ……そうだよ……」

掠《かす》れた声で、弱々しく、私も飯野に同調する。

こんな仮説が本当であっていいはずがない。私たちは皆、同じ船に乗り合わせた運命共同体で、信頼し合える同志で、まさか、私だけが磔《はりつけ》にされるなんてことは——

「時系列に着目してほしいんです。青瀬さんが、前川にたいして『蛍を見る会』不参加を表明したのが七月十三日の昼。そして、大盛さんが前川を殺害したのは同日の夜。偶然にしてはできすぎてません？　皆さんは、『蛍を見る会』で前川を殺害し、その罪を青瀬さんに着せる計画を立てていた。しかし、直前になって青瀬さんが『蛍を見る会』に参加しないことが明らかになった。計画を遂行するまでの辛抱だと思っていたのに、白紙に戻ってしまい、大盛さんは絶望した。そんなさなか、前川からいつもどおり説教を喰らわされ、耐えかねて殺してしまった。そう考えたほうがしっくり来ませんか？」

淀《よど》んだ空気の中、重苦しい沈黙が垂れこめる。

仁菜ちゃんの問いかけに、誰も反応しないのはなぜだろう。

仮説②　飯野・大盛・保科・丸尾は、本当は『蛍を見る会』で前川を殺害し、その罪を青瀬に着せるつもりだった。

だめだ。こんな仮説が当たってたまるか。よく考えろ私。みんなが私に罪をかぶせる理由なんて、あるはずがない。

「はい、反論」

私は右手をぴんと挙げた。仁菜ちゃんは意外そうに目を瞬かせた。

「青瀬さん、どうぞ～」

「この仮説は間違ってると思う。私だって毎年『蛍を見る会』の夜行登山に参加するたび、事故に見せかけて、前川を殺してやろうかと思ってたし、実際それが一番合理的だと思う。つまり、何が言いたいかっていうと、私がいなくたって計画は成立するってこと」

「……青瀬さんがその場にいてくれないと、肩代わりさせることができないじゃないですか」

「いや、だから、わざわざ殺人に仕立てる必要がないってこと。前川を突き落として、事故に見せかけるだけで十分じゃん。事故なら犯人役は必要なくなるでしょ？」

言い終えてすっきりした私の予想とは裏腹に、室内の空気はいっそう重たくなった。仁菜ちゃんさえ、気まずそうに頭を掻《か》いている。

「え、なんで。私なんか間違ったこと言ってる……？」

背もたれに深く沈んでいた飯野が、上体をぐっと起こして、大きく息を吐き出した。

「青瀬さあ、それわざと？　それとも本気で気づいてない？」

鋭く冷たい声だった。

「ごめん、どういう意味……？」

こわごわと尋ねると、飯野は勢いよく立ち上がって、仁菜ちゃんの手からマジックを奪った。

「三井さんの推測、大枠は合ってるけど、一番肝心なところが間違っている」

言うなり、乱暴に二重線を引いて修正を加えた。

仮説②　飯野・大盛・保科・丸尾は、本当は『蛍を見る会』で~~前川~~〈青瀬〉を殺害し、そ

の罪を~~青瀬~~〈前川〉に着せるつもりだった。


「これが正解だよ」

ぶっきらぼうに言い捨てて、マジックペンを仁菜ちゃんに投げ渡した。

私はホワイトボードを見つめたまま絶句した。

〈青瀬〉を殺害、〈青瀬〉を殺害、〈青瀬〉を殺害、〈青瀬〉を殺害、〈青瀬〉を殺害……

飯野は何を言ってるの？

どうして誰も否定しないの？

仁菜ちゃんさえ想定外だったようで、言葉を失っている。

飯野は吹っ切れたように顔をあげて、啞然《あぜん》とする私を見据えて淡々と話し始めた。

「大盛さんから話を持ちかけられたのは、一年前だよ。あの人の計画では、夜行登山で前川を突き落として殺害、全員で口裏を合わせて青瀬が殺したことにしようとしたんだ。春代さんにも協力してもらって、旅館で激しく口論していた、みたいな嘘の証言してもらおうって」

「なんで、そんなひどいこと、淡々と喋れるの……」

消え入りそうな私の問いに答えることなく、飯野は話を続けた。

「でも非現実的だという結論に至ってやめたんだ。だって、青瀬のその体格で、二倍近くある前川を突き落とすなんて、冷静に考えれば無理があるだろ？　一番の問題は体格じゃなくて頭のほうなんだけど。要するに、青瀬ほど壊滅的に要領の悪い人間に、人を殺す能力なんてないよなってところ」

「…………」

「そこで立場を逆にしたんだ。青瀬を殺して前川に罪を着せようって。そっちのほうがよほど現実的だろ。前川の体格なら青瀬なんて片手で簡単に突き落とせるし、能力的にも問題はない。四人全員で『前川が青瀬を突き落とすのを見た』と証言すれば、警察だって信じるだろうと思った。

前川が春代さんにも、その娘の姫野さんにも執拗《しつよう》につきまとってたのは、青瀬も知ってるだろ？　おまけに、前川のスマホには青瀬の盗撮写真がたくさん入ってたから、ストーカー殺人ってことにすれば、動機だって十分だ」

その言葉を聞いて、前川のカメラロールの大半を占拠していた私の写真を思い出した。ひどく写りの悪い、ほとんどブレていた大量の盗撮写真。

「私には意味がわからなかったんだけど……飯野は、あれが何かわかった上で利用しようとしたの？」

「ああ。もう消したけど、俺と大盛さんのスマホにも同じような写真が入ってたよ」

「はっ？　なんで」

「暇つぶし。青瀬がいつもひでー顔で仕事してるから、一番やばい瞬間を撮れたやつが勝ちっていう遊びを、三人でやってたんだ」

「はあ？　クズじゃん」

「提案したのは前川だぜ」

「でも一緒に楽しんでたなら同罪じゃん」

「そうよね男って本当どうしようもないわよね」

すっかりいつもの調子を取り戻した保科さんが、腕を組んでしみじみ頷く。

「保科さん、知ってたんですか？」

「まあ、ねえ。マナーカメラって言っても完全に無音ってわけでもないし。むしろ当事者の青瀬さんがよく気づかなかったわよね」

「そんなの考えもしなかった……え、仁菜ちゃんも気づいてた感じ？」

「へへっ。まあ」

仁菜ちゃんはぺろっと舌を出して苦笑いを浮かべた。

丸尾さんに視線を移すと、彼もまた弱々しく引きつった笑顔を見せた。

「ぼくはそんなひどい遊びに参加してないからねぇ」

「でも俺が写真見せたとき大爆笑してましたよね」

飯野が冷めた目でぼそりと言う。丸尾さんは決まりが悪そうに黙りこむ。

嘘。

もう何も信じられない。

「あのさ、前川の自宅から私の私服が押収されたんだけど、あれも飯野が関わってたりすんの？」

飯野はもはや完全に開き直った様子で、ためらうことなく頷いた。

「おう。俺の部屋にあった青瀬の服を、前川ん家で宅飲みするときにこっそり持っていって、引き出しの奥に隠したんだ。盗撮写真だけじゃストーカー殺人の裏付けには弱いかなって思ってさ」

「なんであんたの部屋に私の服があんの？」

「あ？　付き合ってた頃、お前が勝手に置いてってたんだろ」

「四年前とかじゃん。何ずっととっておいてんの？　きっしょ」

「とっておいたわけじゃねーよ。掃除してたらたまたま出てきたんだよ」

「………………」

自分の部屋に埃《ほこり》を被《かぶ》った飯野とのツーショット写真があるのを思い出して、言い返せなくなってしまう。

「もしかして、嫌がらせの張り紙も飯野が犯人？」

「はあ、何だよそれ」

「アパートのドアに、気持ち悪い警告文貼りつけたでしょ。『出ていけ』とか『退去しろ』とか」

「そんなん知らねーよ。お前のアパートなんか別れて以来行ってねえもん」

しらばっくれているのではなく、本心から言っているようだった。私は困惑した。

「えぇ……じゃあ、誰？」

あたりを見回したが、他のメンバーもかぶりを振った。嘘をついているようには思えなかった。

保科さんが、呆《あき》れたように口を開いた。

「誰って、普通に考えてそのアパートの住民でしょうよ。やっぱり青瀬さんってそうなのよ。職場でもプライベートでも、無自覚に人に迷惑をかけるの。あなたってそういう人なのよ」

何か含みを持たせる言い方だった。反論する材料もなく、うなだれるしかなかった。

「この件はわかりました……。それで、結局何ですか。私を殺そうとしたのは、どうしてですか。盗撮写真みたいに、暇つぶしや遊びの延長ですか」

責め立てるように問うと、飯野はずっと真剣な眼差《まなざ》しでこちらを見た。それから大きな声ではっきりと言った。

「ちげーよ。なあいい加減察してくれよ。お前が、お前が邪魔だったからだよ。俺たちは、いや、少なくとも俺は、前川以上にお前を消したかったんだよ、青瀬」

耳鳴りがするほどの静寂の中、息苦しさに戸惑いながら、私はかろうじて唇を動かした。

「……なんで？」

「なんでって……気づかねーのがすげーよな。お前、死ぬほど仕事できねーじゃん。そのせいで俺らがどれだけ苦しめられたと思ってんだよ」

衝撃で頭がうまく働かない。喘《あえ》ぐように呼吸をしながら、どうにか言葉を繋《つな》ぐ。

「自分が仕事できないのはちゃんと理解してるよ。でも……それは飯野だって一緒でしょ？私だけじゃないでしょ？」

「勘弁してくれよ。お前と一緒にすんなよ。青瀬が半人前の仕事すらこなせねーから、いやむしろ余計な仕事ばっか増やすから、その負荷が全部俺らに回ってきてんじゃん」

「そもそもね、三井さんみたいな派遣のアシスタントがつくこと自体、ありえないのよ」

保科さんが呆れたように言った。

言われてみれば、総経本部メンバーの中で、アシスタント付きは私だけだった。どうして、今まで疑問に思わなかったのだろう。

「……私が仕事できなすぎるから、特別にアシスタントをつけたんですか？」

そうたずねると、大林部長は「うぅん」と低く唸《うな》って言葉を濁した。

「はっきり言ってください。はっきり言ってもらわないと私、理解できない人間みたいなので」

「まあ、総経本部でアシスタントをつけたのは、青瀬さんが初めてだね……」

「あの、もう一つ聞いていいですか？」

「ど、どうぞ」

「総経本部は左遷部署ですよね。他の部署で使えない人たちが、島流しされてくるっていう……。どうして私は新卒なのに、ここに配属されたんですか？」

大林部長は困り顔をさらに歪《ゆが》ませて、渋々といった感じで話し始めた。

「入社後本社で一か月間、合同研修があっただろう。あの時の青瀬さんの諸々《もろもろ》が、その、あまりにも酷《ひど》くて、いや、これは採用の段階で見抜けなかった我々人事の責任なんだけど。とにかく、他の部署でまともに機能することはないだろうと判断されて、総経本部に配属されたんだよ。新卒での配属は異例だね」

たった一か月の研修で、壊滅的に使えない人間だと判断された。

なぜ？　わからない。五年前の研修なんて、ほとんど覚えていない。

たった一か月で最悪な評価を受けたということは、何かとんでもないことをやらかしていたはずだ。でも覚えていない。覚えていないから反省もできない。そこにそもそもの問題があるのではないか。堂々巡りで答えもなく、ただ頭が痛くなった。それからひどく疲れてきた。

絶望に沈む私などおかまいなしに、緩んでしまった空気の中で、雑談めいた会話がはじまる。

「三井さんは三井さんでまたひどいけど、教育係が青瀬さんじゃ、仕方ないところもあるのよね」

「三井はよくやってるほうだろ。俺が三井さんの立場なら発狂してるよ」

褒められて素直に嬉《うれ》しかったのか、仁菜ちゃんは相好を崩した。

「いえいえ、そんなことは全然ないですよ～」

「仁菜ちゃん、はっきり言ってくれるかな」

その目をまっすぐ見つめて言うと、仁菜ちゃんは観念したように述べた。

「まあ、正直指示が曖昧《あいまい》だったり間違ってたりでかなりしんどい部分はありましたけど……私もよくミスするんで、お互いさまですよ～」

「三井さんのミスっつったって、青瀬の指示不足によるミスじゃねーの」

「それも大いにありますね～。でも大丈夫ですよ青瀬さん。お互いさまですから」

「はあ……」

完膚なきまで叩《たた》きのめされて、もう限界寸前なのに、追い打ちをかけるように飯野が口を開いた。

「俺たちはみんな、お前と前川両方に消えてほしかったんだ。だから、いっぺんに消せる『蛍を見る会』に賭けてたんだ。それなのに前川が青瀬を『蛍を見る会』から永久追放するなんて言い出すから、計画がパーになっちまったんだよ」

「大盛さんと丸尾さんはひとまず前川だけでも消せればいいって感じだったけど、私と飯野くんは、青瀬さんを消せないなら協力するメリットがないって思ったのよ」

「んで、しょうがねーから別の手探すかってときに、大盛さんがプッツンしてああなったわけ。

あの人が一人で暴走した結果だし、俺らには何の責任もないだろ。けど未遂に終わったとはいえ、俺らも殺人を計画していたわけで。自棄《やけ》になった大盛さんが当初の計画含めて洗いざらい自白したら俺らの立場もやべえと思ったんだ」

「それで、すべての口止めを条件に、大盛さんに協力して隠蔽工作をはかったのよ。前川が姫野さんを殺して、自殺したって見せかけるためのね」

飯野の吐露に呼応するようにして、保科さんが言った。

「……私の机に前川のスマホ置いたのは誰？」

飯野は気怠《けだる》そうにホワイトボードを指さした。

「スマホ置いたのは俺だけど、遺書打ったのは保科さんだぜ。書いてあるとおり、全員で示し合わせたんだよ。前川が姫野さんを殺して自殺したって見せかけるためにな」

「遺書の宛名を私にする必要あったの？」

「前川がお前のストーカーだったってことにしねーと、前川ん家から押収されたお前の服の説明がつかなくなるだろうが」

喉《のど》の奥から呻《うめ》き声が漏れた。頭を思いきり掻きむしりたくなる。

「ああもうっ、あっちこっちややこしいな」

「あ？　青瀬が蛍に来ないってなったから、計画が破綻したんだ。いろいろこじれてややこしくなってんのも、全部お前が発端だよ。お前のせいで歯車が狂ったんだよ」

理不尽な物言いに、反論する気力さえ削《そ》がれていく。なぜ私を殺そうとしてきた人にここまで責め立てられなくちゃいけないのか。

前川があの判断を下さなければ、私は今年も『蛍を見る会』に参加していただろう。そして、何も知らぬまま殺されていたのだろう。

想像するだけで悪寒《おかん》が走った。死にたいだの消えたいだの人生で何百万回も考えていたけれど、いざその可能性を突きつけられると、とてつもない恐怖に身がすくむ思いだった。

あんなに憎んでいた前川に、私の命は救われたのか……。

なんという皮肉だろう。

同僚に本気で殺意を抱かせるなんて、自分はとんでもなくダメな人間なのだと思う。それはわかった。申し訳ない気持ちも、もちろんある。

でも——。

「殺そうなんて思う前に、言葉で伝えてくれたらよかったのに……」

「俺、青瀬に散々退職を促したけどな。覚えてない？　そのために付き合ってたんだけど」

「はっ？」

「転職サイトのリンクをサブリミナル的にＬＩＮＥに忍ばせたり、ことあるごとに転職の話題を持ちかけたり、転職や脱サラがテーマの映画とかドラマとか見せまくったり、俺すげーがんばったけど、お前ぜんぜん靡《なび》かなかったじゃん。ぜんぶ徒労に終わったよ」

「何それ。ほんとクズ」

「それくらい追い詰められてたってことだよ」

「そんな回りくどいことしないで、直接伝えてくれればよかったのに」

黙り込んでいた丸尾さんが、おずおずと口を開いた。

「青瀬さんさ、青瀬さんが入社する前に、うちの部署で一人自殺者出たの知ってる?」

噂《うわさ》には聞いたことがあった。入社二年目の、内向的な男性だったという。

「まあ、はい。前川のパワハラが原因ですよね」

「違うの。その子も青瀬さんみたいにちょっと擁護できないレベルで仕事ができなくてさ、それを飯野くんが結構きつく指摘したの。そしたらその翌日にね……」

「前川じゃなくて、飯野に追い詰められて亡くなったんですね」

「ちげーよ。前川よりも百倍ソフトに伝えたのに、なんか知らねーけど死んだんだよ。俺それがすげートラウマでさ、そいつの二の舞になったらと思うと、青瀬のこと叱るに叱れなかったんだよ。俺の指導で自殺者が二人も出たら、さすがにやべえだろ」

だんだん胸が悪くなってきた。悲しみや絶望を塗り替える勢いで、怒りが沸々と湧いてくる。

「あくまで他責思考で、自己保身に忙しいんだね」

「馬鹿のくせにやたら難しい言葉使いたがるよな。そういうところも全部、イライラすんだよお前。っつーか伝えたら治るもんなの? そいつも青瀬も正直、一般的な仕事ができないっていうレベルじゃなくて、根本的に欠陥がある。人間として欠陥が……いや、なんていうか、そもそも人間に達してない」

「人間に、達してない……?」

「そうだよ青瀬、お前は人間未満だ。前川はお前以上人間未満だから、もっと言うと、お前は前川未満だ」

「前川未満……」

そのとき私の中で、何かがぷつんと弾《はじ》けた。

*

昼休みはとうに終わっていたようで、職場に戻るといつもどおり業務が行われていた。

ほんの数時間前まであれほど周囲の視線が気になっていたのに、今は心底どうでもいい。

遠巻きに囁《ささや》かれる中、かまわずリュックに荷物を詰めていく。

「私たち、すごい決断しちゃいましたね」

隣で同じように荷物を詰めていく仁菜ちゃんが、どこかはしゃいだ声で言う。

「さすがに限度を超えたよ、あれは」

「あはは。でもまさか、青瀬さんが突然退職宣言するとは思いませんでした」

「仁菜ちゃんまで辞めなくてもいいのに」

「んー、でもさすがにあの人たちと働き続けるのはだるすぎるのでやめまーす」

あの場に大林部長がいてくれて助かった。いちいち説明せずとも、すんなり退職の意思を受け入れてもらうことができた。

嵐のように過ぎ去った一幕を思い出す。

「ねえ仁菜ちゃん、なんであんなことしたの?」

「名探偵ニナの名推理に感服していただきたくて」

「本音は?」

「ごく当たり前に見下してくるあいつらに、一泡吹かせてやりたかったんです。とくに保科さん。『派遣のくせに』って言葉、二年間で八十六回言われましたからね」

「数えてたんだ」

「こう見えて根に持つタイプなんです。前川が失踪したとき、目に物を見せるチャンスだって思いました。大盛さんが自爆したせいで、不完全燃焼になっちゃいましたけど。それに、本当は総経本部メンバーだけじゃなくて、川崎事業所全メンバーをオーディエンスにしたかったんですけど……大林部長に却下されちゃいました」

「うん。それは却下してもらってよかったと思う」

私物を全部詰め込んで、うんざりするほど視線を浴びせられながら、出口に向かって歩いていく。

心残りがあるとすれば、一つだけ——。

だが、デスクに佐伯のすがたはなかった。出勤ボードを確認すると、今日は一日出先だった。あれだけお世話になってお礼の一つも言えないのは忍びないが、顔を合わせず去れることに、どこかほっとしている自分もいた。

会社の外に出ると、雨はすでに止み涼風が柔らかく吹いていた。空は灰色一色だが、からっとしていて心地よい天候だ。

こんな大荷物になるなら車で来ればよかったと後悔しながら、人通りの少ない路地を歩く。

「ねえ仁菜ちゃん。仁菜ちゃんってどれが本当の仁菜ちゃんなの？」

「んー、今のこの感じですかね〜」

いつもよりトーンは低めだが、ポップな声音《こわね》は変わらない。

「へえ。じゃあ丸っきりキャラつくってたわけじゃないんだね」

「でも私、中学生くらいまではもっと真面目でクールな感じだったんですよ。なんで今こんな感じかというと、馬鹿は馬鹿っぽく振舞ったほうが生きやすいと悟ったからです」

「私は馬鹿だけど、仁菜ちゃんは馬鹿じゃないよ。今日素直に感心したよ」

「私は青瀬さんのことも、自分のことも、馬鹿だと思ったことはないですよ。でも、世間一般の基準に照らし合わせると、出来の悪い人間にカテゴライズされるんです。これはもうどうしようもない事実なんです。でも、だからと言ってあそこまで叩きのめされていいはずがないじゃないですか」

口調にわずかに悔しさが滲《にじ》んでいた。私の胸にも苦いものが広がった。

誰が原因とかじゃなくて、たぶん皆おかしかったんだ。毎日罵詈《ばり》雑言《ぞうごん》を浴びせられて、極限まで追い詰められて、誰かを見下すことでしか自我を保つことができなかった。

では前川が絶対悪なのかというと、それもきっと違う。

みんなどこかが欠けていて、誰も補い合えなかった。あの異様な環境下では、人が人を見下しあう悪循環しか起きえなかった。

摩耗した不揃いの歯車たち。故障しても見て見ぬふりして、走り続けるしかなかった。むやみにぶつかり合って、火の粉を撒《ま》き散らすだけだった。

「そんな日々も今日でおしまいですから」

仁菜ちゃんの声は明るさを取り戻していた。

「いろんな意味でね。綺麗《きれい》さっぱり破滅したから」

私も自嘲気味に笑う余裕が生まれていた。

「そしてここから再生がはじまるんです」

「うん」

正直、この先のことは何にも考えていない。完全に勢いで辞めてしまった。でも曇天《どんてん》が清々《すがすが》しく思えるほどに私の心は晴れやかだから、たぶんこれで正解なのだろうと思う。

◆

見開いた目を、彼女はすぐに細めた。眉間に皺《しわ》が寄る。あんなとぼけた顔の人が、こんな表情もできるんだと変に感心してしまった。

「……誰?」

初めて聞く彼女の声。意外と低くてしっかりしている。わたしの心は落ち着いていた。鈴の音の余韻が、まだ耳に残っている。

「三井です」

「……誰?」

名乗っているのにまた聞き返してくる。やっぱり見た目どおり頭悪いみたい。

「ですから三井です。三井仁菜です」

「ですから三井と言われても……。フルネームで名乗られたとて、わたしは君のこと知らないので。個人名ではなくて、どこの誰がどういった用件でわたしの家までつけてきたのか、それが知りたいわけ。わかる?」

前言撤回。意外と賢い大人らしい。

「なるほど。わかりました」

まったく自覚はなかったが、わたしのほうに非があったのだと、後からじわじわかってくるこの感じ。居心地の悪さ、渦巻く自己嫌悪、教室の色々を思い出して、お腹の底が重くなる。振り払うようにわたしは続けた。「三井です。都内の中学校に通っていて、毎朝通学に利用している京急本線の二両目にて、いつもあなたの真向かいに座っているものです。わたしは見てのとおり、すごくきちんとしていて、真面目で優秀な子供です。だけど、たまにとんでもないミスをします。普通の人がやらかさないような盛大なやつです。あと、暗黙の了解っていうのがよくわからなくて、空気が読めないときがほとんどで、いっぽう、たまにものすごく勘が冴《さ》えているときもあるようです。それらのズレを補正して、いかに周囲に溶け込んで生きていくかが課題です」

喋っているうちに、この長尺コメントは初対面での自己紹介には不適当かもしれないと気づき始めたが、ストッパーが効かなかった。

話し終えると、額から汗がだらだら流れ出ていた。

彼女はちょっと面倒そうな顔をしていたが、教室みたいに冷たい視線は感じなかった。

「……それで、なんでわたしのことつけてきたの?」

「なんというか、わたしはいつも気を張りつめて生きてるのに、電車で見るあなたは緊張感のかけらもなくて。いいなずるいなと思ってずっと見てました。それで、今日はとくに学校行きたくなくて、降りるべき駅で降りられなくて、そのうちあなたが電車を降りたので、無意識についていってました。そしたらあなたは家に着いて、わたしは知らないとこにいて。学校にはもう間に合わないし、いや、実際には間に合うんですけど、みんなと登校時間かぶっちゃうから……そうするともう、心理的にだめで……」

まとまらないまま素直に答えた。

「はあ、そう」

よほど切羽詰まっているように見えたのか、彼女は心配そうにわたしを覗《のぞ》きこんだ。

「で、途方に暮れてる感じ？」

「そうです」

彼女は口をへの字にして、ジーンズのポケットに手を突っ込んだ。赤いケースのスマホが出てくる。

「親と担任、面識ある？」

「な、ないです」

急に何を聞くのだろう。混乱しつつ、咄嗟《とっさ》に答えた。

「どこの中学通ってんの？」

「都立松岡国際中学……」

「何年何組？」

「二年三組……」

言われたまま答えると、彼女は少しの沈黙のあと、おもむろに電話をかけた。そして飄々《ひょうひょう》とした顔でわたしの母を名乗り、体調不良のため欠席すると手短に伝えた。

わたしはその横顔を呆気《あっけ》に取られて見つめていた。

彼女は通話を切ると、あっけらかんとした表情のまま、わたしに目くばせをした。

「学校に欠席連絡いれといた。君たぶん疲れてる。適当にどっかぶらぶらして、リフレッシュしたら？」

「えっ……いいんですか、そんな悪さしちゃって……」

「いーのいーの。たった一日サボったくらいで、誰も困んないんだから」

はっきりそう言われると、なんだか妙に腑《ふ》に落ちて、あんなに重かった身体《からだ》が急に軽くなった。

学校にも家族にも、言い訳したり嘘ついたりしなくていいんだ。その上今日一日はあの緊張から解き放たれるんだ。じわじわ安堵と嬉しさがこみあげてくる。

「あ、ありがとうございます」

「どういたしまして」

それからコーラのボトルを両手のひらでくるくる回しながら、

「あのねー、わたし、君が思うよりまともな人間だよ。新潟から出てきて、一人暮らしして、結構頭の良い大学通ってんの。仕送りだけじゃ間に合わないから、コンビニでバイトして稼いでる。今はその帰り。ほぼ毎日、深夜から早朝まで働いて、くたくたに疲れて眠りこけてるわけ」

彼女はさらっと言ってのけた。

「じ、じゃあリュックのタンバリンは……？」

「ん？　あぁ、これ？」

彼女はリュックサックのチャックを開いて、中から何か引っ張り出した。

輪っか状の水色の取手に、小さな鈴の玉が十個きれいに並んでいる。――タンバリンじゃない。小学生の頃音楽の授業で使ってた楽器の鈴だ。正式名称はわからない。

彼女はその取手を右手で摑《つか》み、リズミカルにシャンシャン鳴らした。

全然かっこよくないのに、どこか得意げだった。

「バンドやってんだよ、わたし」

「バンドって…ロックバンドとかのバンドですか？」

「そうそう。ロックやってんのよ」

「……ロックバンドに鈴パートってあるんですか？」

「ないけど無理やりねじこんだのよ。楽器弾けないけどどうしてもバンドやりたくてさ。ほら、鈴は鳴らせばなんとかなるから」

「みんながギターかき鳴らしたりドラム叩いたりしてる中、シャンシャン鈴鳴らしてるだけですか？　そんなのって……いいんですか？」

なんかダサいし白い目で見られそうだ。だが彼女の顔は明るかった。

「いーのいーの。楽しけりゃいいの。別にルールなんてないんだからさ」

「ギターとか、練習すればいいのに……」

「したよ。したけどわたしには無理だった。向いてないこと頑張んの苦しいしツライし。いっそ開き直ってさ、やれること気楽にやったほうがいいじゃん」

「そういうものですか」

「そういうもんよ。君ももっと気楽に生きなよ」

学校、勉強、優等生。向いていないこと頑張り続けて、ひたすらずっと苦しかったわたしは、なんだか胸に来るものがあって、下唇をきつく嚙んだ。

彼女は思い出したようにあくびを一つすると、「じゃ」と片手を軽くあげた。

アパートのエントランスへ向かうその背中を、わたしはぼーっと見送った。彼女は郵便受けからチラシの束を取り出した。そのとき、一枚はらりと葉書が落ちた。落としものに気づくことなく、オートロックの扉を開けると、建物の中に消えていった。

名前、聞きそびれちゃった。聞いたところで、何がどうというわけでもないけれど。

そんなことを思いながら、エントランスに向かって歩いた。彼女の落とした葉書を拾いあげ、郵便受けに戻した。

ちらりと見た、宛先に書かれていた名前。なぜだか脳裏に鮮明に焼きついた。

初夏の風を浴びながら、軽い足取りで知らない街を歩いた。

彼女とのなんでもないような会話が、頭の中をぐるぐる廻った。

駅に着いたらいつもと正反対の電車に乗って、これからのことを考えてみようと思った。

エピローグ

十月いっぱいで正式に大溝ベアリングを退職して、あっと言う間に年末を迎えた。

新潟の冬は寒い。正午過ぎに目が覚めて、寝ぼけ眼を擦《こす》りながらベッドの上で身を起こす。

私は三十路《みそじ》間近だが、四畳半の自室は女子高生のときのままだ。

ビビッドピンクのベッドカバー、出窓に並ぶぬいぐるみ、浅いベージュの学習机、色褪《いろあ》せた男性アイドルのポスター……。

春になったら模様替えしよう。

退職後すぐ新潟の実家に戻り、しばらくゆっくり休んでいた。喉《のど》に何か詰まったようなあの感じも、動悸《どうき》と震えを伴うパニックのような発作も、嘘《うそ》みたいになくなった。

今月から、車で片道四十分の商業ビルにて、警備員の仕事をしている。年収は前職の半分にも満たないが、七時間勤務、定時あがり、正社員。私にとっては十分だった。なぜもっと早くこの選択ができなかったのかと悔やむほどに。

階下のリビングに降りていくと、台所で包丁を握る母が、呆《あき》れたように私を見た。

「もう、いつまで寝てんのよ」

「いいじゃん、貴重な休日なんだし」

戸棚から食パンと、冷蔵庫から苺《いちご》ジャムと牛乳瓶を取り出して食卓につく。新聞紙の上に置かれた、水色の封筒が目に入る。

丸い愛らしい文字で、私の名前が書かれていた。

――仁菜ちゃんだ。

「珍しいよね、今どきお手紙なんて。お友達？」

「うん、まあ」

どうしたんだろう。昨晩何往復かＬＩＮＥをしたが、手紙のことなど触れていなかった。

封を開けると、一枚の白い便せんが入っていた。二つ折りを開くと、封筒の文字とは違う、すらりとした文字が見えた。

青瀬へ

お久しぶりです。お元気ですか。佐伯です。

眠気がいっぺんに吹き飛んで、心拍数が怖いくらい早くなった。

じっと座っていられずに、私は素早く立ち上がり、ハンガーにかかっていたダウンジャケットを羽織って玄関まで直行した。

「どこ行くのー？」

「散歩っ」

「ご飯はー？」

「あとでっ」

スニーカーをつっかけて外に出る。冷たい風が頬《ほお》を打つ。

玄関アプローチのささやかな階段に座り込んで、そっと手紙を開き直した。

青瀬へ
お久しぶりです。お元気ですか。佐伯です。
LINEも、電話も、通じなくなってしまったので、三井さんに頼んで手紙を送らせてもらいました。
青瀬と、また話がしたいです。気が向いたら、連絡ください。

簡素だが心のこもった文章のあと、佐伯の住所と各種連絡先が丁寧に記されていた。

心の冷たくなっていた部分が、柔らかく雪解けしていくようだった。

退職後まもなく、衝動的にＬＩＮＥをアンインストールして、スマホも新しくした。仁菜ちゃんにしか新しい連絡先を教えておらず、佐伯には感謝も謝罪も何も伝えられていない。

すぐにポケットからスマホを取り出したが、アプリを開こうとする手がぴたりと止まった。

指先が、無意識のうちにふるえていた。

——脳裏によみがえる地獄。

まとわりつく刺すような視線、嘲笑《あざわら》う声。何食わぬ顔で私を殺そうとした人たち。嘘と悪意がひしめく場所。

佐伯はまだ、あの場所にいるのだろうか。

私はふらりと立ち上がり、スマホをポケットに入れた。

そして何かに憑《つ》かれたように、手紙を細かく裂くと、温まっていた気持ちとともに、家の向かいの側溝に残らず流した。

本書は書き下ろしです。

装画　おさつ
装丁　アルビレオ

遠坂八重（とおさか・やえ）
神奈川県生まれ。二〇二二年、『ドールハウスの惨劇』で第二十五回「ボイルドエッグズ新人賞」を受賞。その他の著書に、『怪物のゆりかご』がある。本書は三作目となる。

死《し》んだら永遠《えいえん》に休《やす》めます

二〇二五年二月二十八日　第一刷発行
二〇二五年七月　三十　日　第五刷発行

著　者　遠坂八重
発行者　宇都宮健太朗
発行所　朝日新聞出版
〒一〇四-八〇一一　東京都中央区築地五-三-二
電話　〇三-五五四一-八八三二（編集）
〇三-五五四〇-七七九三（販売）

印刷製本　株式会社光邦

ISBN978-4-02-252017-3
定価はカバーに表示してあります。
落丁・乱丁の場合は弊社業務部（電話〇三-五五四〇-七八〇〇）へご連絡ください。
送料弊社負担にてお取り替えいたします。